© tomari
친구 여동생이
나한테만
짜증나게
군다
vol.
11
작가
미카와 고스트
일러스트 토마리

"상관없어.
라이벌이라도 친구는 친구인걸.
그건 그거, 이건 이거야."

"호오~."

"하지만 아키가 없으니 평화로운걸~. 코히나타와 츠키노모리도 다툴 일이 없잖아~."
"잠깐만, 대뜸 이쪽으로 화살 날리지 마세요!"
아키테루, 실종?!
《5층 동맹》이 위기에 처하자, 남겨진 이로하 일행이 나선다—!

『카나리아 씨. 저기,
이야기 좀 해도
될까요?』

"아키 군, 무슨 일이야~?
어젯밤의 답례 삼아,
이 누나가 어떤 이야기든
다 들어주겠노라."

역시 멘탈 안정에는
목욕과 명상이 최고다.
알몸은 좋다.
실오라기 하나 걸치지 않은
갓 태어난 모습이 되니
정말 릴렉스된다.

"하아…… 기분 좋아……."

"아…… 저기, 뭐랄까.
오래간만이야."
『그것 말고도,
저한테 해야만 할 말이
있지 않나요?』
"아~, 응.
뭐부터 이야기해야 할까—."

"여보세요."
『안녕~, 선배.』

CONTENTS

친구 여동생이 나한테만 짜증나게 군다 vol.11

미카와 고스트 지음

토마리 일러스트

이승원 옮김

　억지 친분 사양, 여친 사절, 친구는 진정으로 가치 있는 한 명만 있으면 된다. 『청춘』의 모든 것은 비효율적이며, 가혹한 인생 레이스에서 살아남기 위해서는 낭비를 극한까지 줄여야 한다— 그런 가치관을 획득하기 전의 원점, 《5층 동맹》의 근원을 나, 오오보시 아키테루는 떠올렸다.

　중학생 시절, 탁월한 재능을 지녔으면서도 비상식적인 성격과 수상한 실험 탓에 위험인물이라는 말도 안 되는 소문이 퍼져서 고립된 코히나타 오즈마. 하지만 나는 그런 오즈마의 재능을 높이 샀고, 오해받고 있지만 본성은 참 좋은 녀석이라는 것을 알았다. 그 후로 나는 오즈마— 오즈와 친구가 되었고, 그가 만드는 다양한 발명품에 감명을 받으며 교류를 이어갔다.

　친구 여동생— 코히나타 이로하와 처음 만난 것은 그 시절의 일이다.

　처음 만났을 때의 이로하는 지금과 정반대였다. 거리감을 무시하며 치근덕대기는커녕, 매몰차고 얌전하게 냉담한 태도를 보였다. 당연했다. 오빠 친구인 나와 친해질 이유가 없는 것이다. 어디까지나 오빠 친구와, 친구 여동생. 나와 이로하의 관계는 그것이 전부였다.

하지만 어느 일을 계기로 나와 이로하의 관계는 급속히 변하기 시작했다. 같은 반인 오토이한테서 이로하에 관한 나쁜 정보를 접한 것이다. 코히나타 이로하가 오토이가 이끄는 불량 그룹에 들어가고 싶어 한다는 것이다. 이로하는 자유롭게 사는 같은 반 불량소녀, 타치바나 아사기를 동경해서 그녀가 속한 오토이의 불량 서클에 흥미를 보였다. 안 그래도 오즈는 고립되어 있는데, 그의 여동생이 불량 학생이 된다면 더욱 고립되고 말 것이다. 나는 처음엔 친구를 위해, 친구 여동생에게 간섭하기로 결심했다.

어째서 불량 학생이 되려고 하는 건가? 코히나타 이로하란 어떤 애인가?

조사를 이어간 나는 이로하와 오즈가 안고 있는 가정 문제, 코히나타 가의 비정상적인 면을 깨닫게 된다.

오락을 금지당하고, 자유를 속박당하며, 그저 어머니의 룰에 스스로 속박되고 있는 이로하는 누군가가 억지로 그 금기를 부숴 주기를 바랐다. 자각하고 있는지, 없는지는 알 수 없다. 자기 자신이 어머니를 슬프게 만드는 선택을 할 수 없기에, 누군가가 자기 손을 잡아 끌어줬으면 하는 것이다. 어리광일지도 모른다. 하지만 중학생 여자애다운 그런 어리광에 가까운 감정이 이로하에게 그런 앞뒤가 맞지 않는 행동을 취하게 했다.

그리고 이로하는 공원에서 여러 캐릭터를 혼자서 연기할 만큼 연기를 좋아했고, 오락의 세계에서 살아가는 인물을 동경했다. 그 모습을 보고, 연기의 재능을 보고, 아키의 머릿속에 어떤 아이디어가 떠올랐다. 이로하도, 오즈도 한꺼번에 구원할 수 있을지도 모르는 방법. 그것이 바로 게임을 만들자고 생각한 첫 계기였다.

원점을 떠올린 나는 어떤 결의를 굳혔다. 이로하를 진정한 의미에서 해방해 주기 위해서는 피해서 지나갈 수 없는 이벤트. 친구 어머니, 코히나타 오토하— 아마치 오토하와 직접 대결하기로 말이다.

등장인물 소개

오오보시 아키테루

주인공. 극도의 효율충인 고2. 《5층 동맹》의 프로듀서. 효율적인 작업을 위해, 건강 관리를 하루도 거르지 않는다.

코히나타 이로하

고1. 학교에서는 청초한 우등생이지만, 아키테루에게만 짜증나게 군다. 중학생 시점에 거의 공략 완료였다는 사실이 판명 됐다. 미즈키의 제자로서 연기 수업을 받고 있다.

츠키노모리 마시로

고2. 아키테루의 사촌이자 전 가짜 여친. 실은 작가 마키가이 나마코. 멘탈의 좋고 나쁨이 문장에 그대로 드러나는 타입.

코히나타 오즈마

고2. 통칭 오즈. 아키테루의 유일한 친구. 《5층 동맹》의 프로그래머. 프로그램 코드 작성은 그에게 있어 숨쉬기와 별반 다르지 않다.

카게이시 스미레

아키테루들의 담임 교사. 신급 일러스트레이터 무라사키 시키부 선생님이기도 하다. 마감을 툭하면 어기지만, 퀄리티와는 타협하지 않는, 골칫덩이 25세.

오토이 레이쿠

드디어 이름이 밝혀진 고2. 화장실이라고 부르지 마. 《5층 동맹》의 사운드 담당. 오토이 씨는 열심히 안 한다.

카게이시 미도리

고2. 전 과목 만점인 괴물 우등생. 연기 꽝인 연극부 부장. 공부하면서도 머릿속 한편은 항상 핑크빛인 멀티 태스크 타입.

토모사카 사사라

고1. 이로하의 라이벌 겸 친구. 인기 인플루언서이기도 하다. 논 후에 바로 공부할 수 있을 만큼 태세 전환이 빠르다.

키라보시 카나리아

마키가이 나마코를 담당하는 수완 좋은 아이돌 편집자. 자칭 17세. 말끝에 쨱을 붙인다. 워크 라이프 밸런스는 내다 버린 지 오래.

"오오보시 아키테루 군. 당신은 프로듀서를 관둬줘야겠어요."

사투리의 악센트가 희미하게 남아 있는 그 대사가, 귓속에서 메아리쳤다.

교토에 있는 텐치도 이터널 랜드, 운영사무국의 국장실. 한쪽 벽에 설치된 선반에 놓인, 텐치드의 눈부신 역사를 기록한 벽화 같은 느낌으로 장식된 물건들— 특히 마스코트 캐릭터들의 시선에 둘러싸여서 기묘한 위압감에 사로잡혀 있을 때, 마치 망치로 머리를 두들겨 패는 듯한 한마디가 들려왔다.

마왕의 대사에 동조해, 피규어가 쿡쿡 웃고 있는 듯한 느낌마저 들었다.

내가 당혹스러워하며 딱딱하게 굳어 있는 와중에도, 텐치도 사장— 아마치 오토하는 표정 하나 바꾸지 않으며, 할 말을 잃은 나를 지그시 응시하고 있었다.

……젠장. 마치 시험하는 듯한 눈길로 쳐다보기는…….

"이제까지 그렇게 반대했으면서, 갑자기 무슨 바람이 분 거죠?"

"저도 본의는 아니에요. 뚜껑을 덮은 채 평생 얼버무리며 넘어갈 수 있다면, 그게 이상적이었겠죠."

"설령 부모일지라도 뚜껑을 덮을 권리는 없을 텐데요."

"맞아요. 그리고 뚜껑을 계속 덮는 게 불가능하다는 것을, 아무리 멀리하게 할지라도 자식은 부모의 눈길이 닿지 않는 곳에서 그 꿈을 키워간다는 것을 깨달았어요."

"그것과 저를 끌어내리려는 게 무슨 상관이죠?"

받아들일 수 있을 리가 없다. 이제까지 이로하의 재능을 인정하지 않은 인간에게, 그녀의 재능과 진지하게 마주해온 내가 배제당하는 것을 말이다.

"제가 왜 이로하가 연예계로 나가는 것을 막아왔는지, 알고 있나요?"

"……아뇨."

나는 고개를 저었다. 그 이유를 안다면, 옛날옛적에 이로하네 어머니의 공략을 마쳤을 것이다.

"연예계는 온갖 악귀가 날뛰는 어둠의 세계예요. 수많은 재능 있는 이들이, 재능을 면죄부 삼은 괴롭힘에 그 재능을 뜯어먹혔고, 운과 실력의 경계조차 모호한 주관적인 평가에 시달리면서, 선구자가 깔아놓은 영문 모를 레일을 따라 나아가죠. 그 과정에서 상처 입고, 목숨을 끊는 이마저 있어요."

"경쟁이 존재하는 세계는 흔할 텐데요? 개별적인 케이스까지 고려한다면, 일반 기업에서도 일어나는 일이에요."

빛이 존재하는 곳에는 어둠 또한 존재한다. RPG의 최종 보스 같은 대사지만, 이 세상의 진리를 잘 표현하고 있다.

정점의 빛이 강한 세계일수록 어둠은 깊으며, 발치는 진흙탕이다.

더러운 진흙에 발목을 잡히고, 때로는 구르면서 온몸이 진흙 범벅이 되면서도, 앞으로 나아간 이만이 빛날 수 있는 것이다. ―그것을 부정하려 한다면, 빛도 없고 어둠도 없는 세계에서 리스크 없이 조용히 살아갈 수밖에 없다.

그것으로 만족할 수 있는 인간은 그러면 된다. 빛 따위는 누군가가 강요해도 되는 것이 아니다.

하지만 빛을 갈구하는 인간이라면, 어둠과 진흙도 삼키며 나아가야 하지 않을까?

내가 그렇게 반박하자, 그녀는 날카로운 말로 그 반박을 베어 넘겼다.

"물론이에요. 하지만, 어둠의 세계에 도전하는 용사에게는 강한 동료와 뛰어난 장비가 필요하죠."

"저와 《5층 동맹》이 그 동료이자, 장비예요. 제가 프로듀스를 관둔다면, 이로하는 알몸으로 마물의 소굴에 내던져지게 되겠죠."

"반대예요."

그녀는 천천히 고개를 저은 후, 이렇게 말했다.

"제가 직접 그 아이를 프로듀스하겠어요. 텐치도의 사장이자 최강의 장비인, 바로 제가 말이죠.”

“네……?”

이 사람이 무슨 소리를 하는 걸까.

오토하 씨가, 직접, 이로하를? ……영문을 모르겠다. 이로하에게서 온갖 엔터테인먼트를 빼앗은 게 대체 누구인데? 사람의 재능을 신용하지 않고, 공장 형식의 창작을 긍정하는 사장. 이런 사람이 이로하를 올바르게 이끌 수 있을까?

“어머나. 의심의 눈길을 숨기려고도 하지 않는군요~.”

“찔리는 구석이 있으니 그런 생각이 드는 것 아닐까요?”

“하지만 일개 고등학생과 세계적인 엔터테인먼트 기업의 수장. 누가 이로하를 안전하게 지켜줄 수 있을지는 생각해볼 것도 없을 테죠.”

“그건…….”

그 말을 듣고 생각했다. 그리고 순식간에 결론이 나오고 말았다.

효율을 존중하는 내 뇌는 지극히 합리적으로, 논리적으로, 최적의 답을 도출하고 만다.

이로하를 연기자로서 성공시키기 위한, 최단 루트를 말이다.

“…….”

“그 침묵을 대답으로 여기겠어요.”

그 한마디는 어른의 자비일지도 모른다.

하지만 나는 그 오만에 찬 도움의 손길을 잡지 않았다.

아니라고 부정하지도, 고등학생이라고 무시하지 말라며 발끈하지도, 『검은 염소』의 실적을 자랑하며 흥분하지도 않았다. 텐치도 사장이라고 하는 압도적인 설득력 앞에서, 말 없이 패배를 인정할 수밖에 없었다.

한순간, 그녀는 인상을 찡그렸다. 나는 그 표정의 의미를 이해하지 못했지만, 이어서 한숨을 내쉰 것을 보면 분명 호의적인 감정에서 비롯된 것은 아니리라.

"웬만한 각오로는 이로하를 지켜낼 수 없어요. —당신이라면 **이쪽 세계**에 올 수 있으리라고 생각했는데 말이죠~."

그 의미심장한 말에 담긴 의미를 생각할 마음조차, 지금은 들지 않았다.

바로 그때였다.

위이이잉—하면서 바지 호주머니에 닿아 있는 허벅지에서 진동이 느껴졌다. 한 번 진동하고 끝기 아니라, 지속적으로 진동하는 것을 보면 전화가 온 것 같았다.

내 시선과 표정이 그쪽을 신경 쓰고 있다는 것을 눈치챈 오토하 씨는 여유 넘치는 미소를 머금더니, 한쪽 손을 내밀어서 전화 통화를 허락했다.

"아, 지금은—."

"그 전화는 받는 편이 좋을 거예요~."

부드럽지만, 거부를 허락하지 않는 분위기였다. 그녀의 의미심장한 태도를 접하고 가슴이 뛴 나는 허둥지둥 스마트폰을 꺼냈다. 전화를 걸어온 상대는 「코히나타 오즈마」였다.

……어?

수학 천재, 슈퍼 엔지니어인 오즈는 나보다 더 효율을 중시하는 남자다. 장시간의 전화를 통한 시간 손실을 극단적으로 싫어해서 연락을 기본적으로 LIME이나 메일로 마치려 하는 그가 일부러 전화를 해왔다는 것은, 그만큼 긴급사태가 벌어졌다는 것 아닐까.

“여보세요. ……무슨 일 있어?”

그래서 나는 그렇게 마음속으로 단정 지으면서 물었다.

『아, 다행이야. 받았구나. 이로하 말인데, 거기 있어?』

“아니, 없어.”

네 어머니인 오토하 씨라면 있지만 말이다.

『오즈마 군, 그래선 정보가 부족해! 이로하가 교토에 왔다는 것부터 설명해야 할 것 아냐!』

“아, 시키부— 스미레 선생님도 거기 있군요.”

『그래, 있어! 요즘 출연이 뜸해서 슬슬 존재 자체가 잊히고 있지만, 여기 있거든?!』

스마트폰을 빼앗은 건지, 담임 선생님 겸 《5층 동맹》 일러스트레이터 무라사키 시키부 선생님이기도 한 여교사, 카게이시 스미레의 목소리가 가까운 곳에서 들려왔다.

존재가 잊혔다니, 정말 호들갑스럽다니깐. 오늘 아침에 호텔에서도 이야기를 나눴는데 말이다.

하지만 불가사의하게도 참 오래간만에 목소리를 들은 듯한 느낌이 들었다. 오랫동안 옛날이야기를 해서 그럴까.

뭐, 됐다.

『왜 이로하가 교토에 있는지 이해가 안 될 테니까 설명하자면, 실은 미즈키 씨의 촬영에 아르바이트 비슷한 어시스턴트 같은 거로 동행했는데, 그 행선지가 우연히 교토였나 봐. 그리고 오토이 양과 딱 마주쳐서 한동안 같이 다녔는데, 그러다 어머님과 마주치더니 이유는 모르겠지만 그대로 도망쳐서 현재 행방불명 상태야.』

"정보량 과다인 것치고는 되게 엉망진창에 뜬구름 잡는 듯한 설명이네."

『어쩔 수 없잖아아아아아아아! 나도 오토이 양한테서 들은 이야기를 그대로 전달할 뿐인걸!』

뭐, 그것도 그런가. 오토이 씨는 이로하가 연기자를 꿈꾸고 있다는 것도, 왜 어머니한테도 도망쳤는지도 설명할 수 없을 것이다.

『아무튼 우리도 지금 텐치도 이터널 랜드에 왔어. 아키도 찾는 걸 도와주지 않겠어?!』

"응. 모른 척할 수 있는 상황이 아니네."

『잘 부탁해! 집합 장소는 LIME으로 전달할게!』

그녀는 다급히 그렇게 말한 후에 전화를 끊었다.

스마트폰을 쥔 손을 내리면서 오토하 씨의 얼굴을 쳐다봤다. 그녀는 여전히 감정이 드러나지 않는 표정을 짓고 있었다.

"연기자를 꿈꾸고 있다는 걸 저한테 들킨 게 충격이었나 보군요."

"……당신의 마음이 변한 건, 그게 이유인가요?"

"상처 입은 딸을 보고 가슴이 아파서, 라는 건가요? 그렇다면 이 세상은 참 상냥한 곳이겠죠."

"저한테 맡겨놓을 수 없다는 판단에서는 상냥함이 전혀 느껴지지 않지만요."

"그 점만은 저도 양보할 수 없으니까요~. ―지금 그 애를 구원해 줄 말이 뭔지, 당신은 알고 있을 텐데요?"

그 조건 제시는 심술궂기 그지없었다.

불합리하다고 어리광을 부려본들, 그녀가 미래를 손아귀에 거머쥔 이 상황에서는 그 어떤 반발도 의미가 없다.

그리고 나는 효율을 중시한다. 이로하의 미래를 위한 최단 루트가 무엇인지 나에게는 보인다.

츠키노모리 미즈키라는 천재 여배우 밑에서 연기를 갈고 닦고, 아마치 오토하라는 천재 경영자에게 프로듀스를 받는다면, 1년 후에는 코히나타 이로하의 재능이 찬란히 꽃필 것이다.

만약 그 길에 나라는 존재가 개입하지 않을지라도, 이로하의 성공이 거기에 존재한다면 나는 망설임 없이 그 길을 선택해야만 한다.

"알겠어요. 하지만—."

나는 오토하 씨의 눈을 처다봤다.

처다봤다기보다, 노려봤다는 표현이 적절할지도 모른다.

그녀의 표정에서는 이제 감정을 읽을 수 없지만, 그런 것은 아무래도 상관없다.

상대가 무슨 생각을 하든 개의치 않으며, 나는 그저 자기 감정을 쏟아낼 뿐이다.

강하게, 격렬하게, 날카롭게…….

그녀의 눈을 처다보며, 이렇게 말했다.

"제가 이제까지 길러온 이로하의 재능을 망친다면, 용서하지 않을 거예요."

연상의 윗사람을 대하는 태도로서는 부적절하기 그지없는, 공격적인 언동이었다.

하지만 오토하 씨는 여유 넘치는 미소를 머금은 채, 고개를 끄덕였다.

"네. 그 신용에 부응하도록 하죠."

"……."

그 대답으로 이 승부는 결판이 났다. 아니, 애초에 그녀는 이게 승부라는 생각 자체를 하지 않았으며, 그저 내가 일방적으로 맞서려고 했을 뿐이다.

어른으로서 완성된 태도를 일관하는 오토하를 보면서, 나
는 격의 차이라는 것을 처절할 정도로 깨닫고 말았다.
　……젠장.

제1화 ····· 친구 여동생을 나만 발견

운영사무국 밖으로 나가보니, 밖은 꿈의 왕국으로 변해 있었다. 이터널 랜드의 설계 사상 자체가 원래 그러하겠지만, 낮에는 꿈의 왕국 농도 50퍼센트였다면 밤인 지금은 꿈의 왕국 농도 100퍼센트다. 농후하기 그지없는 꿈의 공간이 눈앞에 펼쳐져 있었다.

일본인이라면 누구라도 CF 등을 통해 한 번쯤은 들어봤을 경쾌한 음악이 들려오고, 중앙의 홀을 중심으로 플로트(이동식 스테이지)가 이동하고 있었다. 플로트 위에는 텐치도의 마스코트 캐릭터들이 연주하는 척을 하거나, 댄스를 선보이거나, 관객을 향해 손을 흔드는 등, 팬서비스에 힘쓰고 있었다.

텐치도 이터널 랜드의 명물, 퍼레이드다.

손님도 퍼레이드를 고대하고 있었다는 듯이 텐션의 리미터가 해제되었다. 스마트폰을 쥔 손을 거리 위로 들어 올리고 껑충껑충 뛰듯 촬영하는 사람도 있는가 하면, 고함을 지르며 즐기고 있는 사람도 있었다.

그런 소란에서 약간 떨어진 장소, 노점 옆의 벤치 앞으로 나는 뛰어갔다.

그곳에는 나보다 먼저 온 이가 몇 명 있었다.

"왔구나, 아키."

"그래, 오즈. 기다리게 했네."

가장 먼저 말을 걸어 온 이는 오즈였다.

주위를 둘러보니 스미레, 오토이 씨, 미즈키 씨, 마시로도 있었다. 연락을 받고 뛰어온 건지, 마시로는 숨을 꽤 헐떡이며 힘들어하고 있었다. ……으음, 운동 부족인가 보네.

"무리 안 해도 돼, 마시로. 인원은 충분하니까, 여기서 쉬고 있어도……."

"하아, 하아…… 아, 안 돼……. 마시로가 사라졌을 때, 이로하 양은 나를 찾아줬는걸. 내버려둘 순 없어."

"Oui. 마시로, 봐줄 필요, 없어요. 운동 부족은 본인 책임이에요. 지금은 이로하 양이 최우선. 프라이오리티, 있어. 있어요."

"뭐~, 당연해~. 나도 달려왔는데, 다른 애들이 안 달려오는 건 말도 안 되지~."

그 기준은 이상하다. 하지만 맞는 말이라는 드는 생각이 들 정도로 캐릭터성이 확립되어 있다니깐. 오토이 씨, 풀네임은 오토이 레이쿠.

"그럼, 바로 흩어져서 찾아보자. 나는 일단 퍼레이드 구경꾼 사이에 섞여 있지 않은지 둘러보겠어."

"마시로는 사람 많은 곳을 꺼리니까 그래 주면 좋겠어. 그럼 마시로는 저쪽에 있는 화장실을…… (움찔)."

갑자기 표정이 딱딱하게 굳은 마시로가 고개를 휙 돌렸다.

"어? 왜 그래?"

"아, 아무것도 아냐. 자, 자. 빨리 찾으러 가자."

마시로는 시선을 피하면서 고개를 저었다. 나와 오토이 씨를 등지듯 반대 방향으로 돌아서더니, 도망치듯 뛰어갔다.

마시로의 모습이 사라진 후, 누군가가 내 어깨를 두드렸다. 고개를 돌려보니, 어찌 된 건지 오토이 씨가 무시무시한 눈길로 나를 쳐다보고 있었다.

"……어이, 아키. 츠키노모리한테 대체 무슨 이야기를 한 거야?"

"별 이야기 안 했어요. 아까 옛날이야기를 좀 해준 게 다예요."

"흐음. 그럼 좋아~."

전혀 좋지 않은 듯한 표정과 목소리였다. 왜 미묘하게 날이 서 있는 거지……?

마시로와 오토이 씨의 반응이 좀 이상하다 싶었지만, 지금은 그것보다 이로하가 중요하다.

"잘은 모르겠지만, 일단 다시 흩어져서 찾아보자. 이로하를 발견하면 스마트폰으로 연락한 후, 이 벤치로 다시 모이는 거야. 알았지?"

"응!", "오케이.", "Oui. 알았어요.", "ㄹ져~."

　　경례하며 서로를 향해 고개를 끄덕인 우리는 각자 다른 방향으로 뛰어갔다.

　　퍼레이드를 구경하는 손님과 손님 사이를 가르듯, 이로하의 모습을 찾았다.
　　억지로 사람들을 밀치면서— 나아가지는 않았다.
　　미안하다고 말하면서 아이들이 들고 있는 풍선을 손으로 슬쩍 밀어냈고, 다른 사람과 부딪치지 않도록 세심한 주의를 기울였다.
　　황금색 머리카락. 나보다 약간 작은 키. 커다란 가슴……은, 지금 상관없다.
　　코히나타 이로하를 구성하는 요소를 의식하면서, 퍼레이드를 구경하고 있는 사람들의 얼굴을 살폈다.
　　상대방이 미심쩍은 눈길을 보내오니 가슴이 아프지만……. 이익. 마음을 독하게 먹어, 나!
　　하지만 아무리 찾아도 보이지 않았다.
　　생각해 보니, 텐치도 이터널 랜드의 손님층은 가족 이외에는 대부분 젊은 여성이다.
　　머리카락을 약간 밝은 색깔로 염색한 사람도 많아서, 정말 헷갈렸다.
　　큭. 이게 게임이라면 이로하에게 접근한 순간에 자동적으로 이벤트 무비가 재생될 텐데 말이다.

그런 타입의 이벤트가 없더라도, 목적지를 알려주는 화살표 같은 게…… 뭐, 뜻대로 안 되는 현실에 불평을 해봤자 소용없나.

몇 번이나 다른 사람을 이로하로 착각한 탓인지, 신경이 곤두섰다.

내가 어쩌면 좋을지 몰라 머리를 감싸 쥐며 가만히 서 있을 때, 갑자기 근처에 있던 어린이의 목소리가 들려왔다.

"저기, 엄마~. 저 비리냥 좀 봐~. 왠지 이상해~."

"정말~. 손가락질하면 어떻게 하니."

"하지만 진짜로 이상하단 말이야~. 자기만 다른 댄스를 추고 있어."

"그게 무슨…… 어머, 진짜네. 이상해라."

어린이와 어머니가 고개를 갸웃거렸다.

나도 덩달아 그 두 사람의 시선이 향한 곳을 쳐다봤다. 비리냥은 텐치도의 게임 중에서도 대인기 장수 시리즈 『우자몬』의 간판 몬스터다. 최신작까지 전부 플레이해 본 것은 아니지만, 한눈에 알아볼 수 있을 것이다. 으음…… 아, 저기 있다. 땅딸막한 노란색 고양이 인형 틀. 만지면 찌릿찌릿할 것 같은 수염과 머리에 달린 안테나가 인상적인, 못생기긴 했어도 귀여운 고양이가 짧은 손발을 흔들고 있었다. 플로트에 타지 않고 지상에서 춤추는 마스코트가 몇 마리 있는데, 비리냥도 그 중 한 마리 같았다.

……저게 뭐지. 어린이가 방금 말한 것처럼, 꽤 이상했다.

다른 캐릭터도 귀엽고 코미컬한 움직임을 선보이고 있으며, 때때로 괴상하게 느껴지는 장면을 연출하기도 했다. 하지만 그것은 음악과 퍼레이드의 연출에 맞춘, 통솔된 움직임이었다. 철저하게 계산된 실수 같다고나 할까, 필연적인 움직임 같아 보였다.

하지만 저 비리냥만은 전혀 통솔되고 있지 않았다. 주위의 캐릭터를 흉내 내면서 움직이고 있었고, 그 탓에 모든 움직임이 한 박자 늦었으며, 그 실수를 수습하지 못한 탓에 손발을 꼴사납게 흔들어대기만 하고 있었다.

마치 연습이나 리허설도 하지 않고 바로 무대에 서고 만, 신입 극단원 같은—.

…………. 설마?

말도 안 된다고 생각하면서, 지그시 쳐다보자…….

"…………(움찔)."

눈이 마주쳤다. 그와 동시에 비리냥의 몸이 희미하게 반응을 보였다.

"……."

"……."

말없이 서로를 응시하는, 나와 비리냥.

몸을 앞쪽으로 살며시 숙인 것을 보면, 눈을 치켜뜨고 내 얼굴을 확인하는 걸까.

"……."

"……."

"……."

"……여어."

나는 가볍게 인사를 건네듯 한쪽 손을 들어 보였다.

"……!"

비리냥이 깜짝 놀란 것처럼 몸을 부르르 떨었다.

그리고 바로 뒤돌아서더니, 지면에 손을 짚으며 엉덩이를 높이 치켜든 후—.

크라우칭 스타트. 쏜살같이 도망쳤다.

"……!"

나는 반사적으로 쫓아갔다.

수상하기는 하지만, 기행을 펼치는 다스코트 캐릭터를 쫓아갈 합리적인 이유는 없다. 그래도 도망치는 상대를 쫓아가는 것은 동물 특유의 습성이다.

퍼레이드에서 완전히 벗어나 도망치는 비리냥을 쫓아가면서, 나 또한 수많은 인파 사이에서 벗어났다.

그런 우리에게 흥미를 보이는 손님도 있지만, 퍼레이드가 무사히 이어지고 있었기에 자리를 이탈하는 사람은 거의 없었다. 나만이 퍼레이드를 등진 채 전속력으로 그 빛에서 멀어지고 있었다.

아까와 달리, 목표는 단순명쾌했다.

다른 사람과 헷갈릴 리가 없다.

땅딸막하고 못생긴 비리냥의 실루엣은 멀리서도 잘 보였다. 그리고 저 짧은 고양이 발로 아장아장 도망치고 있었다. 남자 고등학생의 평균 정도의 속도로 달리는 나와 저 비리냥 사이의 거리는 착실하게 좁아지고 있었다.

인적 없는 수풀 안으로 뛰어든 순간, 나는 액션 영화의 한 장면처럼 도약한 후—.

"잡았다!"

"끄앗~!"

머리가 뽑힌 비리냥은 단말마를 터뜨렸다.

그로테스크한 영상은 아니다.

인형 탈의 머리가 쏙 빠지자, 안에 있는 사람의 얼굴이 나타났다.

그 사람은 예상대로 코히나타 이로하…… 어, 어라~?

"이로하가…… 아니야……?!"
"이로하 맞거든요?!"

그 딴죽을 듣고 확신했다. 아, 다행이야. 이로하 맞네.

아니, 다른 사람으로 착각할 만하잖아. 머리카락을 볼륨 만점인 황제펭귄 스타일로 부풀린 이로하가 기억에 선명하게 남아 있는 나머지, 눈구멍이 뚫린 두건을 머리에 써서 윤곽만 드러난 모습을 보니 바로 알아볼 수 없었다고. 만약 이로하가 출가해서 비구니가 된다면, 익숙해지는 데 반년은 걸리겠는걸.

"푸핫~! 휴우~. 시원해라~."

시꺼먼 두건을 벗자, 드디어 이로하의 얼굴이 드러났다. 기억과 완전히 일치했다.

땀이 젖은 얼굴을 인형 탈 안에 넣어둔 듯한 수건을 꺼내서 닦았다.

"그야 덥겠지. 왜 인형 탈 안에 두건까지 쓴 건데?"

"규칙이래요. 틈새로 속이 보여도 피부가 드러나지 않도록요."

"철저하네……."

테마파크의 스태프는 세계관을 훼손하지 않도록 신경을 쓴다는 말을 들은 적 있다.

역시 텐치도. 철저한걸.

어, 아니, 잠깐만 있어봐. 그렇다면 이상한 점이 하나 있잖아.

"왜 이로하가 인형 탈을 입은 건데?"

"제가 할 말이라고요!"

"우왓, 대뜸 다가오지 마. 네 배에 밀려서 튕겨 날 뻔했다고!"

"큭. 비리냥의 배가 방해되어서 선배와 신체 접촉을 할 수 없다니……. 이런 슬픈 운명이 존재해도 되는 걸까요."

이로하는 일부러 슬픈 척을 했다. 손이 가위인 남자의 이야기를 연상케 하는 시추에이션이지만, 뚱땡이 마스코트 캐릭터도 그래봤자 시리어스한 느낌이 없다. 역시 외모의 소중함을 실감하지 않을 수 없다.

그런데 자기가 할 말이라는 건 무슨 의미일까.

"저기~, 무턱대고 도망치다 보니 스태프 여러분의 대기실 뒤편이지 뭐예요."

"그래서?"

"그리고 출입하던 스태프분이 저를 보더니, 아르바이트로 착각했어요. 그리고 그대로 저한테 인형 탈을 입혔고…… 아하하."

"상황에 너무 휩쓸리는 거 아니냐고……."

"면목 없어요."

비리냥 이로하는 풀이 죽은 건지 고개를 숙 숙였다. 옛날부터 주체성이 부족한 애이기는 했지만, 설마 상황에 휩쓸려서 마스코트 캐릭터까지 하게 될 줄이야……. 대학에 진학했다가 수상한 서클에 끌려가서 문란한 생활을 하게 될 것 같아 무서운걸……. 한동안 연락이 끊긴 후, LIME으로 동영상이 오기라도 한다면 그 자리에서 바로 뒈질 자신 있다.

"선배, 지금 음란한 생각한 거 아니에요?"

"2차원이라면 음란하겠지만, 현실에서라면 허무하기만 하겠지."

"앗."

"눈치채지 마."

N으로 시작하는 장르명을 떠올릴 것 없다고.

우리는 일단 손님에게 발각되지 않도록 숨으면서, 스태프의 대기실로 향했다.

이로하의 옷이 대기실의 탈의실에 있어서, 갈아입으려면 거기로 갈 수밖에 없는 것이다.

다행히 대부분의 손님은 퍼레이드에 몰입해 있었기에, 아무에게도 들키지 않고 이동할 수 있었다.

나는 스태프가 돌아오면 바로 이로하에게 말할 수 있도록, 반쯤 열린 문 앞에서 보초를 섰다.등 뒤에서 옷 갈아입는 소리가 들려오는 두근두근 시추어이션……은 아니다. 왜냐하면….

터엉, 뒤적뒤적. 질질.

인형 탈 특유의 묵직한 효과음이 들려왔기 때문이다.

참고로 처음에 들려온 소리는 비리냥의 머리를 바닥에 내려놓는 소리일 것이다.

옷깃 스치는 소리나 지퍼 소리처럼 청소년의 하반신을 자극하는 소리가 들려오지 않는 것은, 이로하의 무자각 짜증 무브일지도 모른다고 의심했지만…… 뭐, 그럴 리가 없다.

"선배~. 혹시 옷 갈아입는 소리가 안 들려서 실망한 거예요~?"

"마, 마마마마, 말도 안 되는 소리 마."

"『마』가 너무 많아요~. 후배가 탈의 사운드를 기대하다니, 정말 음란하네요~☆"

"안 했다고. 한심한 소리 말고 빨리 옷이나 갈아입어."

"참고로 저는 지금 알몸이에요."

"……윽! 저, 절대로 안 돌아볼 거야."

"입구 쪽을 등지고 있으니까, 지금 문틈으로 훔쳐봐도 들키지 않거든요?"

"왜 쓸데없이 나한테 시련을 부여하는 건데?! 너, 악마냐?!"

"어, 시련이라고 느낀 거예요? 그 말은 제 알몸을 볼 수 있을지도 모른다는 유혹에 질 것 같다는 거죠?! 흐음~, 그렇구나~. 선배는 이런 것에 흥미진진 보이였구나~♪"

이로하의 얼굴을 안 봐도, 히죽거리는 모습이 눈에 선했다.

"선배만 괜찮다면, 보여줄 수도 있거든요?"

"하아, 평소 패턴이네. 그런 건 됐어. 남들 오기 전에 빨리 입기나 해."

"농담이라고 생각해요? ―저는 지금 엄마와 이런저런 일이 있어서 상처 입었거든요? 너무 쓸쓸해서, 선배에게 확 어리광을 부릴지도 모르거든요?"

이로하의 목소리에 애절함이 희미하게 어렸다.

그것은 스테레오 방식의 ASMR 음성 같았다. 입체적인 거리에서 들려왔다.

—어이, 잠깐만 있어봐. 발소리가 들려오거든? 이로하가 다가오는 기척이 느껴지거든?

목소리도, 존재감도, 향기도, 모든 게 서서히 접근하고 있다.

진정해! 진정하라고, 내 심장아!

지금은 이런 므흣한 이벤트에 일희일비할 때가 아니잖아! 으음…… 그래. 중요한 이야기. 중요한- 이야기를 하자.

“—오토하 씨가 허락했어.”

“네?”

목소리가 더는 가까워지지 않았다.

나는 안도의 한숨을 내쉬면서 말을 이었다.

“아까 이야기를 나눴어. 이로하가 연기자의 길을 걷는 것을 허락해 주고, 오토하 씨도 지원해 주겠대. 확실하게 언질을 받았어.”

“그, 그게 정말이에요? 하지만 엄마-는 아까도 슬픈 표정으로—.”

“내 설명을 듣고 자기 뜻을 꺾었어. 이로하가 얼마나 진심으로 꿈을 좇고 있는지, 아무리 뚜껑을 덮어봤자 절대로 포기하지 않으리라는 것을 알려줬지.”

거짓말이다.

나와 마주했을 때, 오토하 씨는 이미 마음속으로 결론을 냈다.

나는 그저 그 사람이 결정을 내리는 순간에 그 자리에 있었을 뿐인 엑스트라다.

이로하를 위해 내가 한 일은 단 하나도 없다……고는 말하지 않겠지만, 내가 내린 결단은 이 자리에서 솔직하게 밝히기에는 너무 시리어스했다.

이런 장난스러운 말로 각색하지 않고서는 이로하에게 전할 수가 없었다.

"선배……."

이로하의 감격에 젖은 목소리가 들려왔다.

그 직후—.

"정말 고마워요오오오, 선빼애애애애애!!"
"우왓, 멍청아! 알몸으로 안겨들지 마아아아!!"

갑작스러운 제로 거리!

반쯤 열린 문을 그대로 열어젖히더니, ASMR로 연출했다간 고막 파괴에 따른 노도와도 같은 클레임이 불가피한 대음량이 들려왔다. 그와 동시에 등에 닿은 것은 당연히 생생하기 그지없는 감촉…… 어, 어라?

"옷, 입었잖아……."

"당연하잖아요. 안 그랬으면 안겨들지 않았을 거라고요."

유감이다. ……아, 아니다. 이게 당연한 거잖아. 응.

뒤를 돌아보니 비리냥 인형 탈 차림이나 알몸이 아니라, 사복 차림의 퍼펙트 건전 이로하가 눈에 들어왔다.

젠장, 이 자식. 이미 옷을 다 갈아입었으면서 나를 놀리려고 거짓말을 한 거냐.

"거짓말 아니죠?"

"거짓말 맞잖아. 아까는 옷 다 안 갈아입은 듯한 대사를 날렸으면서……."

"그게 아니라요! ─엄마가 허락했다는 이야기 말이에요."

아, 시리어스 쪽 말이구나.

"거짓말일 리가 없잖아. 네가 어머니한테 물어보면 바로 들통날 거짓말을 왜 하냐고."

"그, 그렇죠? 에헤헤. 하지만 선배는 정말 대단하네요. 우리 엄마를 설득하다니 말이에요."

"……뭐, 그렇게 됐어."

거짓말이다.

거짓말을 안 했다는 게, 거짓말이다.

나는 약아빠진 인간이라서, 거짓말이라는 것을 간파하기 힘든 거짓말을 했을 뿐이다.

오토하 씨가 허락한 것은 사실이다.

그저, 그 사람이 제시한 교환 조건을 밝히지 않았을 뿐─.

"그래. 엄마가 허락했구나……. 그래…. 에헤헤."

"……읏."

이로하의 기쁨에 찬 표정을 보자, 가슴이 아팠다.

이 자리에서 이로하의 프로듀스를 오토하 씨에게 넘기기로 했다는 사실을 밝히면, 그녀는 어떤 표정을 지을까. 쓸쓸해할까. 별 반응 없이 계속 기뻐할까. 만약 이로하가 그 사실을 알고 기뻐하는 모습을 본다면, 나는 심경이 복잡해질까.

……아마 그럴 것이다.

이로하가 밝은 미래로 나아가게 됐는데, 자신이 복잡한 감정을 계속 품을지도 모른다는 사실 그 자체에, 나는 강렬한 자기혐오에 빠졌다. 정말 싫다. 그런 꼴사나운 감정이 어렴풋하게라도 머릿속에 떠오른다면, 뇌를 머릿속에서 뽑아서 먼 곳에 확 내다 버리고 싶다.

그래서 말할 수 없었다.

이로하의 반응을 시험해 보는 것조차 싫어서, 내가 그녀의 프로듀스를 관두게 됐다는 중요한 이야기를 꺼내지 못했다.

"그래……. 이제부터는 숨길 필요 없어."

멀리서 불꽃이 하늘로 쏘아 올려졌다.

퍼레이드의 마무리. 가장 분위기가 달아오르는 순간이다.

수많은 관객의 환호성이 형형색색의 빛과 함께 여기까지 전해져왔다.

아아, 이 타이밍에 불꽃놀이를 해서 다행이다.

만약 지금 내가 어두운 표정을 짓고 있더라도, 역광 탓에 이로하에게 들키지 않을 것이다.

"당당하게 연기자의 길을 걸으면 돼. 너라면 해낼 수 있어, 이로하."

"네♪"

＊

"이로하 양, 무릎 꿇어. 아키도 같이 꿇어."

""아, 넵.""

텐치도 이터널 랜드의 입구 근처, 주차장 구석.

내가 이로하를 데리고 돌아온 순간, 직립 부동자세로 팔짱을 낀 마시로가 귀여움이 겨우겨우 유지되는 와중에 실은 분노 MAX 확정 레벨의 저음 보이스로 명령을 내렸다. 콘크리트가 차가워~. 이로하를 찾으러 뛰어다닌 직후의 이 처우는 고문 레벨이기에 원망 섞인 시선으로 쳐다봤지만, 마시로의 눈보라 같은 시선이 되돌아올 뿐이기에 그냥 얌전히 시키는 대로 했다.

이 자리에 있는 이는 마시로만이 아니다. 오즈, 스미레 선생님, 오토이 씨, 미즈키 씨, 이로하 수색 멤버가 전부 모여 있었다. 그들에게 포위당한 상태에서 무릎을 꿇고 있으니, 중세의 처형을 상상하고 말았다. 우리 이제 죽는 거냐고…….

"이로하 양. 마시로가 왜 화났는지 알아?"

"으……."

"마시로도 화내고 싶어서 화내는 게 아니야. 마시로도 화내면서 마음에 상처를 받고 있거든?"

"미, 미안해요. 제 무책임한 행동 탓에, 여러분에게 걱정을……."

"아냐."

"어?"

어? 이로하와 같은 타이밍에 나도 눈을 깜빡였다.

이로하의 입에서 나온 반성 내용은 핀트가 어긋났기는커녕 정곡을 찌른다고 생각하는데 말이다.

"그런 건 아무래도 상관없어. 그것보다 더 중요한 게 있잖아."

마시로는 몸을 젖히면서 우리를 내려다보더니, 못난 학생을 꾸짖는 교사 같은 투로 이렇게 말했다.

"이로하 양의 과거 회상, 너무 강렬해서 약았어."
"무슨 이야기를 하는 거예요?"

진짜로 영문을 모르겠다.

갑자기 지리멸렬한 언동을 취했다는 것을 자각하고 있는 건지, 마시로는 부끄러운 듯이 볼을 붉히면서 어험 하고 헛기침했다.

"아, 아무튼 무사해서 다행이야. 응."

"으, 으음. 잘은 모르겠지만, 알겠어요."

이로하는 얼이 나갔다.

바로 그때, 마시로의 턴이 끝났다는 것을 눈치챈 스미레 선생님이 이로하를 옆에서 확 끌어안았다.

"지이이이이인짜로 걱정했거든?! 여행 와서 갑자기 사라지지 마! 마감 직전의 나한테만 허락되는 소행이란 말이야!"

잠깐만. 그런 건 허락 못하거든?

"스미레 쌤한테도 폐를 끼쳤네요. ……학년이 다른데, 정말 죄송해요."

"무사해서 다행이야! 정말…… 정말……!"

스타킹이 더러워지는 걸 개의치 않으며, 무릎을 꿇은 상대에게 맞추듯 자기도 무릎을 꿇은 스미레가 이로하를 끌어안았다. 마감 관련 언동에 관해서는 걸리는 부분이 있지만, 이런 인정 많은 부분이 역시 선생님답다는 생각이 들었다.

"코히나타~ 너~ 나한테 폐를 끼치다니, 뭐 하자는 짓거리야~?"

이어서 이로하의 앞에 선 이는 오토이 씨였다.

"너를 찾느라 칼로리를 왕창 썼단 말이야~."

"오토이 씨까지……. 으~. 죄송해요."

"2000킬로 칼로리 정도는 썼단 말이야~."

“왜 그렇게 구체적인 건데요?”

“2000킬로 칼로리 어치의 단 것을 못 얻으면 손해야~. ……그런고로~, 아키. 돌아가면 사죄 삼아 단것을 사다 바쳐~.”

“내가 왜?!”

이로하에게 설교하는가 했더니, 갑자기 창끝이 나를 향했다.

“그야 네가 보호자잖아~. 그리고 같이 무릎 꿇었다는 건 책임질 생각이 있는 거잖아~?”

“잘 생각해 보니, 걱정 끼친 이로하는 몰라도 왜 나까지 무릎을 꿇린 건데?”

“사소한 걸 되게 신경 쓰네~. 연대 책임이란 거야~.”

내가 왜 연대 책임을 져야 하는 건지 도통 모르겠지만, 그건 사소한 일일까.

그런 생각을 하고 있을 때, 오토이 씨의 뒤편에서 새하얀 누군가가 불쑥 끼어들었다.

미즈키 씨였다.

“Hmm…… 저기…….”

이로하의 앞에 선 그녀의 표정은 거북해 보였으며, 긴 앞머리카락에 가린 눈 또한 발치의 이로하가 아니라 전혀 다른 방향을 향한 채로 흔들리고 있었다.

한동안 몸을 꼬물거리며 망설이던 미즈키 씨는 갑자기 무릎을 힘차게 꿇었다.

"Pardon이에요! 저, 실책. 실수, 했어요."

"미, 미즈키 씨?!"

"엄마가…… 무릎을……?!"

나와 이로하를 비롯해 이 자리에 있는 모든 이들이(정도의 차이는 있지만) 놀랐다.

우리와 마찬가지로 차가운 아스팔트 위에 무릎을 꿇고, 아름다운 은발이 더러워지는 것을 개의치 않으며 이마를 땅바닥에 댔다. 일본 문화, 미의식, 마음이 느껴질 만큼 깔끔한 자세였으며, 매너 강사가 보더라도 백 점 만점을 줄 만큼 완벽한 오체투지였다.

"멋대로 이로하 양을 데려와서, 아마치 사장과 듀얼, 시켰어요. 아이의 미래를 위해, 마음을 꺾을, 가능성, 크다. 판단했어요. 설마 일이 이렇게 될 줄은…… 저, 당신을 상처입혔어요. 이로하 양. 사죄. 극형. 할복 필요한가요?"

"아니, 할복은 됐어요! 그리고 고개 들어주세요!"

"하지만……."

"사과받을 이유도 없고요! 미즈키 씨가 제 인생을 생각해서 힘써주신 걸 감사하면 몰라도, 원망하지 않아요. 전부 제가 약해빠진 탓인걸요."

이로하는 무릎을 꿇은 미즈키 씨에게 무릎걸음으로 다가갔다. 그리고 미즈키 씨의 은발에 손을 대면서 어루만지듯 흙을 털어주면서…….

“게다가 엄마에게 허락을 받은 것 같거든요! 미즈키 씨가 기회를 만들어준 덕분이에요. 정말…… 정말 감사해요♪”

“어? 인정, 받았다니—.”

미즈키 씨는 고개를 들더니, 당혹스러운 눈길로 나를 쳐다봤다.

나는 슬며시 눈길을 돌렸다.

감이 좋은 미즈키 씨라면 눈치챌지도 모르지만…….

꼴사나워도 괜찮다. 이 순간만 진실을 들키지 않으면 된다.

아무튼, 이것으로 문제 하나는 해결됐다.

이로하는 미즈키 씨와 함께 묵고 있는 호텔로 향했고, 우리 또한 스미레 선생님의 인솔로 숙소에 돌아가기로 했다.

돌아가는 택시 안에서, 이제까지 입을 다물고 있던 오즈가 불쑥 말했다.

“혹시 거짓말한 거야?”

“무슨 소리인지 모르겠는걸.”

“그런 대답을 준비해 둔 것을 보면, 꽤나 시리어스한 전개 같네. 개그로 넘어갈 일이라면 『대뜸 무슨 소리야!』든가 『마음을 읽지 마』 하고 화끈한 태클을 날렸을 거잖아.”

“……상대가 내키지 않아 하는 부분을 공격하는 건 커뮤니케이션에서 부적절한 짓이라고.”

“나는 그저 걱정하는 것뿐이야. 엄마를 설득하는 건 그만큼 어려운 일이거든.”

“……정말 그러려나.”

택시에는 남녀가 따로 탔다. 이 차 안에는 운전사 말고는 나와 오즈뿐이다. 마시로와 오토이 씨와 스미레 선생님은 다른 택시를 탔다.

단둘이 있는 자리에서 이야기를 꺼낸 것은, 오즈에게 있어 최대의 배려일지도 모른다.

미소녀 게임 훈련을 통해 커뮤니케이션 중급자로 성장한 것일까.

그렇게 배려해 준 절친에게, 나도 최소한의 성의를 보여야만 할 것이다.

“걱정 안 해도 돼. 오즈와 다른 사람들에게 나쁜 방향으로 일이 풀리진 않을 거야.”

“우리에게 걱정 끼칠 일을 하겠다는 거야?”

“일시적으로는 걱정을 끼칠지도 몰라. ―그때는 분명 괜찮을 거라고, 네가 다른 사람들에게 전해주지 않겠어?”

“네가 직접 말하면 되잖아.”

“좀 하기 어려운 말이라서 말이지.”

“커뮤니케이션이 서투네. 게임으로 공부 좀 하는 게 어때?”

“그 말을 부정할 수는 없지만…… 나는 커뮤니케이션이 서툴다기보다, 겁쟁이일 거야.”

자기 생각과 행동이 결과적으로 좋은 방향으로 이어질 거라는 자신은 있지만, 그것을 타인이 이해해 줄 거라고 단언

할 수는 없다. 반대를 받거나, 상처를 입히거나, 경우에 따라서는 울리고 말 것이다. 동료들에게 그런 부정적인 감정을 줄지도 모른다고 생각하니, 확신에 찬 자신의 생각을 당당히 공유할 수가 없다.

"뭐, 좋아. 나는 아키가 어떤 길을 선택하든 따라갈 생각이거든."

"네가 그렇게 말해주니, 마음이 놓여."

내가 무슨 생각을 하는지 상세하게 알 리 없는데도, 그것을 긍정하며 받아들여 준 오즈는 역시 유일무이한 절친이라고 다시 한번 생각했다.

그런 소중한 친구에게, 마음속으로만 사죄했다.

—미안해, 오즈. 한동안 너한테 꽤 막중한 부담을 주게 될 것 같아.

이제부터 내가 하려는 건, 이로하의 프로듀스를 오토하 씨에게 맡긴다는 레벨의 이야기가 아니다. 사람에 따라서는 《5층 동맹》을 배신하는 거냐며 비난할 가능성도 있는, 지극히 극단적인 선택을 하려는 것이다.

미리 동료들에게 알려졌다간, 행동을 일으키기도 전에 철저 감시 및 저지를 당할지도 모른다.

그래서 오즈에게도, 추상적인 정보만 전달할 수밖에 없었다.

택시 창문을 통해 밖을 쳐다봤다. 어지럽게 지나가는 교토의 야경을 바라보면서, 그 탁한 물줄기 같은 경치의 변화가 인생 그 자체의 흐름을 몽환적으로 보여주는 것만 같았다.

이로하와 마시로에게 죄책감을 느끼면서도, 나는 부정적이 아니라 긍정적인 눈빛을 머금으며 굳게— 굳게— 생각했다.

절대 이대로 끝내지 않을 거야, 오토하 씨— 아니, 아마치 사장.

뭐든 자기 손바닥 위에 두고 컨트롤할 수 있다고 생각한다면, 그건 큰 착각이야.

*

『아키, 혹시 이야기 전개를 크게 바꾸는 짓을 하려는 거야?』

『전부 이야기해 줄 순 없어. 뒷일을 부탁해, 오즈.』

『뭐?』

(나한테 있어서) 영원처럼 길었던 수학여행은 (내 탓에) 구질구질하게 막을 내렸다.

반성하고 있어요. 그리고 안녕하세요. 코히나타 이로하예요.

교토에서 돌아와서 피곤한 나머지 폭☆풍☆수☆면. 그렇게 갈망했던 선배에게 치근덕거리러 갈 체력도 남아 있지 않았고, 엄마에게 연기자 활동을 인정받은 게 기쁜 나머지 기절한 듯이 잠들었어요.

그리고 하룻밤 푹 자고, 다음날 저는 침대 위에서 눈을 떴어요.

눈에 익은 친숙한 천장.

몸에 익은 푹신한 침대의 감촉.

잘 때마다 하도 끌어안은 탓에 낡아버린 토맛티군.

틀림없는 제 방이에요.

푹 잔 덕분에 HP와 MP가 완전 회복~. 체조 선수처럼 침대에서 몸을 날린 후에 멋지게 착지.

자, 오늘은 어떤 아침 돌격으로 선배를 깜짝 놀라게 해줄까~ 하고 생각하면서 몸치장을 하려고 방을 나가서 세면장으로― 향하려던 순간, 부엌 쪽에서 소리가 들려왔다.

오빠일까?

그렇게 생각했지만, 식기나 조리도구 같은 금속이 부딪치는 소리가 계속 들려왔다.

오빠는 아침에 완전 영양식이나 영양 보충제나 젤리 음료나 칼ㅁ리메이트 같은 것만 먹을 뿐, 자기가 직접 요리를 하는 사람이 아니다.

뭐지…… 하고 생각하며 거실로 이어지는 문을 조용히 연 후, 부엌을 슬쩍 쳐다봤다.

그러자, 거기에는―.

"어, 엄마?"

"어머, 이로하. 좋은 아침~, 좋은 아침~♪"

엄마인 코히나타 오토하. 다른 이름은 텐치도 사장, 아마치 오토하.

일본인이라면 누구나 아는 초유명 엔터테인먼트 기업의 냉철한 여사장……의 면모가 전혀 느껴지지 않는, 가정적인 앞치마 차림으로 채소를 볶는 모습이 눈에 들어왔다.

금속이 부딪치는 소리는 철제 요리용 젓가락과 프라이팬이 부딪치는 소리 같았다. 아하.

"언제 돌아온 거야?"

"방금 도착했지~. 따뜻한 아침밥을 대접해 줄까 해서, 열심히 요리하는 중이란다~."

"그, 그렇구나."

치익~ 치익~ 하는 좋은 소리가 나고 있는 채소를 곁눈질하면서, 냉장고를 열고 보리차를 꺼냈다.

왠지 목이 너무 말랐다. ……아마, 대뜸 엄마와 마주친 탓에 긴장한 것이리라.

컵에 따른 보리차를 마시면서, 엄마의 얼굴을 힐끔 쳐다봤다.

엄마는 평소와 다름없었다. 콧노래를 부르면서 나와 오빠에게 먹일 요리를 만드는 모습은, 서글서글한 평소의 엄마와 똑같다.

하지만 교토에서 있었던 일은 꿈이 아니다. 이대로 입 다물고 있을 수도 없다고 생각한 나는 용기를 쥐어 짜내서 말했다.

"저기, 엄마. 교토에서의 일 말인데…… 마주치자마자 도망쳐서, 미안해."

"이 엄마 몰래 연기자가 되려고 한 건 사과하지 않는 거니?"

"……응."

용기를 쥐어 짜내서 고개를 끄덕였다.

사과할 짓은 하지 않았다고 생각하며, 선배 또한 가슴을 펴고 당당히 엄마를 설득했을 것이다. 그러니 나도 가슴을 펴고 당당히 행동하고 싶다.

"후후. 이 엄마가 모르는 사이에 참 멋진 눈빛을 머금게 됐구나."

"……엄마, 화 안 난 거야?"

"오오보시 군에게 이야기를 들었지? 이제 와서 화낼 게 뭐가 있니."

엄마가 빙긋 웃으면서 그렇게 말하자, 나는 안도했다.

선배에게 얼추 전해 듣기만 했기에 엄마가 진짜로 협력해 줄지 알 수 없었지만, 이 평온한 표정을 보니 거짓말이 아닌 것 같았다.

그렇다면 왜 이제까지는 자식들이 엔터테인먼트를 멀리하게 한 거야? ……란 의문이 떠올랐다. 하지만 모처럼 웃으며 허락해 준 엄마에게 그런 말을 해서 슬픈 표정을 짓게 만들고 싶지 않았기에, 괜히 물어볼 수 없었다.

"안심하렴, 이로하. 연예계는 온갖 악귀가 날뛰는 세계지만, 네가 그런 것들에게 이용당하지 않도록 내가 지켜줄게."

"뭐? 으, 응. 고마워……라고, 하면 돼?"

무슨 말을 들은 건지, 바로 이해하지 못했다.

엄마가 내 활동에 도움을 주겠다는 걸까.

텐치도 같은 큰 회사의 사장이니까, 일이 잘 풀리도록 한마디 거들어주겠다는 건가? 하지만 그건 인맥으로 성공하는 것 같아서 좀 그런데……. 하지만 선배라면 이용할 수 있는 건 전부 이용할 테고, 그런 선배의 제일 가는 후배인 이이로하 님도 인맥 웰컴이라고, 끼얏호~ 같은 마음가짐으로 임해야 그 선배의 그 후배라 할 수 있을지도 모른다.

그런 식으로 이런 생각을 하고 있을 때, 엄마가 뭔가를 눈치챈 것처럼 앗 하고 말했다.

"맞다. 교토에서 과자 선물을 사 왔단다. 테이블에 야츠하시 떡이 있으니까, 먹으렴~."

"선물이라니…… 나도 교토에 다녀왔는데……."

"사소한 건 신경 쓰지 마~. 야츠하시는 몇 개를 먹어도 달콤하잖니?"

"그건 그렇지만……."

일용품은 아무리 많아도 곤란하지 않다, 같은 식으로 말하니 곤란했다.

확실히 교토에 가긴 했지만 야츠하시 범벅이 될 정도로 먹지는 않았고, 달콤한 것이 잔뜩 있으면 행복하다. 오토이 씨 정도로 단 것에 중독된 것은 아니지만, 저도 여자애라서 디저트가 가득한 환경은 완전 환영이어요☆

식탁 위에 놓인 고급스러운 상자를 연 후, 전통과 왕도의 야츠하시를 꺼내서 입에 넣었다.

으음~, 달고 맛있어.

이 맛은 가족과도 공유해야 마땅하다 싶었다. 그래서 야츠하시를 한 개 들고 오빠의 방으로 향했다.

닫혀 있는 문. 최근 몇 년 동안 직접 열고 들어간 적이 없는 방.

선배 덕분에 벽이 한없이 낮아져서, 지금은 평범하게 노크

할 수 있게 된 방.

"오빠~. 야츠하시 먹을래~?"

말을 건네자, 방 안에서는 딸깍딸깍하는 기계적인 소리가 들려왔다.

또 자작 컴퓨터나 로봇 등은 만들고 있는 걸까. 이른 아침부터 참 수고가 많네요.

잠시 후―.

『나는 괜찮아. 기왕이면 아키한테 나눠줘.』

"아침은 어떻게 할래? 엄마가 만들고 있어."

『그것도 나중에 먹을게. 접시에 담아서 랩 씌워놔 줄래?』

"라져~ 예요~."

예상했던 대답이기에, 대충 대답했다.

오빠는 항상 이런 느낌이다. 과자나 주스에는 전혀 흥미가 없어서, 먹을 거냐고 물으러 오면 항상 됐다고 대답했다. 나는 익숙해져서 화도 안 났고, 다음에는 안 물어볼 거야! 하고 토라지지도 않으며 매번 성실하게 물으러 왔다.

어쩌면 마음이 바뀌어서 먹을지도 모르고, 일단은 가족이니까 말이야.

하지만, 그래. 선배한테 준다는 선택지도 있네. 나이스야, 오빠.

교토에서 수학여행을 마치고 돌아온 직후에 대량의 야츠하시 나눔…… 절묘하기 그지없는 괜한 짓거리인 데다, 빼앗기는 게 아니라 받는 것이니까 커다란 마이너스도 안 되는, 그야말로 밸런스가 완벽하게 조정된 치근덕일 것이란 예감이 들었다.

후후후. 기다리라고~ 선배 녀석~.

수학여행이라는 특별한 시간은 끝! 오늘부터 정상 영업에 따라 일상적 치근덕을 수행하겠다!

……맞다. 그 전에 엄마와 아침을 먹어야지.

중요한 이야기도 해야 하잖아.

"어머, 오즈마는?"

"나중에 먹는다고 덜어놔달래."

"어머나. 때로는 아들과 차분히 이야기를 나누고 싶었는데……. 정말, 누굴 닮은 건지 모르겠다니깐."

그냥 엄마를 닮은 것 같은데 말이야.

"뭐, 좋아~. 때로는 이로하와 둘만의 아침 식사를 즐길래♪"

"으, 응. 중요한 이야기도 있잖아."

말끝의 가벼운 톤에 놀라면서, 나는 엄마와 단둘이 식탁에 둘러앉았다.

쌀밥과 된장국, 채소볶음. 가정 요리의 정석. 왕도 중의 왕도다.

잘 먹겠습니다.

어머니의 손맛, 느낌의 그리움을 느끼려나 하고 생각하며 채소를 입으로 가져갔다.

"오래간만에 맛본 엄마의 요리는 맛이 어떠니?"

"우물우물. ……윽?! 으음, 이건……!"

"어, 혹시 이상하니. 어머나, 어쩌지?"

"완전히 평소 맛!"
"일부러 호들갑 떨면서 내뱉을 감상이야?"

"생각해 보니 나는 엄마한테 배운 간으로 항상 요리하는걸."

"뭐…… 그러면 나는 이제 필요 없다는 거구나……. 아아, 사랑하는 딸은 언젠가 부모의 둥지를 떠나는 거네. ……흑흑흑……."

"잠깐만, 괜히 우는 시늉하지 마. 엄마 요리, 맛있단 말이야!"

"……정말?"

엄마는 자기 얼굴을 감싼 손의 틈새로 힐끔 쳐다보면서, 그렇게 물었다.

내가 몇 번이나 고개를 끄덕이자, 엄마는 환한 표정을 지으며 몸을 쑥 내밀었다.

"으~음. 사랑해, 이로하. 알라뷰~♪"

"냐아아앗?! 들러붙어서 볼을 비비며 쓰다듬지 좀 마아아아!"

또냐, 필살 어린애 취급! 나, 이거 정말 질색인데!

엄마는 한동안 나를 마구 쓰다듬었다. 도중에 내가 밥을 못 먹고 있다는 것을 눈치채고 얼굴을 떼기는 했지만, 그때는 이미 늦었다. 정신력이 완전히 바닥나고 말았어요.

엄마는 어험 어험 하고 두 번 헛기침하며 마음을 다잡았다.

진지한 표정으로(솔직히 말해, 이제 와서 저러니 어처구니없지만) 어딘가에서 두꺼운 검은색 마커 펜을 꺼내더니, 식탁 옆에 있는 화이트보드를 탁 두드렸다.

"장난은 이제 그만하고, 앞으로의 활동에 관해 바로 이야기하자."

"앞으로의…… 연기자 활동 말이야?"

"맞아~."

"엄마…… 고마워. 정말 고마워."

분명 마음속으로는 반대하고 있을 것이다.

그런데도 나를 위해 자기 감정을 억누르고, 내가 나아가려 하는 길을 허락해 주는 것이다. 그것을 실감하자, 엄마를 향한 고마움과 약간의 미안함이 느껴졌다.

……하지만.

이어서 엄마의 입에서 나온 말은, 내가 예상조차 못한 내용이었다.

"이미 플랜은 짜뒀단다~. 『검은 염소』의 성우는 계속해도 되지만, 다른 활동도 적극적으로 해나가는 거야."

"플랜……?"

“『검은 염소』의 레코딩은 어느 정도 융통성 있게 가능하다고 오오보시 군에게 들었으니까, 먼저 레슨 스케줄을 잡아 뒀어. 성우 일에 관해서는 내가 아는 음향 감독에게 지도를 부탁할 거야. 그 외에 연기 전반에 관해서는 미즈키 씨의 제자가 되어 배우기로 했지? 그녀와도 이야기해서, 그녀를 기른 선생님에게 배울 수 있도록 수배해 둘게~. 내년에는 대대적으로 데뷔할 생각이니까, 그 전에 예명을 생각해 둬야—.”

“자자자자, 잠깐 스톱~!”

“—어머, 왜 그러니?”

“무슨 이야기를 하는 건지 모르겠거든? 엄마, 지금 뭐 하는 거야?”

“뭐하냐니, 이로하의 스케줄 조정이란다.”

“아니, 대체 왜 갑자기 매니저 같은……”

“무슨 소리를 하는 거야. 오오보시 군에게 들었잖니?”

엄마가 의아하다는 듯이 눈을 가늘게 뜨자, 나는 혼란에 빠질 수밖에 없었다.

왠지 치명적인 부분이 엇갈리고 있는 듯한 느낌이 드는데…… 어라~?

내가 고개를 갸웃거리자, 그제야 엄마는 뭐가 어떻게 된 건지 알겠다는 투로 말했다.

“오오보시 군은 네 프로듀스는 나에게 인계했단다. —이로하가 연예계를 목표로 삼는 것을 허락하는 대신, 이로하를 나에게 맡겨달라고 부탁했거든.”

“선배가…… 내 프로듀스를, 관뒀다는 거야……?”

거짓말, 이지?

선배는 그런 말을 단 한마디도 하지 않았다.

“걱정하지 말렴. 이래 봬도 텐치도의 사장이거든. 책임지고 너를 스타로 만들어줄게~.”

“어, 으음…….”

아니, 저기, 스타가 되는 게 확정 노선이라는 투로 말해도 곤란하거든?!

어떤 반응을 보이면 돼?

모르겠어.

모르니까, 말을 이을 수가 없어.

선배가 그런 짓을 할 리가— 아니, 반대일까. 선배라면, 그러고도 남을까.

선배는 효율충이니까…….

텐치도는 국내만이 아니라 해외에도 널리 알려진 일류 엔터테인먼트 기업이다. 그곳의 사장은 엄청난 실력과 권력 없이는 될 수 없을 것이며, 업계의 추악한 면과 달콤한 면을 다 아는 그런 사람이 프로듀스를 해준다면 간단히 꿈을 이룰 수 있을지도 모른다.

효율충인 선배라면 분명 그 길을 선택할 것이며, 빨리 데뷔할 수 있을 뿐만 아니라 엄마에게 인정도 받을 수 있으니

© tomari

더할 나위 없는 전개다. 그러니 엄마의 제안을 덥석 승낙해도 이상할 게 없다.

하지만 너무 갑작스러운 일이라서, 머릿속으로는 이해하면서도 마음이 받아들이지 못했다.

선배는 그것으로 괜찮은 거야?

이제까지 함께 노력해 왔다. 앞으로도 당연히 함께 노력해 가리라고 생각했다. 절대로 나를 버리지 않겠다고, 약속했다.

물론 더 나은 환경을 준비해 줬으니, 버렸다는 볼 수 없을 것이다.

그래도, 선배가 자기 입으로 설명 정도는 해줘도 되지 않았을까?

게다가 엄마는 내가 연예계에 다가가는 것을 쭉 반대해 왔다.

어째서 갑자기 인정해 줄 마음이 든 것일까— 그뿐만 아니라, 온 힘을 다해 도와주겠다니…….

왜 하루아침에 딴사람이 된 것일까.

부정적인 감정의 응어리 같은 것이 가슴 깊은 곳에 쌓여만 갔다.

내가 혼란스러워한다는 것을 눈치챈 건지, 엄마는 볼에 손을 대면서 애처로운 표정을 지었다.

"내가 프로듀스하는 게…… 싫니?"

"그, 그런 건 아니야!"

나는 허둥지둥 부정했다.

엄마를 슬프게 만들고 싶은 게 아니야. 그냥 좀 놀랐을 뿐이야. ……마음이 제대로 전해질지는 모르겠지만, 일단 말로 설명하려 했다.

"이제까지 쭉 선배와 함께 해왔으니까…… 선배에게 직접 설명을 들어야, 머릿속이 정리될 것 같아."

"하긴, 그것도 무리는 아니겠네."

"선배와, 이야기를 나누고 와도 돼? 그러면 앞으로 엄마와 함께 힘내잔 마음을 먹을 수 있을 것 같아."

"그래. 납득될 때까지, 이야기를 나누고 오렴."

그렇게 말하며 고개를 끄덕인 엄마는 평소의 집요할 정도로 오냐오냐 하는 난처한 엄마와는 다른 얼굴을 하고 있었다.

어른으로서의 얼굴. 텐치도 사장으로서의 얼굴. 저런 얼굴로 나를 대하는 건 아마 이번이 처음이기에 조금 긴장되는 것과 동시에, 처음으로 자식이 아니라 대등한 어른으로 대해주는 느낌이 들어서 기뻤다.

그래서 나도 어른처럼 당당히, 똑바로 엄마의― 텐치도 사장의 눈을 쳐다보며 고개를 끄덕였다.

"응. 다녀올게."

*

"선배! 선배, 선배, 선배, 선배~!! 대체 어떻게 된 거예요~?! 이건 제가 대통령이었으면 속공 사형 확정인 슈퍼 길티 행위라고 생각하는데요오오오오!!"

오빠의 방에서 열쇠를 챙겨와서 인정사정없이 돌격 작전을 감행했다. 선배네 집의 문을 박살 낼 기세로 열어젖힌 후, 일부러 발소리를 내면서 침실로 향했다.

아직 자는 걸까. 컴퓨터로 작업 중일까. 문손잡이를 쥐었지만, 침실 안에서는 목소리가 들려오지 않았다.

지금의 나는 화가 머리끝까지 치솟아 있다. 수면 중이라도 봐줄 생각 없다고요. 내가 결의를 다지며 문손잡이를 쥔 손에 힘을 준 순간— 거실 쪽에서 소리가 들려왔다.

으음. 그쪽에 있었나요.

"선배! 있으면 대답 좀 해요! 이 맨션 5층이라는 국가의 대표라면, 국민에게 설명 책임이 있다고요! 독재 정치는 절대 허락 못 해요~!!"

정치의식도 뛰어난 인텔리전스 미소녀 여고생, 코히나타 이로하. 코히나타 이로하 양입니다. 감사해요. 감사해요. 제가 출마한다면 깨끗한 한 표가 아니라 짜증나는 한 표를 잘 부탁드립니다. 내가 지금 무슨 소리를 하는 거야. 잘은 모르겠지만 선배를 향한 불만과 혼란과 당혹감이 머릿속에서

「스파킹~!」 하고 있는 탓에 사고회로가 엉망진창이 되고 말았다.

아무튼 선배의 얼굴을 보며, 법치 국가 스타일의 심문을 개시해야만 해!

그렇게 생각하며 쾅~ 소리 나게 문을 열어젖힌 후에 거실로 돌격—.

"오~, 코히나타. 좋은 아침~."
"⋯⋯⋯⋯⋯⋯⋯⋯어?"

뜻밖의 인물이 마중해 주자, 뒤통수를 세게 얻어맞은 느낌이 들면서 바보 같은 표정을 짓고 말았다.

그것도 그럴 것이, 거실에 있는 이는 우리의 믿음직한 동료, 《5층 동맹》의 숨겨진 공로자.

오토이 씨였다.

게다가 어찌 된 건지 알몸이었다.

방금 씻고 나온 건지 몸에서 새하얀 김이 피어나고 있었으며, 목욕 수건으로 머리카락을 닦으면서 거실 한복판에서 유유자적 커피 우유를 마시고 있었다.

왜 이렇게 여유로운 걸까. 남의 집을 대중목욕탕 탈의실로 착각하고 있는 걸까. 마치 자기 집처럼 이러는 건 너무 비상식적 아닌가요? ⋯⋯부메랑 맞은 느낌 안 드냐고 말한 사람, 국가반역죄로 체포하겠어요. 그게 이로하 국(國)의 룰이에요.

"아니, 오토이 씨가 왜 여기 있는 거예요?! 게다가, 옷차림은 그게 뭐냐고요! 빨리 옷 입으세요!"

"하하하. 허둥대지 마~. 여자끼리 알몸 좀 보여준다고 딱히 곤란할 건 없잖아~."

"저는 곤란해 죽겠거든요?!"

언뜻 보고 알몸이라는 것을 알자마자 고개를 휙 돌린 덕분에, 거의 못 봤지만 말이다.

목욕을 마치고 알몸으로 집안을 돌아다니다니, 정말 칠칠치 못하네요.

…………

……어, 잠깐만. 문제는 그런 게 아니잖아요? 왜 선배의 집에서 씻은 건데요? 게다가 선배가 알몸을 봐도 전혀 문제 없다는 듯이 굴면서요.

이른 아침부터 샤워해야만 할 행위를 한 건가요? 어젯밤에 꽤나 즐겼단 건가요? 대체 뭐가 어떻게 된 거냐고요—!!

"선배! 어디 있는지 모르겠지만 설명 좀 해봐요! 거사 치른 후인가요? 재미 다 본 후인 거냐고요오오오오오오!"

고함을 지르면서 선배의 침실에 다시 돌격했다. 그리고 자고 있든 아니든 간에 침대 위의 이불을 확 걷어낸 후에 선배의 어깨를 잡고 마구 흔들려던 순간. 어깨가 없다는 사실

© tomari

을 눈치챘다.

허공을 가르는 내 손.^{마이 핸즈}

침대 위는 텅 비어 있었다. 선배는 흔적조차 남기지 않고 사라진 것이다.

이 수수께끼로 가득한 상황은, 명탐정이 히로인 포지션인 경우가 많은 작금의 상황에 맞춰 나도 명석한 두뇌로 명추리를 선보이라는 신의 메시지일까요. 좋아요. 얼마든지 해 주겠어요.

으으음. 이 상황은, 분명…… 으으으음! 알겠다!

"선배 자식, 재미 다 본 후에 오토이 씨를 버리고 도망친 거네요! 저질~!"
"그런 생각은 카게이시의 전매특허잖아~."

오토이 씨가 뒤편에 나타났다. 어느새 옷을 입고, 막대 사탕의 막대를 입에 물고 있었다. 혹시 저 막대도 몸치장에 포함되는 걸까.

"네 선배를 빼앗을 생각은 없으니까, 걱정하지 마~."

"윽……. 아, 아니, 딱히 그런 걱정을 하는 건……."

"나한테까지 숨길 건 없잖아~. 알몸도 본 사이인데~."

"멋대로 보여준 거잖아요?!"

"하하. 아키가 있을 때는 개그 담당이지만, 없으니 태클 담당이 되네. 재미있는걸~."

"으으~!"

완전히 농락당하고 있다.

가까워진 사람에게는 심술궂은 짓을 하고 싶어지는 치근 덕 체질인 나조차도, 이 사람에게는 아무리 가까워져도 치 근덕거릴 마음이 들지 않았다. 본능적으로 자기보다 격이 높다는 사실을 아는 것이다……. 분하지만 말이다.

"……그래서, 결국 선배는 어디 있는데요?"

내가 토라진 표정으로 물었다.

오토이 씨는 부풀어 오른 내 볼을 손가락으로 누르면서 대답했다.

"사라졌어~."

"……네? 무슨 소리예요?"

"말 그대로야~. 한동안 종적을 감출 거라면서 LIME으로 연락을 받았어~."

"어. 아, 엥? 어어어어어어?!"

의미 불명. 이해 불능.

증발한 건가요. 야반도주한 건가요. 왜? 어째서? Why? 게임 개발에 돈을 너무 많이 써서 실은 빚더미에 앉은 상태 인지라, 어쩔 수 없이 야반도주한 건가요. 아니, 하지만 선 배가 그런 쓰레기 같은 짓을 할 리가 없는데―.

"한동안은 《5층 동맹》 멤버와도 연락을 끊을 거라네~. 그 사이『검은 염소』CS판 개발의 진두지휘를 나한테 맡아달래~.
이로하의 프로듀스도 텐치도의 아마치 사장에게 맡겼다며~?”

“그, 그거예요! 엄마가 이상한 소리를 해서 선배한테 확인
하러 왔어요. 그런데, 선배가 사라졌다니…… 완전 어처구니
없는 사태가 벌어지고 있다고요!”

“자초지종은 이야기 안 했지만 《5층 동맹》의 프로듀스에
서 일시적으로 손을 뗄 필요가 있나 봐. 활동 지침을 정하
는 것 같은 중요한 건은 LIME을 통해 나한테 의향을 전하
겠다는데, 동료에게의 업무 발주나 관리는 기본적으로 나한
테 일임한다고 했어. ……정말, 귀찮은 일을 떠맡기는~.”

자초지종, 이라는 단어에 내 귀가 쫑긋하며 반응을 보였다.

혹시 엄마를 설득하면서 뭔가 조건을 제시한 걸까? 타이
밍 상 그렇게 생각할 수밖에 없다.

선배는 아무것도 가르쳐주지 않았지만…… 내가 연예계를
접하는 것을 그렇게 막아왔던 엄마가 생각을 바꾼 것이다.
정말 힘든 교섭이었을 게 틀림없다. 선배가 얼마나 무리한
요구를 받아들였을지, 상상조차 안 됐다.

“하지만 오토이 씨도 용케 이런 성가신 일을 받아줬네요.”

“평소 같으면 거절했을 거야~.”

“그랬겠죠. ……그 정도로 선배가 절실해 보였나요?”

“아냐.”

오토이 씨는 고개를 저었다.

“매일 같이, 무지 유명한 디저트 가게의 디저트를 보내준 댔거든~.”

“동기가 너무 가벼워!”

그건 그렇고, 이렇게 중요한 일도 디저트에 매수당해서 승낙하다니…….

오토이 씨는 공략 난이도가 높아 보이지만, 실은 가장 쉬운 여자 아닐까?

“뭐, 그래서 여기 있는 거야~.”

“그렇군요……. 어, 하지만 그거로는 선배네 집을 자기 집처럼 누비고 다니는 건 설명이 안 되는데…….”

“《5층 동맹》의 리더 대행이라면, 역시 여기서 살아야 하잖아~.”

“그런 시스템 있었어요?! 여기는 《5층 동맹》 설립 전부터 오오보시 가족의 집이었거든요?!”

“사소한 건 신경 쓰지 마~.”

오토이 씨는 평소와 마찬가지로, 느긋한 어조로 그렇게 말했다.

어떻게 신경 안 쓰냐고요. 진짜 이상하다고요. 이성적으로는 그렇게 생각하면서도…….

상식이 느슨해지는 자기장이 발생하고 있는 탓에, 나까지 눈앞이 빙글빙글 돌기 시작했다…….

이, 일단 진정하고 선배 본인에게 연락해서 확인해야겠다.

일단은 그게 우선이다!

스마트폰을 꺼내서 LIME의 통화 기능을 터치~!

띠리리리리리리리링♪ 띠리리리리리리리링♪ 모든 인류에게 친숙할 호출음이 들려왔다.

그 멜로디가 몇 번이나 반복됐지만— 상대방은 받지 않았다.

"왜 안 받는 거예요~! 선배는 바보~!"

불만에 찬 표정, 화난 표정의 이모티콘을 연타했다.

……하지만, 읽음 표시조차 달리지 않았다.

"자취를 감춘다고 했으니까, 그렇게 간단히 연락될 리가 없잖아~."

"그건 그렇지만…… 앗! 오토이 씨는 어떤가요?"

"무슨 소리야~?"

"연락 말이에요! 오토이 씨에게 실제 작업을 맡긴다고 해도, 의사 결정은 선배가 하잖아요? 그 말은 오토이 씨와는 연락을 주고받을 마음이 있다는 거겠네요? 오토이 씨가 쓰는 스마트폰으로 연락한다면 선배도 무시 못 하지 않을까요?!"

"쓸데없는 짓일 것 같은데 말이야~."

"일단 줘보세요!"

오토이 씨의 손에서 스마트폰을 빼앗은 후, LIME을 켜서 가장 윗줄에 있는 선배와의 연락 화면에 지금 바로 전화해 NOW! 라는 협박성 문장을 남겼다.

읽음 표시는…… 달리지 않았다.

“왜냐고요~!!”

“그러니까 쓸데없는 짓이랬잖아~. 나와도 필요 최소한의 연락 말고는 주고받을 생각이 없는 것 같았어~.”

“으으으으……. 그럼 손쓸 방법이 없는 거예요? 작별 인사도 없이 사라지다니, 완전 저질 최악인데요!”

“호들갑 떨기는~. 딱히 죽은 것도 아니잖아. 해외 유학을 간 거나 별 차이 없어~.”

“해외 유학이면 심각한 사안이잖아요! 옛날 러브 코미디에선 최종화 부근에서 투입되는 정석 에피소드였다고요!”

“뭐~, 그렇긴 하지만 여기는 현실이잖아. ……아, 시끄러운 애가 한 명 더 왔네~.”

오토이 씨가 등 뒤를 쳐다봤다.

멀찍이서 현관문이 쾅! 하고 닫히는 소리가 들려오더니, 이어서 다급한 발소리가—

“아키, 괜찮아?! 메시지 보냈는데 읽음 표시가 안 붙으니까 걱정되어서 한 스무 개 정도 더 보내고 전화도 마구 걸어 댔는데도 반응이 없는데 역시 마키가이 나마코가 마시로라는 걸 알고 경멸하며 마시로를 피하는 것이거나 아니면 방에서 죽어있다는 걸 텐데 살아 있어?!”

“마시로 선배, 진정해요! 하다못해 대사 도중에 숨 정도는 고르라고요!”

방에 뛰어 들어온 이는 마시로 선배였다.

새하얀 피부가 매력적인 얼굴은 현재 새파랗게 질려 있으며, 아름다운 머리카락 또한 헝클어져 있었다.

나와 마찬가지로, 다급한 마음으로 왔다는 걸 알 수 있는 모습이었다.

"아, 츠키노모리. 밟았어."

"……어?"

오토이 씨가 마시로 선배의 발치를 손가락으로 가리켰다.

그 손가락의 움직임에 이끌리듯, 마시로 선배는 아래편을 쳐다봤다. 참고로 나도 그쪽을 쳐다보니, 마시로 선배의 발치에 새하얀 천 같은 게 있었다.

마시로 선배는 발을 치우고 그것을 눈높이까지 들어 올렸다.

팬티였다.

"패, 패패패패…… 팬!"

"오~, 그건 어제 여기서 벗은 거야~. 세탁하는 걸 깜빡했네~."

"아키의 집에서, 팬티를 버…… 벗…… 벗어……?"

마시로 선배는 입을 뻐끔거리면서, 산소 결핍 증세를 보였다.

하지만 곧 크게 숨을 들이마시면서 호흡을 고른 후…….

"세컨드를 자기 집으로 부르다니 저질이야. 바보, 멍청이, 죽어~!"

"그러니까 그건 카게이시의 전매특허라
니까 그러네~."

그것은 나에 이은 완벽한 재탕 개그였다.

＊

『설마 아키 실종편의 막이 오를 줄은 몰랐어. 여기서도 아
키의 모습이 보이지 않게 됐네.』

『대신 바로 나, 무라사키 시키부 선생님인 이 카게이시 스
미레가 대타를 맡을 거야. 역시 리더가 갑자기 실종됐으니
《5층 동맹》 유일의 어른인 내가 그 공백을 메워야 하지 않겠
어? 흐흥♪ 나만 믿어~.』

『실종 확률이 가장 높은 사람이 무슨 소리 하는 거예요.』

『요즘에는 마감 잘 지키고 있잖아아아아아아아아!』

"거짓말하지 마세요. 데이터가 다 남아 있…… 어, 어라,
정말이네.』

『그렇지?! 내가 아직도 마감을 째는 사람인 줄 알았으면
큰 착각이야!』

『아하, 그래서…… 이제 이해가 됐어요.』

『뭐?』

『마감을 지키는 무라사키 시키부 선생님이란 캐릭터 붕괴.

그렇게 되면 캐릭터성이 약해지는 게 필연……. 요즘 들어 무라사키 시키부 선생님의 분량이 적은 건 마감을 지키게 되어서……. 응, 그렇게 된 거야.』

『뭐 그딴 논리가 다 있는데?! 어, 어, 나, 마감 지키면 안 되는 거야?!』

『아뇨, 이대로 계속 지켜주세요. 단, 출연 분량은 줄어들 거예요.』

『싫어! 분량이 줄어들 바에야 마감을 어길래!』

『그러면 화낼 거예요.』

『도망칠 길이 없잖아! 나보고 어쩌란 건데에에에에에에!』

『사람마다 정도의 차이가 있겠지만, 아키의 실종으로 다들 같은 심정이에요. 앞으로의 전개를 흥미롭게 지켜보도록 하죠.』

AKI, 가 그룹에서 나갔습니다.

오토이, 가 그룹에 추가되었습니다.

이로하, 가 그룹에 추가되었습니다.

오토이
잘 부탁~.

이로하
이제부터 잘 부탁함다!

마키가이 나마코
다들 같은 맨션에서 사는데, 왜 LIME으로 연락을 주고 받는 거야?

OZ
이걸 이용하면 학교에서도 연락을 주고받을 수 있거든.

무라사키 시키부 선생님
교사가 있는 그룹에서 당당히 그런 소리를….

오토이
누님쇼타 동인지 건을 교육위원회에 확 일러바쳐줄까?

무라사키 시키부 선생님
안 돼애애애애애애애애!

OZ
AKI와 같은 수법으로 입막음하네.

오토이
인수인계를 받았거든~. 무라사키 시키부 선생님이 교사 행세를 하면 이렇게 하랬어.

마키가이 나마코
역시 AKI. 빈틈없는걸.

이로하
아는 사람들이 별명으로 대화를 나누니, 왠지 신선하네요.

OZ
수학여행 때 얼추 정보 공유를 하긴 했지만, 혹시 모르니 정리를 해둘까.

OZ
정체불명의 성우 집단X의 정체는 이로하.

OZ
어머니한테 들키면 안 되니까, AKI가 몰래 활동을 시킨 거야.

이로하
하지만! 이번에 정식으로 허락을 받아서, 이렇게 당당히 강림했습니다!

이로하
다들 놀랐어요? 깜짝 놀랐어요~?

OZ
알고 있었어.

오토이
알고 있었어.

마키가이 나마코
알고 있었어.

이로하
들통났었던 거예요~?!?!?!

무라사키 시키부 선생님

OZ

마키가이 나마코

OZ

오토이

이로하

무라사키 시키부 선생님

마키가이 나마코

무라사키 시키부 선생님

마키가이 나마코

이로하
하지만 LIME 그룹 전원 집합이라는 이 기념비적인 순간에….

이로하
선배의 실종을 의제로 삼아야만 하다니….

OZ
AKI도 참 잔인한 짓을 했는걸.

마키가이 나마코
맞아.

오토이
동감~.

무라사키 시키부 선생님
진짜대이.

이로하
웬 사투리예요ㅋ

마키가이 나마코
ㅋㅋ

무라사키 시키부 선생님
앗, 요즘 나고와 자주 이야기했더니 옮았나 봐.

무라사키 시키부 선생님
칸사이 사람과 이야기 나누다 보면, 일시적으로 칸사이 사투리가 옮는다니깐~.

☆코히나타 이로하 SIDE☆

주말이 끝나고 맞이한 월요일.

선배가 종적을 감추고 사흘째지만, 아직 소식을 알 수 없다.

의기소침. 아침에 치근덕을 못 하니 인생에 필요한 영양소가 부족한 기분이에요, 정말.

몸치장을 마치고 공용 복도에 나가자, 마치 타이밍을 맞춘 것처럼 양 옆집의 현관문이 동시에 열렸다.

"조, 좋은 아침."

마시로 선배의 집에서 나온 마시로 선배와—.

"좋은 아침~."

선배의 집에서 나온 오토이 씨였다.

"좋은 아침이에요. ……그런데, 위화감이 엄청나네요. 그 집에서 오토이 씨가 나오니까요."

"그래~? 나는 자기 집처럼 편하게 느껴지는데~."

"환경에 너무 빨리 적응하네요. 야생동물이냐고요."

"게으름뱅이는 이 정도는 해야 살아남을 수 있거든~."

대답이 너무 대충대충이다. 그리고 아무렇지 않은 얼굴로 자기를 게으름뱅이로 여기지 말아주세요.

그런 별것 아닌 대화를 나누면서 엘리베이터로 향했다.

엘리베이터 밀실 안은 거북한 공기가 흘렀다.

―선배한테서 연락은요?

―없어~.

그런 이야기만 나눈 후, 침묵이 이어졌다.

선배에 관한 것 말고는 공통된 화젯거리가 없는 것을 보면, 선배라는 존재가 우리를 이어주고 있었다는 것을 다시 한번 실감했다.

하지만 계속 우는소리만 할 수는 없어. 지금은 무리더라도, 다음에는 괜찮도록 노력하자. 걸음을 내딛지 않는 한 계속 변함이 없을 테니까, 용기를 내서 말을 건네야 해.

맨션에서 나와 통학로를 걸으면서, 이야깃거리를 찾기 위해 마시로 선배와 오토이 씨를 힐끔힐끔 쳐다봤다.

이야깃거리. 이야깃거리. ……으음, 뭐 없으려나.

…………어라?

그렇게 살펴보다 보니, 마시로 선배의 눈 밑이 약간 거무스름하다는 걸 눈치챘다.

"혹시, 잠을 충분히 못 잤어요?"

"뭐? 아…… 으, 응. 그래."

"선배가 걱정되어서 밤에 잠이 안 왔다거나?"

"아, 그것과는 다른 건이야."

"아, 그런가요."

힘내요, 선배. 세상은 사랑만으로는 돌아가지 않나 봐요☆

"이 이야기, 해도 될까……. 《5층 동맹》의 동료는 비밀 엄수 계약을 맺은 사이지?"

"그럴 거예요! 뭐, 계약서는 교환하지 않았지만요!"

"그건 그래……. 으음, 대리 리더 생각은……."

"오케이~."

정말 대충이네. 그렇게 간단히 승낙해도 될 일이 아닐 텐데……. 뭐, 됐어. 문제 생겨서 곤란하지는 건 선배잖아. 멋대로 오토이 씨에게 리더 자리를 맡기고 사라진 선배 잘못이야. 꼴좋다~.

"그럼 이야기할게. 실은 마시로가…… 마키가이 나마코의 이름으로 출판하고 있는 『백설공주의 복수교실』이란 책이 애니메이션화하게 됐어."

"우와! 그거 정말 엄청난 일 아니에요?!"

"아마 그럴 거야."

나도 자세하게 아는 건 아니지만, 인기 작품의 애니메이션화가 결정되면 SNS에서 난리가 난다. 작가는 이제까지의 고생을 떠올리고 눈물을 흘리며 감사를 표명하고, 팬은 축하의 말을 건네며, 감독이 누구이고 제작회사가 어디이며 성우는 누구인지를 가지고 기대에 찬 갑론을박을 펼친다.

그야말로 작품에 있어 최고의 순간. 그런 눈부신 무대라고 할 수 있는 게 애니메이션화다.

하지만 그런 것치고는 마시로 선배의 반응이 너무 담담했다.

역시 초절정 인기 작가인 마키가이 나마코 선생님에게 애니메이션화 정도는 일상의 연장선에 지나지 않을 만큼 당연한 일인 것일까. 으음, 대단하네.

마키가이 나마코 선생님의 정체를 알게 된 후로는 마시로 선배에 대한 인상이 달라졌다.

이제까지는 그저 귀여운 선배이자, 선배를 둘러싼 사랑의 라이벌이었지만…….

일류 소설가다운 아우라 같은 게 보이기 시작한 것이다. ……직함이라는 건 참 무섭다.

"애니메이션화가 결정되면 간행 일정이 촘촘하게 짜이는 데다, 집필 이외의 일거리도 확 늘어나……. 마시로는 왜 2년 후의 원고 플롯을 지금 써야만 하는 걸까. 후후, 후후후후……."

"마, 마시로 선배의 눈빛이 어둠에 잠식되고 있어! 무, 무지 큰일인가 보네요……."

"맞아. 큰일이야. ……게다가 이번 주부터 각본 회의도 시작돼……. 일이 정말 한가득……."

정말 기운 없어 보였다.

외부인이 보기에는 애니화 작가라니 대단해! 꿈만 같겠네! 싶지만, 본인에게는 꿈이 아니라 그저 현실일 뿐이구나.

"그건 그렇고 마시로 선배는 진짜로 마키가이 나마코 선생님이군요~."

"……아직도 의심하는 거야?"

"아뇨, 그렇지 않아요. 듣고 보니 카나리아 씨와 함께 통조림 여행을 했을 때, 눈치채야 했다 싶어요. 저희는 진짜 둔감하단 소리예요."

"맞아. 솔직히 너희가 둔감해서 살았지만…… 그때는 분명 들켰다고 생각했어."

"아하하. 하지만 어쩔 수 없잖아요. 이렇게 가까운 곳에 인기 작가가 있을 거라고는 생각도 못 했다고요."

"흐음, 그렇구나."

"우리 학교에도 팬이 있을 테니까, 정체를 밝히면 무지 칭송받지 않을까요?"

"저, 절대로 그러지 마."

그 작은 목소리에는 명확한 거부 의사가 담겨 있었다.

마시로 선배는 부들부들 떨고 있었다. 얼굴 또한 호러 게임의 등장인물처럼 새파랗게 질려 있었다.

"정체가 들통나는 건 죽음을 의미해……."

"에, 에이, 호들갑이 너무 심하네요. 뭐, 퍼뜨리고 다닐 생각은 없지만요."

"이로하 양은 몰러. 현대 일본이란 국가는 유명세의 세금이 무겁기로 널리 알려졌어. 조금이라도 이름이 알려진 사람은 무한 구속 상태. 사생활에서도 쫓겨 다니고, 누명을 쓰고 주간지에서 스캔들이 실렸다가 그대로 불판이 펼쳐지는 거야……. 뭐 이딴 놈이 다 있어, 절대 용서 못 해……. 저주해서 죽여주겠어……."

"마시로 선배가 가공의 밀고자에게 살의를……! 저나《5층 동맹》멤버는 그런 짓 안 하니까 걱정하지 마세요!"

"뭐, 들켜봤자 스캔들 거리가 될 만한 짓은 한 적 없지만……. 마시로는 음지의 존재거든……. 후후, 후후후후……."

"이번에는 자학 모드?! 수면 부족 상태의 마시로 선배는 대하기 너무 어려워요!"

"스캔들 거리라면 있지 않아~?"

이제까지 잠자코 걷던 오토이 씨가 츄파드롭의 막대 부분을 까딱거리면서 말했다.

"옆집 남자애와의 열애 발각이라던가~."

"그 남자애, 실종됐거든?"

"아~ 그렇긴 하네~. 지금 기자에게 사진을 찍힌다면……열애 상대는 나인 게 되려나~."

설마 백합 전개?!

오토이 씨라면 딱히 깊은 의미는 없이 한 말이겠지만, 좀 가슴이 콩닥거렸다.

전직 불량 청소년에 마이페이스, 눈빛도 날카로우며, 목소리도 꽤 낮은 편이다.

우리들《5층 동맹》업계에서 가장 중성적인 매력을 지닌

인물이라고 해도 과언이 아니다.

남장 카페의 점원을 하면 인기가 무지 좋을 것 같다.

"그럴 일 없어. 마시로, 일편단심 아키인걸."

"오~ 오~, 이제는 그런 말을 당당하게 하는걸~."

"놀리지 마."

마시로 선배는 토라진 것처럼 볼을 부풀리면서 그렇게 말했다.

평소와 마찬가지로 매몰찬 태도였다.

그러고 보니 마시로 선배가 매몰찬 태도를 보이는 상대는 원래 선배와 나뿐이었어.

다른 사람을 상대할 때는 보통 내성적인 캐릭터였다.

하지만 어느새 스미레 쌤과 미도리 부장, 오토이 씨까지 매몰찬 태도로 대하게 됐다. 교우 관계가 시간이 지나면서 점점 폭넓어지고 있다는 걸 실감할 수 있었다.

매몰찬 태도가 늘어난다=친한 사람이 늘어난다는 공식은 위화감이 넘치지만 말이다.

"하지만 아키가 없으니 평화로운걸~. 코히나타와 츠키노모리도 다툴 일이 없잖아~."

"잠깐만. 대뜸 이쪽으로 화살 날리지 마세요!"

"상관없어. 라이벌이라도 친구는 친구인걸. 그건 그거, 이건 이거야."

"호오~. ……저기~, 나는 잘 모르는 분야인데 말이야~.

《크림슨》 안에 백합에 해박한 애가 있었거든~."

백합? 왜 이 대화 중에 백합 이야기가 튀어나온 걸까.

"같은 남자를 좋아하는 여자끼리는 백합 관계가 될 소질이 있다네~."
"그런 여러 설이 분분한 발언을 큰소리로 하는 거예요?!"

나는 허둥지둥 오토이 씨의 입을 막았다. 근처에 과격파 백합 집단이 있으면 대체 어쩌려는 건데요?! 무지 혼날 거라고요!!

"저, 정말 두려움을 모르는 발언……. 세상에는 남자의 존재 자체가 NG인 파벌도 존재하는데……."

"뭐~, 그렇다고 억지로 화제를 바꾸는 것도 실례잖아~."

"그건 그렇지만…… 으으, 작가라서 SNS에서 이런 이야기는 하고 싶어도 못 해……."

마시로 선배는 몸을 부르르 떨었다. 이야~, 유명인은 고생이 많네~.

SNS를 안 하는 타입의 여자애인 나는 어찌 보면 행복한 걸지도 모른다.

그러고 보니 예전에 사사라도 별것 아닌 일로 SNS에서 불판이 깔린 적이 있었다. 인터넷 세계는 너무 가혹해~.

어라? 하지만 나는 앞으로 엄마에게 프로듀스를 받아서 본격적인 데뷔를 준비할 건데……. 혹시 언젠가는 남 일이 아니게 되는 건……. 아, 부정적으로 생각하면 어떻게 해. 이제부터가 중요한데 말이야~

……그것보다, 오토이 씨는 정말 말도 안 되는 소리를 늘 어놓는다니깐.

나와 마시로 선배한테 백합 소질이 있다니…….

에이, 말도 안 돼. 절대 무리야.

………….

만약 이게 백합 만화의 한 문맥이라면「무리가 아니었다」 라는 결말을 맞이하는 거 아냐?

………….

에이, 그럴 리가 없어.

*

학교에 도착한 나는 학년이 다른 오토이 씨, 마시로 선배 와 헤어졌다.

그리고 나는 홀로 1학년 교실로 향했다.

복도에서 스쳐 지나가는 여학생들의 즐겁고 환한 목소리 가 들려왔다. 선배가 증발했다는 사실을 알 리 없는 동급생들이 변함없는 일상을 보내는 모습을 보니, 지난주에 일어난 일이 현실이 맞는지 의심됐다.

머릿속이 꽃밭이네~ 하고 마음속으로 원망을 늘어놓으면서, 아무 잘못도 없는 다른 애들에게 분노를 품은 자기 자신을 혐오했다. 으~음, 내가 생각해도 코히나타 이로하는 참 성가신 여자애라니깐!

마음을 다잡으며 교실에 들어가 보니, 내 모습을 본 여학생이 사이드 테일을 강아지 꼬리처럼 흔들면서 다가왔다.

"안녕~. 이로하, 간만~."

"우와, 사사라다. 좋은 아침~."

"대답 한번 되게 건성이네! 너무한 거 아냐?!"

"텐션이 안 올라가니까 어쩔 수 없잖아."

사사라는 아침부터 여유로워서 좋겠네. 기운 참 넘치는구나.

"……눈에 짜증이 어렸네. 나를 바보 취급하는 거 맞지?"

"아냐~. 부러워하고 있거든?"

"부러워…… 에헤헤, 그렇구나~. 나를 부러워하는구나. 에헤헤."

"고민 따위와는 인연이 없겠구나~ 싶어."

"역시 바보 취급하는 거 맞잖아아아아아아!"

사사라는 울먹이면서 태클을 걸었다. 정말 재미있는 애라니깐.

"그런데 이로하, 어떻게 됐어?"

"뭐가?"

"뭐가는 무슨~. 선배를 쫓아서 일부러 교토까지 갔잖아~? 러브러브했어? 응~?"

사사라는 입을 히죽거리면서, 팔꿈치로 내 옆구리를 찔러 댔다. ……짜증나~.

텐션이 바닥을 치는 나를 보고도 감이 오지 않는 걸까. 눈치가 너무 없는 거 아냐?

지금의 내가 교토에서 영차영차~ 이벤트를 즐기고 온 사람처럼 보이냔 말이야.

"자, 실토해~. 이 행복에 겨운 아가씨야~."

"선배라면 현재 실종 중인데요."

"……뭐?"

사사라는 얼이 나갔다.

무슨 말을 들은 건지 이해 못한 건지, 실종? 실종? 하고 몇 번이나 중얼거렸다.

그리고 시간을 한참 들여서 그 말의 의미를 곱씹으며 해석한 후…….

"뭐어어어어어어어어어어어어! 사라져 버렸다는 거야?!"

"목소리가 너무 커!"

허둥지둥 사사라의 입을 막았다. 아무리 놀라도 그렇지, 교실 한가운데에서 고함을 지르는 건 너무 비상식적인 행동 이잖아.

자초지종을 알 때도 모를 때도 짜증나게 굴다니, 짜증 무브에 무지 재능 있는 거 아냐?

이런 애가 이야기 후반부에 주인공의 옆자리를 딱 지키고 있다니깐. 이참에 딴생각 못 하도록 따끔하게 한 마디 해두는 편이 좋을지도 몰라.

"푸핫……. 아니, 대체 뭐가 어떻게 된 거야? 실종은 평범한 일이 아니잖아."

"뭐, 좀 그럴 만한 일이 있었어."

"좀이란 말로 넘어갈 게 아니거든? 자세하게 이야기해 줘. 방과 후에 카페에서 말이야."

"무리야. 레슨이 있거든."

"아, 그렇구나. 그러고 보니 엄청난 여배우의 제자가 됐다고 했지?"

"얼추 그런 느낌이야."

엄밀하게는 미즈키 씨가 아니라 엄마가 연결해 준 음향 감독에게 레슨을 받는 거지만, 자세한 이야기는 안 해도 되려나. 그 사람, 미즈키 씨와도 접점이 있는 사람 같으니 말이야.

"그런데, 집중할 수 있겠어? 오오보시 선배가 사라졌다며?"

"컨디션은 최악이야. 하지만, 그렇다고 멈춰 설 수도 없잖아?"

"그건 그렇지만……."

"게다가, 이건 선배를 위한 일이기도 해."

“뭐?”

선배는 《5층 동맹》의 임시 리더 자리를 오토이 씨에게 맡겼다.

그렇다. **임시** 리더 자리를 말이다.

즉, 선배는 언젠가 돌아올 생각이란 의미다.

그 사람은 약속을 어기지 않는다.

나를 끝까지 프로듀스할 것이며…… 《5층 동맹》을 내던지지 않는다고, 약속했다.

엄마에게서 허락을 받아내기 위해 일시적으로 자기를 희생했을 뿐이다. 살을 내주고 **뼈**를 취한다, 같은 느낌으로 말이다.

그렇게 믿으며, 나는 선배가 돌아올 때까지 연기자로서 쑥쑥 성장해 둬야만 한다.

응, 그러면 돼. 그것 이즈 베스트!

“그러니까 카페는 다음에 가자.”

“뭐~ 좋아. 어차피 내가 일방적으로 푸념 들어줄 뿐일 거잖아.”

“그럴 마음이 들면 언제든 전화로 푸념할게.”

“반대! 그건 내가 친절한 마음으로 제안할 때의 대사! 결국 내가 푸념을 들어줘야 하는 거난 말이야~!”

“아하하☆ 진짜 끝내주는 태클이네.”

자연스럽게 웃음이 흘러나왔다. 사사라의 한심한 목소리

를 통해서만 얻을 수 있는 영양분이 있다니깐.

뭐, 친구의 배려는 배려로서 솔직하게 받아들이기로 하고…….

심기일전.

선배가 없는 일상을 열심히 살아볼까요! 오~!

☆**토모사카 사사라 SIDE**☆

나— 토모사카 사사라는 현재를 살아가는 여자다.

과거에 얽매이지도, 미래를 걱정하지도 않으며, 그저 현재를 더 좋게 살아가기 위해 전력을 다한다.

그것이 다양한 위업을 이룩하며 성공한 자들의 철학서를 읽거나 영상을 보면서 익힌, 토모사카 사사라 스타일의 멋진 인생을 사는 법이라는 거야. 최고지?

그런 내가 유일하게 후회하는 순간이 있다면…… 이로하와 친구가 된 걸까. 아니, 시리어스한 의미가 아니라 개그적인 의미지만 말이야. 놀려주려고 하면 오히려 내가 당하고, 치근덕도 심하거든. 게다가 나를 정말 함부로 대한다니깐.

그래도 친구는 친구다. 수학여행 중인 오오보시 선배가 그리워서 교토로 간 후, 이로하에게 무슨 일이 있었는지 흥미도 있고 걱정도 된다. 카페에서 이야기를 나누고 싶었지만, 바쁘다니 어쩔 수 없다.

방과 후.

한가해졌네~ 하고 생각하며 하교 준비를 마치고 교문 밖으로 나갔을 즈음, 스마트폰이 진동했다.

LIME 메시지를 수신했다는 알림일 것이다.

누구지? 하고 생각하며 확인해 보니, 『호시노 씨』라는 글자가 눈에 들어왔다.

"……윽!"

무심코 껑충 뛰었다.

동업자의 어처구니없는 뜬소문이나 짤방 같은 거라면 무시했겠지만, 동경하는 사람에게서 온 메시지라면 이야기가 다르다. 바로 읽고, 바로 답변해야 마땅하다.

『수업 끝났을 시간이지? 갑자기 연락해서 미안한데, 혹시 지금 만나서 회의 좀 할 수 있을까?』

『물론이에요!』

바로 답했다.

회의 내용이 무엇일지는 상상이 됐다. 전에 제안받았던, 핀스타그래머 SARA의 인플루언서 서적 출판에 관한 것이리라.

그렇다. 넘쳐나는 지성과 카리스마를 지닌 나는 젊은 여성 사이에서 인기인 대형 SNS 핀스타그램에서 압도적인 팔로워 숫자를 자랑하고 있다. 그 영향력에 눈독들인 편집자, 호시노 카나 씨에게서 에세이를 내지 않겠냐는 말을 들은 게 몇 달 전의 일이다. 그 후로 매일 짬을 내서 본문을 집필하고 있다.

그리고 최근에 겨우 1차 수정 원고를 제출했다. 오늘은 아마 그 원고에 관해 이야기하려는 것이리라.

『SARA 양 집 근처로 갈까?』

『아뇨, 제가 편집부로 갈게요!』

『그렇게 해줄래? 그러면 교통비는 이쪽에서 부담할 테니까, 교통비 영수증을 떼 둬.』

『네!』

메시지를 보낸 나는 그대로 빙글 돌아섰다.

발끝이 향한 곳은 물론 역이다.

자, 현대 일본 경제의 중심지— UZA 문고 편집부가 있는 도쿄로 GO!

도쿄의 풍경에도 익숙해졌다.

처음 왔을 때는 「우와~, 무지 커~. 건물이 하나같이 되게 높네. 어지러워!」 하고 외치며 압도당했지만, 그런 것도 처음뿐이다. 지금 나는 완전히 도회지 여성이 되었기에 주위를 두리번거리지도 않으며 당당히 길을 걷고 있었다.

그리고 보니 두 자릿수 이상 안 되면 빌딩으로 보이지 않게 됐다. 5층 건물 정도는 「쪼그매!」 싶었다.

하루가 다르게 스케일이 큰 여자로 성장하고 있는 걸 실감할 수 있어서 최고다. 후후후.

자신만만한 미소를 머금으며 오피스 빌딩 안에 들어선 나는 엘리베이터를 타고 손님용 대기실이 있는 6층으로 향했다.

엘리베이터에서 내리자 내선 전화와 이상한 로봇(UZA문고의 모회사가 개발한 것 같다)이 맞이해줬다.

안녕하세요, 어서 오세요, 반갑습니다, 용건을 알려주십시오.

몇 번을 봐도 참 기분 나쁜 로봇이야~. 한밤중에 말을 걸어오면 너무 무서워서 울음을 터뜨릴 것 같아.

일단 로봇을 무시한 나는 내선 전화로 호시노 씨를 불렀다.

그 후로는 딱히 할 일이 없었기에, 대기실 한편에 있는 책장 쪽으로 이동했다.

UZA의 비즈니스 서적 레이블이 발행한 책이 줄지어 꽂혀 있었다. 세계적으로 유명한 스포츠 선수의 책부터 요즘 동영상으로 자주 본 경영자의 책까지 있었다. 애니메이션풍 그림이 표지를 장식한 소설 또한 있었다. ……아, 이건 챠타로의 방에 있던 책이네.

이 만화는 뭐야. 우와, 오타쿠틱해. 그런 소리를 하면 챠타로 녀석이 발끈해서 「라이트노벨과 만화는 다르다고!」 하고 외쳤지. 나는 그런 자잘한 것까진 고르거든?

뭐, 라이트노벨이든 뭐든 간에 호시노 씨가 만든 책이라면 분명 다른 책과는 차원이 다르겠지만 말이야!

그 사람의 프로 의식은 정말 마음에 들어.

세련되고 미인이며 성격도 좋은 호시노 씨가 오타쿠일 리가 없으니 본심으로는 오타쿠 취향의 작품이 아니라 일반 소설을 만들고 싶겠지만, 자기 맡은 일에 최선을 다할 뿐만 아니라 전부 히트시키는걸. 장인은 도구를 탓하지 않는다, 던가? 완전 리스펙해. 내가 추구하는 최고의 어른 그 자체라니깐.

어? 혹시 이건 호시노 씨의 담당 작품 중에서 최근에 애니메이션화가 발표된 작품 아냐?

책장에 꽂혀 있던 『백설공주의 복수교실』을 손에 쥐었다.

긴급 속보! 같은 느낌으로 SNS에서 화제가 됐었어. 애니메이션을 안 보는 나한테도 정보가 전해진 것을 보면, 상당한 주목작일 거야.

그런데 이 표지, 꽤 세련되잖아.

오타쿠가 좋아하는 애니 그림 들어간 소설이라고 들어서, 분명 모에~ 한 느낌의 그렇고 그런 표지일 줄 알았다. 하지만 이 『백설공주의 복수교실』은 고급스럽다고나 할까. 고스로리 느낌의 의상도 세세한 부분까지 묘사되어 있어서, 일러스트레이터의 열의가 느껴졌다. 솔직히 말해, 귀엽다.

흥미가 생겨서, 어디어디…… 하며, 책을 펼쳐봤다.

"문장도 꽤 깔끔하네. 딱딱하기만 한 게 아니라서 읽기 쉽고, 상상력도 자극해……. 그리고 주인공인 여자애의 생각이 무지 이해돼~. 공감되네~."

　주인공은 집단 괴롭힘을 당하고 있었다. 나는 집단 괴롭힘을 당한 적이 없지만, 그녀가 주위 학생에게 품고 있는 생각과 남의 시선을 신경 쓰는 점, 상대의 마음을 추측하면서 나누는 대화를 어렵게 느끼는 점 등― 가슴에 손을 대고 생각해 보면 짚이는 구석 천지인 감성이 가득 담겨 있었다.

　우와, 빠져들 것 같아. 집에 돌아가는 길에 책방 들러서 사갈까.

　"SARA 선생님, 수고 많네~♪"

　감동에 빠져 있을 때, 등 뒤에서 목소리가 들려왔다.

　고개를 돌려보니, 그 목소리의 주인은 물론 호시노 씨였다. 키는 작지만 등을 꼿꼿이 편 덕분에 당당한 분위기가 감돌아서 왜소하다는 느낌이 전혀 들지 않는, 눈부신 금색 머리카락과 커다란 눈이 매력적인 여성이 인쇄 원고를 손에 들고 웃으며 다가왔다.

　"수고 많으세요, 호시노 씨!"

　"오, 『백설공주의 복수교실』 읽고 있었구나?"

　"돌아가는 길에 사 갈 생각이에요! 이 책은 대충 서서 봐도 될 게 아니에요!"

　"원한다면 편집부에 있는 견본을 줄게."

　"아뇨. 이 서두 부분만으로도 명작 느낌이 무지 나거든요. 좋은 작품에는 돈을 들이고 싶달까요. 그렇게 리스펙을 표명하고 싶어요."

"대단해! 너 같은 젊은이가 많다면 출판업계의 앞날도 밝을 거야♪"

"에헤헤……♪"

호시노 씨가 등을 두들겨주자, 나는 기분이 좋아져서 헤벌쭉 웃었다.

한심해! 꼴사나워! 하고 외치며 머릿속의 스파르타 사사라가 채찍질하고 있지만, 어쩔 수 없다. 동경하는 사람에게 칭찬을 받으면 누구나 이렇게 될 것이다. 나도 이렇게 된다.

하지만 그런 표정을 호시노 씨에게 보여주고 싶지 않았기에, 나는 표정을 굳혔다.

대기실 안쪽에는 회의실이 줄지어 있다.

그중 하나를 예약해 둔 건지, 호시노 씨가 안으로 들어갔다. 나도 그 뒤를 따랐다.

청결한 느낌의 새하얀 방이다.

전형적인 회의실……이라고 말하고 싶지만, 여기 말고는 다른 회사는 모르는 데다 일반적인 회의실과 어떤 식으로 다른지도 잘 모른다.

기업 홍보 의뢰를 받아서 핀스타에서 소개하는 일은 있지만, 클라이언트 기업에 초대를 받은 적은 없거든. 우리들 인플루언서가 아무리 사회적 영향이 크다고 우쭐대더라도, 사회인 경험 제로란 사실에는 변함없는걸.

그 점을 가지고 무시하는 사람이 있다면, 시끄러워, 멍청아! 너 같은 망할 놈보단 낫다고! 하고 외치며 가운뎃손가락을 치켜들어줄 생각이다.

아무튼, 그런 자각도 중요하다는 거야. 잘나가는 경영자의 책에 이런 분별이 중요하다고 적혀 있었거든.

"그럼 시작해 볼까."

"네! …어, 어라? 호시노 씨?"

"왜 그래?"

"어, 아니, 저기……."

나는 상대의 얼굴을 뚫어지게 쳐다보면서, 할 말을 찾지 못해 우물쭈물했다.

아까 인사를 나눌 때는 몰랐는데…… 회의실의 밝은 불빛 아래에서 보니, 명백하게…….

─호시노 씨, 안색이 너무 안 좋아.

죽도록 나빴다. 판타지 영화에서 주인공의 적으로 나와서 악랄한 저주 마술로 방해하는 것으로 모자라 최종 보스 부활 의식까지 완수하는 타입의 마법사가 이런 안색이었다.

눈언저리가 거뭇거뭇했고, 볼 또한 약간 핼쑥했다.

언뜻 봐서는 알아볼 수 없을 정도로 숨긴 것을 보면, 교묘한 화장 테크닉을 쓴 것이리라. 내가 아니었으면 눈치 못 챘을 거야.

"피곤하세요?"

"아~, 들켰구나~. 프로 실격이네."

　호시노 씨는 지적을 듣자마자 녹아내리듯이 책상에 벌러 덩 엎드렸다. 촉각이나 안테나처럼 쫑긋 서 있던 머리카락 도 수분 부족 상태의 선인장처럼 축 늘어져 있었다.

　“아, 그, 그게, 저는 피부 상태에 민감하니까요.”

　“Non, non. 프로는 함부로 예외를 적용하면 안 돼. —더 잘 숨겨야겠네♪”

　“너무 무리하지는 마세요.”

　“괜찮아, 괜찮아. 편집자한테 무리는 기본이거든. 근로기 준법이 혹독해지기 전에는 더 무시무시했다니깐? 지금은 그 나마 나아진 편이야♪”

　“어어어……?”

　그런 가혹한 시대도 있었구나. 웃으면서 이야기하게 되어 서 다행이긴 한데…….

　“실은 담당하는 작품이 갑자기 애니메이션화가 결정된 탓 에, 지금 좀 바빠.”

　“『백설공주의 복수교실』!”

　“맞아. 정말 갑자기 결정됐다니깐. 갑자기 말이야.”

　“……?”

　호시노 씨는 핼쑥해진 얼굴로 「갑자기」라는 부분을 강조 했다.

　무슨 일이 있었던 건지는 모르겠지만, 어른의 세계는 고 생이 참 많은 것 같아.

"굳이 따지자면 어린애의 억지에 가까우려나."

"네?"

"아니, 아무것도 아냐. 짹짹짹♪"

"아, 네……."

얼버무리는 느낌이 들지만, 됐다.

그것보다 「짹」은 뭘까?

"아무튼, 최초의 지옥은 넘어섰어. 늘어나는 업무량에 비해 인원이 너무 부족하지만, 오늘부터 새로운 아르바이트도 오기로 했거든. 성실하고 일을 꽤 잘하는 애가 오기로 했으니까, 이제부터는 좀 나아지지 않으려나. —나아지면 좋겠네."

하하하, 하고 호시노 씨는 공허한 눈길로 웃음을 터뜨렸다.

호시노 씨만큼 일을 잘하는 사람도 이런 표정을 지을 때가 있구나……. 출판사 일은 참 힘든 것 같아.

"사우나 가죠, 사우나. 저, 요즘 사우나에 빠졌어요."

"아~ 좋지. 추천하는 곳 있어?"

"이 근처라면 『증기 노예』가 유명해요. 회원제 개인 사우나니까, 일 마치고 혼자서 기분 전환하기 딱일 거예요."

"호오~. 꽤 구미가 당기네……."

"마사지 가게를 다니는 건 어떨까요? 근처에 헤드스파로 유명한 가게가 있어요."

"아, 그건 괜찮아."

호시노 씨는 즉시 답했다.

"아. 하긴, 호시노 씨라면 단골 마사지 가게가 있겠죠. 연예인이 주로 이용하는 아지트 느낌의 가게 말이에요."

"으음~. 뭐, 그런 느낌일까? 솜씨 좋은 애와 최근에 친해졌거든. 몸에 좋은 혈도 같은 걸 알더라니깐."

호시노 씨는 고개를 비스듬히 들어서 허공을 올려다보며 그렇게 말했다.

시선을 돌린 걸까? 하고 한순간 생각했지만, 이 사람이 이렇게 티 나는 거짓말쟁이 무브를 할 리 없다. 분명 나와 대화를 나누면서도 동시에 새로운 비즈니스 아이디어를 생각하고 있는 게 틀림없다. 멋져!

"괜히 신경 쓰게 해서 미안해. 원고 회의를 시작하자."

"네! 잘 부탁해요!"

호시노 씨가 인쇄된 원고 다발로 테이블을 두드리는 소리를 신호 삼아서, 나는 등을 꼿꼿이 펴면서 뇌를 업무 모드로 변경했다.

호시노 씨의 상대가 신경 쓰이지만, 너무 신경을 써주는 것도 괜히 폐가 될 뿐이다.

내가 지금 할 수 있는 건, 프로 의식을 가지고 자신의 책과 마주하는 것이다.

—자, 회의를 시작하자!

☆키라보시 카나리아 SIDE☆

헬로, 굿모닝, 굿이브닝쨱! 증쇄 확률 100퍼센트! 재미는 여기에 있다! 러브도 배틀도 이세계도, 전부 다 있으니 마음대로 골라보세요! UZA문고의 아이돌 편집자, 키라보시 카나리아 열일곱 살. 처음 뵙겠습니다, 잘 부탁드려요♪

……이런 식으로 팬 앞에서는 항상 하이 텐션으로 귀엽게 구는 나도, 오피스에서 일할 때는 지극히 상식적인 사회인이다.

마음의 목소리 또한, 시동을 걸어야 할 때 이외에는 이렇게 차분했다.

특히 오늘은 SARA 양, 토모사카 사사라 양과 회의하는 날이다. 라이트노벨 선생님이라면 아이돌 모드로도 괜찮지만, 그런 쪽에 면역이 없는 인플루언서의 책을 만들 때는 상대방이 놀라지 않도록 일반 사회인의 얼굴로 상대해야 한다.

아무튼 시계를 보니 어느새 오후 열 시다. 두 시간 전에 사사라 양과의 회의를 마쳤고, 그 후에 디자인 회사에 연락해서 인쇄소에 빨리 넘겨야 하는 책의 커버 디자인이 아직 안 왔다고 닦달한 후, 담당 작품의 교정을 보고 신인상 원고를 살피다 보니 어느새 시간이 이렇게 됐다.

동료들은 도저히 두 시간 만에 처리할 수 있는 업무량이 아니라며 경악했지만, 이건 전부 실력과 경험과 근성의 산

물이다.

슬슬 돌아갈까. 나는 그렇게 생각하며 의자에 몸을 깊이 묻은 후, 크게 기지개를 켰다.

"아, 호시노 씨. 이만 돌아가시나요?"

후배 편집자가 말을 건네왔다. 시원시원한 분위기의 남자다. 유명 대학 졸업생에 운동부 출신이다. 체력과 학력을 겸비했으니, 학생 시절에 꽤 인기가 있었을 듯한 미남이다. 회사 안의 여성들 사이에서도 인기가 있는 것 같았다.

"응. 너도 잔업만 하지 말고 돌아가는 게 어때?"

"시간 좀 때워야 하거든요~. 나중에 진구지 선생님과 미팅하기로 해서요!"

"또냐……. 작가님과의 회의인 거로 해서 경비 처리가 되고 있지만, 그냥 네가 즐기고 있는 거 아냐?"

"에이, 만남의 기회가 없는 선생님의 결혼 활동을 돕는 것뿐이에요. 집필 의욕 상승으로 이어지고요! 그러니 당연히 경비로 처리되어야죠!"

"주먹을 말아쥐며 역설해 봤자, 변명으로만 들려."

하아, 하고 한숨을 내쉬었다.

미팅에서도 꽤 인기가 있겠지만, 이런 남자의 어디가 좋은 걸까.

"그건 그렇고, 호시노 씨는 정말 대단하네요. 그야말로 민완 편집자랄까요. 담당 작품의 누계 부수가 얼마나 되죠?"

“마무리가 어설퍼. 칭찬할 거면 숫자 정도는 외워둬.”

“히익~ 엄격해라~. 아무튼 실적이 엄청나니까 언제든 편집장이 될 수 있을 것 같은데, 왜 출세를 안 하는 건데요? ……혹시 이 회사는 평가 제도가 쓰레기 같은 거예요?”

“누구나 편집장이 목표라고 생각한다면, 그건 큰 착각이야.”

“그야 저는 책임을 지는 게 싫어서 말단으로 쭉 있고 싶지만요. 그래도 열심히 일하는 사람은 기본적으로 출세가 목적 아니에요?”

“되게 넘겨짚네.”

“어, 하지만 출세 말고는 노력할 이유가 없지 않아요?”

“……인재 부족이 정말 심각하네.”

“네?”

“아무것도 아냐.”

후배 편집자의 저 어리둥절한 표정은 내가 요즘 느끼는 두통의 원인 중 하나이기도 했다.

취업 활동 시절에 나를 탈락시킨 대제국서점에 따끔한 맛을 보여주기 위해서라도 UZA문고를 최강 군단으로 길러야만 하는데, 의욕 있고 유망한 젊은이는 급료가 좋고 간판 작품도 많은 거대 출판사에 빼앗기고 만다.

이 미남도 유명 대학 졸업생이기는 하지만, 그것만으로는 우수하다고 확신할 수 없는 점도 문제다. 오히려 어중간하게 인생이 잘 풀려온 탓에, 인생의 쓴맛을 본 사람이 읽고 싫어 하는 책을 만들 감성이 부족하다는 치명적인 약점도 있다.

편집장으로 승진? 무조건 사양이다. 이런 인재를 매니지먼트할 시간이 아깝다.

그 시간에 한 명이라도 더 많은 작가를 담당하고, 한 명이라도 더 많은 명작을 세상에 내놓으며, 한 권이라도 더 많은 책을 팔기 위해 지혜를 쥐어짜겠다. —즉, 나는 현장이 적성에 맞는 것이다.

"호시노 씨는 이렇게 대단한데도 남친이 없나 보네요."

"조심해. 요즘은 선배에 대한 직장 내 성희롱도 성립되거든."

"그런 게 아니에요. 선배 같은 미인을 내버려두는 이 회사 남자들은 참 보는 눈이 없다 싶어요."

"너도 이 회사의 남자에 포함되잖아?"

"어, 입후보해도 되나요? 저, 호시노 씨한테라면 무지 헌신할 자신 있어요."

"하하……."

나는 옅은 미소를 머금으면서 손가락을 좌우로 까딱거렸다.

"공교롭게도 나는 업무 능력으로 사람을 가늠하는 타입이거든. 자기 일에도 진지하게 임하지 않는 남자가, 나를 만족시킬 만큼의 헌신을 해줄 수 있을 거란 생각은 안 드네."

"으…… 호시노 씨를 공략하는 건, 정말 어렵겠네요……."

"아이돌을 간단히 함락시킬 수 있을 거란 착각 마☆"

고개를 떨군 후배 편집자를 향해 여유 넘치는 윙크를 보낸 후, 나는 가방을 손에 쥐며 자리에서 일어났다.

귀가하기 위해 바로 출입구로 향……한 게 아니라, 편집부 구석으로 걸어갔다.

얼마 전까지 텅 빈 자리였던 장소. 때때로 마감에 쫓기는 작가 선생님이 일에 집중할 수 있도록 빌려주기도 했던, 집필 진행 면에서의 『사고 매물』.

거기에, 지금 한 남자애가 앉아 있었다.

"일은 잘 되어가? 신입 아르바이트 군♪"

"맡겨주신 일은 두 시간 전에 끝냈어요. 지금은 자사와 타사를 포함해 최근 1년 동안의 신간 패키지와 판매 시책을 수상 유무와 독자 감상 및 매상과 비교해 가며, 저 나름의 가설을 세우고 있죠."

"우와, 너는 참 모범적인 후배네. 뭐, 미묘하게 귀여운 구석이 없긴 하지만 말이야."

그래도 정사원이라면, 이 남자애만큼의 열의를 가져줬으면 싶다.

"벌써 퇴근 시간인가요?"

"응. 준비됐어?"

"완벽해요. 언제든 돌아갈 수 있어요.'

"오케이, 오케이. 그럼 돌아가자. —**아키 군♪**"

그렇게 말하며 윙크를 하자, 신입 아르바이트인 그— 오오보시 아키테루는, 컴퓨터의 전원을 끈 후에 가방을 들고 자리에서 일어났다.

"네, 카나리아 씨…… 아니, 호시노 씨."

고등학생답지 않은 성실한 태도로…….

"오늘 밤도 재워줘서 감사해요. 신세 지겠습니다."

예의 바르게, 인사를 건넸다.

＊

『실종된 줄 알았더니, 실은 사회인 누나 집 더부살이 전개애애애애애애!』

『텐션이 하늘을 찌르네요, 무라사키 시키부 선생님.』

『당연하잖아, 오즈마 군! 나이 차 나는 커플의 문란한 관계만큼 흥분되는 건 없어!』

『일본의 법률에 정면에서 대항하는 그 정신에는 감복했어요. 신고할게요.』

『어어어어째서 그으으으으런 소리를 하는 거야아아아아아!』

『애초에 무라사키 시키부 선생님은 오즈×아키 파인 커플충 아니었나요? 이로하와 츠키노모리 조합으로 바람을 피우기도 하더니, 이제 와서는 완전히 새로운 해석의 조합에 빠진 거냐고요. 그러고도 용서받을 수 있을 것 같아요?』

『그, 그건, 확실히 찔려……. 하, 지만……!』

『하지만?』

『고귀하다 느꼈다는 걸 부정할 순 없어! 자신의 감정에 거짓말을 할 순 없단 말이야!!』

『으~음, 진짜 오락가락하네요. 그래도 어찌 보면 당당한 걸까요…….』

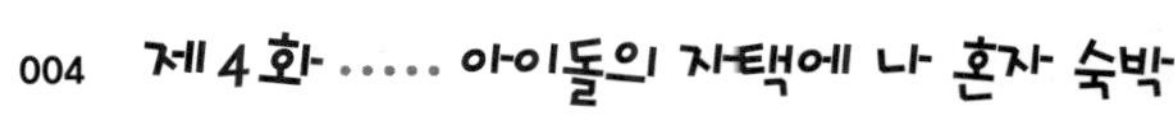

　나, 오오보시 아키테루가 UZA문고의 아르바이트 스태프에 지원한 것은 수학여행 직후의 일이다.

　오토하 씨가 조건을 제시한 시점에, 이미 그 구상은 내 머릿속에 있었다. 구상, 이라고 해도 뜨히 거창한 건 아니다. 내가 쥐고 있는 몇 개 안 되는 패 중에서, 썩은 동아줄이라도 잡는 심정으로 고른 것에 지나지 않는다.

　―벽에 부딪힌다면, 기대도록 해―.

　카나리아의― 호시노 카나의 그 말을 믿고, 나는 바로 전화를 걸었다.

　무엇을 위해서, 냐고?

　간단하다.

　텐치도의 대표인 아마치 오토하를 능가하는 프로듀서가 아닌 지금의 나는, 그녀보다 많은 것을 이로하에게 해줄 수 없다.

　수행이 필요하다.

　어른의 세계에서 싸워나가는 데 필요한 경험을 쌓고, 능력과 자신감을 갖추는 것이다.

　이로하를 빛나게 할 수 있는 건 나뿐이라고 가슴을 펴고 말할 수 있도록, 더 높은 경지를 향해야만 한다.

그러기 위해서라도 우선은, 어른의 엔터테인먼트 비즈니스의 세계에 뛰어들어야만 한다. 물론 《5층 동맹》의 활동은 소중하다. 하지만 그것은 나에게 있어 일종의 온수 욕조다. 골목대장으로 군림할 수 있는 절대 안전권. 《5층 동맹》에서 얻을 수 있는 경험치에는 한계가 있다.

자신이 컨트롤할 수 없는, 미지의 세계. 혼돈의 업계. 거기에 속해야만 얻을 수 있는 압도적 경험을 추구하며, 나는 UZA문고의 문에 노크했다.

카나리아는 내 말을 듣고 바로 승낙해 줬다.

UZA문고에서는 갑자기 결정된 『백설공주의 복수교실』의 미디어믹스에 대한 인원 보충이 늦어지고 있는지, 고양이 손이라도 빌리고 싶은 상황이라고 한다.

정규 루트로 UZA문고에 아르바이트 고용이 되려면 여러 귀찮은 절차를 밟아야 하니, 카나리아 개인으로부터 업무 위탁을 받는 형태로 일하게 됐다. 《5층 동맹》을 운영하기 위해 개업 신고서를 제출했던 게 도움이 됐다. 업무 위탁이라는 형태라면, 돈을 받으며 일을 할 수 있다. 세금도 낼 수 있고 말이다.

그리하여 나는 UZA문고 편집부에서 일하게 됐다. 처음에는 도쿄의 혼잡함과 높은 빌딩에 압도당했지만, 회사에 며칠 다니다 보니 금방 익숙해졌다.

수학여행 다음 주의 월요일이니, 시간이 얼마 지나지 않았다고?

하긴, 이상할 거야. 하지만 나는 어찌 된 건지, 지난주 토요일과 일요일에도 회사에 출근했다고.

이유는 말할 수 없다. 말하지 않는 게 아니라, 말할 수 없다. 내가 말할 수 있는 건 거기까지다— 근로기준법이 얽혀 있으니 말이다.

만화라면 멋진 대사겠지만, 현실에서는 그저 현실에 지나지 않는 것이다.

자, 아무튼…….

나는 편집부에서의 일을 마친 후, 카나리아를 따라서 그녀의 자택 맨션으로 향했다.

지하 주차장에 세워둔 차에 탔다.

"비싸 보이는 차……. 문을 닫을 때도 가슴이 두근거려요."

"너무 세게 닫지 마. 외제 차는 수리도 진짜 고생이거든. 망가뜨렸다간 저세상에 GO쨱♪"

"조, 조심할게요."

조심조심 고급 외제 차의 문을 닫고, 조수석에 몸을 맡겼다.

으음, 이 탑승감에 익숙해지지 않는걸.

차를 탄 적이 거의 없는 건 아니다. 부모님이 운전하는 차의 조수석에 몇 번 탄 적이 있고, 얼마 전에도 무라사키 시키부 선생님이 모는 차를 타고 여행을 갔었다.

하지만 이 상황은 그런 경험과는 완전히 별개였다. 카나리아의 애차인 스포츠카의 시트는 이제까지 타본 그 어떤 차량의 시트와도 달랐다.

차가 발진했다.

지하 주차장에서 나가자마자, 강렬한 빛이 눈을 찔렀다.

빌딩 입구인 이곳은 특별 관광지가 아닌데도 이렇게 눈부셨다. 도쿄는 정말 화려한걸.

아니면 이곳이 현대 비즈니스의 중심지라 할 수 있는 오피스 거리라서 그럴까?

아무튼, 엄청난 세계다.

차가 큰길로 나갔다.

운전석에서 느긋하게 핸들을 조작하는 카나리아를 곁눈질하면서, 나는 별생각 없이 중얼거리듯 말했다.

"차, 좋아하나 보네요."

차를 좋아하더라도 이상할 건 없다.

내가 아는 키라보시 카나리아란 사람은 민완 편집자이자, 책을 팔기 위해서라면 아이돌마저 되는 일 귀신이다.

자존감의 화신이랄까, 자존감이 높을 뿐만 아니라 거기에 걸맞은 결과까지 착실하게 내놓는 타입이다.

어마어마한 부자인 데다 별장도 가지고 있는 만큼, 고급 차량을 타는 취미가 있더라도 위화감은 없다. 오히려 이미 지대로라는 생각마저 들지만…….

"카나리아 님한테 이건 취미가 아냐쨱."

그녀는 딱 잘라 부정했다.

"어, 아닌가요?"

"철이 들었을 때부터 문학소녀. 옷을 걸친 책벌레 타입인 카나리아 님이 차 같은 것에 흥미 있을 리가 없잖아쨱."

"문학소녀라니……. 그렇게는 안 보이는데요."

"오~. 사람을 외모로 판단하는 타입의 남자였어?"

"그렇게 되지 않으려고 노력하고 있지만, 선입관에서는 벗어나지를 못해서요."

"문학소녀가 아니면 출판사 편집자 같은 게 되려고 안 할 거야쨱."

"그것도 편견 아닌가요?!"

"명작이란 더욱 많은 인간을 심취시킨 편견을 가리켜쨱. 편견에 목숨을 걸지 않는 게 무슨 편즙자야! 랄까♪"

"명언 같은 말로 얼버무리고 있어……."

"얼버무리기 스킬은 비즈니스에서 필수 불가결이야쨱. 기억해 둬♪"

"……넵."

순순히 고개를 끄덕였지만, 최초의 의문에 답해주지 않았다는 것을 눈치챘다.

"그런데 취미가 아니라면 왜 고급 외져 차를 모는 건데요?"

"비즈니스 세계에서 영향력을 지닌 아저씨들이 참 좋아하거든♪”

“아저씨들…… 연상 세대의 업계인 말인가요?”

“그런 거야.”

“카나리아 씨 정도의 실적이 있으면, 그런 어른의 사정에 휘말리지 않을 줄 알았어요.”

“아하하♪ 네 옆자리에서 운전하고 있는 미소녀를 대체 뭐라고 생각하는 거려나?”

“카나리아 씨는 카나리아 씨예요.”

“그건 그렇지만~. 카나리아 님도 어엿한 어른 중 한 명이야쨕. 맡은 일을 멋지게 실현하기 위해, 평소부터 사교적으로 행동하려고 노력하는 거지♪ 그게 바로—.”

“—어른의 세계, 군요.”

“YES♪”

고급 차를 모는 취미도 없는데 이런 것을 모는 것 또한 필요한 걸까.

최전선에서 활약하는 업계인의 생생한 현실을 접하니 기가 죽었다. 플라시보 효과 같은 거겠지만, 혀에 묘한 맛이 퍼져 나갔다. 인생의 쓴맛과 단맛이라는 게 이런 것일까.

아, 이러면 안 돼. 네거티브 금지.

무엇을 위해 UZA문고의 문을 두드린 건데? 오토하 씨에게 지지 않을 힘을 기르기 위해서잖아.

어른의 세계를 알기 위해 온 거야.

어른의 세계에서 그것이 기본이라면. 나도 그것을 받아들여야만 해.

*

이러는 사이에 차가 목적지에 도착했다.

50층짜리 초고층 맨션.

이른바 타워 맨션.

그야말로 도회지에 사는 부자들이나 살 것 같은 건물이다.

"그야말로 성공한 자 그 자체 같은 생활이네요. 역시 학생 시절부터 이런 생활을 꿈꿔 온 건가요?"

"그런 적 없어♪ 솔직히 지금도 타워 맨션에서 살고 싶단 생각은 그다지 안 든달까~?"

"그러면 왜……."

"유명인한테는 보안이 엄중한 집이 필요하거든~. 임대 주택 중에는 타워 맨션 말고는 적당한 장소가 없어쨍."

"아~."

그렇다. 아이돌 활동도 하고 있으니 열렬한 팬이 쫓아다니거나, 민폐 스트리머가 들러붙거나, 스토커 피해를 당하는 일도 있을 수 있다.

그런 견고한 방비를 자랑하는 건물어 들어선 후, 엘리베이터로 올라갔다.

두꺼운 문이 열리자, 카나리아의 둥지(비유 표현)에 발을 들였다.

"다녀왔습니다쨱~♪"

"실례하겠습니다."

"태도 참 딱딱하네~. 아키 군도『다녀왔습니다쨱』하고 말하면 좋잖아~."

"아무리 친해져도, 말끝에 쨱은 안 붙일 거예요."

그리고 긴장하지 말라는 게 무리다.

잘 알지도 못하는 여성의 집에 방문하는 것도 허들이 높은데…….

그 집에서 숙박까지 하는 것이다.

여자의 집에 들어가 본 것은 이로하와 오토이 씨…… 그리고 일러스트를 뜯어내기 위해 무라사키 시키부 선생님의 집에 쳐들어갔을 때가 전부다. 먼 옛날로 거슬러 올라간다면 마시로의 집— 츠키노모리 가에도 들어가 본 적이 있지만, 그것은 노카운트로 여겨도 될 것이다.

그 외에는 화장을 배우기 위해서 토모사카 사사라의 집에 가본 적이 있던가. 뭐, 걔는 여자 취급을 안 해도 될 것이다.

거기에 숙박이란 조건이 더해지면 그 숫자는 제로가 된다. 반올림을 하든, 약분을 하든, 소인수 분해를 하든, 전부 제로다.

숫총각 남자인 내가 긴장하지 않는 건 상식적으로 무리라고.

게다가…… 구두를 벗고 거실에 들어서는 카나리아의 뒷모습을 본 나는 숨을 삼켰다.

실제 나이는 일단 제쳐두기로 하고, 그녀는 압도적인 미녀다. 그런 사람의 자택에서 묵기로 하다니…… 내가 생각해도, 정말 과감한 결단을 내렸다 싶었다.

한집에서 살면서 배우는 내제자가 되고 싶단 말을 꺼낸 사람은 바로 나다.

서둘러 레벨업하고 싶다는 일념으로, 조금이라도 더 카나리아 씨와 같이 시간을 보내며 많은 것을 흡수하고 싶다는 생각에 그런 부탁을 한 것이다.

처음에는 이런 시추에이션이 벌어질 거라고는 생각도 못했다. ……사려가 부족했던 것 아니냐는 반박을 듣는다면 대꾸할 말이 없지만 말이다. 정신적으로 거기까지 신경 쓸 수 있는 상태가 아니었고, 흑심은 전혀 없었다. ……진짜다.

아, 이 상황에 이르게 된 경위를 떠올리며 얼이 나가 있을 때가 아니다.

귀가하자마자 할 일이 있는 것이다.

"카나리아 씨. 식사할래요? 씻을래요? 아니면―."

클리셰적인 전개는 당연히 벌어지지 않았다.

"―방송할 거예요?"

"물론이야쨱~! 카나리아 님은 리스너들을 위해 살거든!

일 탓에 아무리 피곤해도, 거르지 않고 방송해요짹♪”

“알겠어요. 소리가 안 들어가도록 조용히 저녁 식사를 준비할게요.”

“잘 부탁해♪”

얼굴 옆으로 든 손으로 피스 사인을 날린 카나리아는 방송용 컴퓨터가 있는 방으로 향했다.

소리가 들어가지 않도록, 이라고 말하기는 했지만 아마 괜찮을 것이다.

카나리아의 집은 꽤 넓다. 부엌과 거실은 사람을 불러서 파티도 할 수 있도록 바 카운터 느낌으로 되어 있으며, 벽도 두꺼울 뿐만 아니라 방음도 완벽했다. 방도 많아서 나 한 명 정도 재워주는 건 일도 아니었다.

우리 가족이 사는 맨션도 꽤 넓지만, 여기는 차원이 달랐다. 그야말로 젊은 나이에 성공을 거둔 사람의 집 그 자체다.

그리고 보니 최근에 텔레비전 방송에서 소개됐던, 동영상 업로더로 성공한 부자가 사는 곳도 이런 느낌이었다.

성공한 사람의 공간에 감도는 위압감 탓에 어지러울 지경이었다.

나는 묵고 있는 방으로 가서 짐을 내려놨다.

그리고 발소리를 내지 않으며 부엌으로 향했다.

스마트폰으로 레시피를 확인하고, 냉장고 안을 뒤지면서 만들 요리를 생각했다. 요리를 잘하는 편은 아니지만, 신세를 지고 있는 만큼 하다못해 평균적인 요리 정도는 대접하고 싶다.

회식 자리에서 고급 요리를 먹을 기회가 많은 사람일 테니, 집에서 먹는 식사는 가정적인 게 좋으려나?

설마 빵이 없으면 케이크를 먹으면 돼 같은 사상의 소유자는 아닐 테니 말이다.

일단 오늘은 고기 감자조림을 만들어 볼까.

냉장고에 고기가 들어있는 것을 보면, 채식주의자는 아닐 것이다.

"아, 텔레비전으로 카나리아 씨의 방송을 틀어놔야지."

이 집의 태블릿으로 동영상 스트리밍 앱을 켠 후, 부엌에 설치된 모니터에 접속해서 키라보시 카나리아의 방송을 틀어놨다.

사고가 일어나지 않았는지 확인하면서, 코멘트란이 너무 험악해지면 적당히 차단하는, 이른바 관리자 같은 일을 하기 위해서다.

필요한 재료, 조리 도구, 조미료 등을 챙겼다.

……아, 시작했네.

『아~, 아~, 다들 듣고 있어?』

모니터 안에서 카나리아가 카메라의 각도를 조절하며 마이크 체크를 했다.

채팅란에 《들려》《괜찮아》《OK》 같은 시청자의 코멘트가 달렸다.

동시 접속 수는 천 명. 그게 2천 명, 3천 명으로 점점 늘어났다.

아직 본격적으로 시작하지 않았는데 이렇게 사람이 몰렸다. 역시 키라보시 카나리아의 손님을 끌어모으는 능력은 어마어마하다.

《카나리아의 얼굴 핥고 싶어! 냄새 맡고 싶어! 날름날름날름우효오오오오오오오오오오오오오~!》

아, 괜찮네. 기운 넘치는 쓰레기 코멘트인걸. 바로 삭제.

기분 나쁜 성희롱 코멘트를 쓰는 놈들은 대체 어떤 표정과 감정으로 그딴 짓을 벌이는 걸까.

토요일과 일요일에도 관리자를 했는데, 이런 놈들은 매번 출몰했다.

몇 번을 지워도, 동일 인물이 계정을 바꾸며 이딴 짓을 벌이는 걸지도 모르지만 말이다.

아니, 제발 동일 인물이었으면 좋겠다. 이딴 짓을 여러 명이 한다고는 생각하고 싶지 않다.

『오늘은 다음 달에 발매되는 UZA문고의 라인업을 소개할게! 카나리아 님이 담당하는 완전 큐트한 신작도 나오니까, 다들 꼭 사줘♪』

《우오오오오오오오오!》《카나리아의 신작이 나온다아아아아아!》《오예에에에에에에엣!》

《됐어. 나는 카나리아를 보러 온 거지, 라노벨 따위엔 관심

없거든.》

자, 마지막 코멘트는 삭제.

자기 의견을 표명했을 뿐인데 삭제하는 건 과하지 않냐고?

……그럴지도 모르지만, 이건 다름 아닌 카나리아 본인의 지시다. 성희롱 코멘트보다도 우선해서 지워라, 라고 말했을 정도다.

이 방송은 담당 작가도 당연히 보고 있다. 그리고 키라보시 카나리아는 스타이기는 해도, 어디까지나 편집자다. 주역은 작품과 작가인 것이다. 작가가 보고 상처 입을 듯한 코멘트는 절대 용납할 수 없다, 란 자세만은 무너뜨려선 안 된다. ―그것이, 아이돌 장사로 책을 파는 그녀가 지키는 자기만의 룰이라고 한다.

방송 내용은 신간 소개로 시작했고, 사전에 모집한 질문을 읽으며 답변해 주더니, 현재 방송 중인 애니메이션의 감상을 이야기하는 등…….

시청자를 끌어들이고, 서로 커뮤니케이션을 취하면서 방송을 이어갔다.

꺄하하, 하고 웃는 얼굴은 자연스럽기 그지없었다.

캐릭터를 연기하고 있지 않은, 있는 그대로의 감성으로 이야기하는 것처럼 느껴졌다.

하지만 그럴 리가 없다.

네가 키라보시 카나리아를 얼마나 잘 안다고 그딴 소리를 늘어놓느냐고 묻는다면 대답하기 어렵지만, 적어도 대부분의 시청자보다는 진짜 그녀를 잘 안다고 자부한다.

그런 내 눈으로 보기에, 키라보시 카나리아는 **꽤 의도적으로 만들어진 캐릭터**, 가 틀림없다.

말끝에 붙이는「쨱」때문이 아니다.

그것이 일부러 붙이는 것이란 점은 시청자들도 알 것이다.

중요한 것은 다른 점들이다.

방송에서 때때~로 드러내는 본연의 표정. —그것이, 의도적으로 만든 것이다.

예를 들자면, 지능.

어벙한 구석이 있고 상식이 부족한 듯한, 누구라도 정신적으로 우위를 점할 수 있을 듯한『빈틈』을 보여주는 것이다.

어려운 한자를 못 읽거나, 지명을 모르거나, 요리 순서를 헷갈리기도 했다.

그 외에도 어이없는 짓으로, 자기 지능이 낮은 것처럼 **보이게 했다.**

그것을 본 시청자가 태클을 날리면, 에헤헷~ 하고 웃는 부분까지가 한 세트다.

출판 비즈니스의 최첨단을 달리는 그녀가, 바보일 리가 없는데 말이다.

정말 철저하다. 이게 바로 프로라는 것일까.

“끝~났~다~. 피곤해짹~.”

방송을 마친 카나리아는 불어 터진 해조류처럼 흐늘거리면서 거실로 왔다.

“수고하셨어요. 저녁 식사도 다 됐어요.”

“와아~, 집밥 향기~!”

“평범한 고기 감자조림이지만요.”

“괜찮아, 괜찮아♪ 그거야말로 집밥의 정석이잖아! 빨리 밥 퍼줘~.”

“넵.”

만들어둔 고기 감자조림을 데우고, 갓 지은 쌀밥과 된장국을 펐다. 그리고 의자 위에 늘어져 있는 카나리아의 눈앞, 식탁에 음식을 뒀다. 다시 데운 고기 감자조림을 그릇에 담은 후, 마지막으로— 냉장고에서 맥주 캔을 꺼냈다.

“저녁 식사&반주 세트 완성. ……오래 기다리셨습니다!”

“고마워~. 일 잘하는 신입이 들어와서 좋네~.”

“아, 이 정도는 아무것도 아니에요. 그럼, 저도 잘 먹겠습니다.”

“그래~. 잘 먹겠습니다~짹♪”

두 손바닥을 맞대며 그렇게 말한 후, 젓가락(나는 1회용 젓가락)을 손에 쥔 우리는 함께 식사를 시작했다.

흰 쌀밥에서 피어오르는 김이 고기 감자조림의 간장 향기와 된장국의 육수 풍미를 빨아들이면서, 코안 깊숙한 곳까지 감칠맛을 직접 전해줬다.

일단 감자를 한 입 먹어봤다. 씹으니 바로 바스러지면서, 입안에 맛이 퍼져 나갔다.

좋아, 잘 만들어졌어. 그렇게 생각하며 고개를 끄덕였을 때—.

"으~음♪ 행복해~♪"

같은 타이밍에 감자를 먹은 카나리아가 한 손을 자기 볼에 대며 감동의 눈물을 흘렸다.

농담이 아니라, 꽤 진심이 담겨 있었다.

"호들갑이 너무 심한 것 아니에요? 평소에 더 맛있는 걸 먹잖아요."

"상류층만 이용하는 철판구이집이나, 일본 최고의 장인이 쥔 초밥이나, 본고장에서 배워온 고급 중화요리도 잔~뜩 먹어보긴 했어."

카나리아는 그렇게 말하면서, 고기 감자조림 안에서 당근을 하나 집어서 입에 넣었다. 그리고 입 전체에 그 맛이 퍼져 나간 듯한 표정을 짓더니…….

"결국은 돌고 돌아서, 이런 소박한 요리를 찾게 된다니깐."

"엄마의 손맛, 같은 건가요?"

"가게 요리도 마찬가지야. 조그마한 가게의 돼지고기 생강구이 정식이 가장 맛있어쩍."

"그런 건가요."

어른이네, 하고 생각했다.

오늘 온종일 UZA문고 편집부에 있었는데, 편집부 안에서 들려온 것은 어느 고급 고깃집이 맛있었다, 회원제 가게의 말고기 회가 맛있었다, 같은 도쿄에 있는 일류 기업 사원 느낌이 물씬 나는 부르주아스러운 대화였다.

하지만 그 부르주아의 정점에 군림하는 사람이 서민적인 취향을 입에 담자, 심오함을 느끼게 됐다.

"그건 그렇고 아키 군은 집안일 스킬이 상당하네. 확 이 카나리아 님한테 장가 들어줬으면 좋겠어♪"

"아이돌이 그런 소리 해도 돼요?"

"아앙~, 당연히 안 되지~. 그리고 지금의 동거 생활도 완전 아웃♪"

"역시 그렇죠?!"

스트리밍 업계가 그런 족으로 예민하단 이야기는 자주 들었다.

여성 스트리머가 크리스마스에 예정되어 있던 방송을 미리 말도 하지 않고 캔슬해서 불판이 깔렸다거나…….

남성 스트리머가 여성 스트리머를 상대로 양다리를 걸쳤다 불판이 깔렸다거나…….

……뭐, 후자는 자업자득일 것이다.

아무튼 미세한 불씨라도 있으면, 법적으로 OK인지 NG인지를 떠나서 순식간에 불판이 깔리면서 활동 중단 혹은 은

퇴를 하게 되는 것이다.

인기가 엄청난 카나리아가 남자와 단둘이, 자기 집에서 밥을 먹고 있다는 게 알려진다면 당연히—.

"이 은밀한 관계…… 들통나면 즉시☆불판☆대폭발쨱♪"

"절대 들키지 않도록 조심할게요."

몸이 옥죄어드는 느낌이 들었다.

애초에 내가 《5층 동맹》 멤버에게 어디 가는지 밝히지 않고 사라진 이유 또한 바로 이 점 때문이다.

물론 동료들을 신뢰하지만, 만에 하나라도 카나리아에게 폐를 끼칠 수는 없다.

키라보시 카나리아라는 존재에게 무슨 일이 벌어진다면, 그에 따라 발생한 손해를 내가 메워줄 수 있을 리가 없다. 『검은 염소』의 새로운 가능성을 찾는다, 이로하를 프로듀스한다, 같은 이야기도 무의미하게 여겨질 정도로 모든 게 다 박살 나서 사라지고 말리라.

그래서 나는 한동안, 오토이 씨에게 《5층 동맹》의 지휘를 맡기고 사라지기로 했다.

—다들, 설명 못 해서 미안해. 원망할 거면 툭하면 불판이 깔리는 이 세상을 원망하라고.

"그건 그렇고, 아키 군이 와줘서 살았어~. 너무 바빠서 사생활이 반쯤 저세상행~♪ 느낌이었거든~."

"청소도 꼼꼼하게 되어 있지 않았었죠. 더럽다고 할 정도는 아니었지만요."

"의식 수준을 높게 유지하고 싶지만, 바쁠 때면 그렇게 돼~. 자기 방임이랄까? 나 자신을 괴롭혀주그 싶을 때가 있어쨱."

"사회인의 깊은 어둠을 본 느낌이에요……."

"아하하. 아키 군도 어른이 되면 이해하게 될거야쨱."

그녀는 웃으면서 맥주를 한 모금 들이켰다.

한손으로 자기 어깨를 주무르면서, 으음~ 하고 작게 식음을 흘렸다.

"왜 그래요?"

"사회인의 어둠 그 두 번째. 어깨와 등이 우득우득♪"

"겉으로는 이렇게 젊어 보이는데도요?"

"리모델링이나 페인트칠로 예쁘게 꾸미더라도, 건축 연수는 달라지지 않잖아."

"전부터 생각한 건데, 카나리아 씨는 영원한 열일곱 살 아이돌인 것치고는 자기 나이를 연상케 하는 발언을 당당히 하는 데다 원래 나이에 맞는 대접을 받아도 화내지 않네요."

Non, non 하며 장난스레 쓴소리를 할 때는 있다.

하지만 아줌마 취급하지 마, 라고 하며 진짜로 화낸 적은 없었던 것 같았다.

"그야 내 나이는 내가 가장 잘 알고, 나이 먹은 나 자신도 사랑해서야쨱. 팬서비스를 위해 젊고 예쁜 모습을 보여주고 있을 뿐, 꾸밈없는 호시노 카나에게도 나름 긍지를 가지고 있거든♪”

“그런가요.”

“그리고 겉으로 젊어 보이게 유지만 잘한다면, 나이 든 후가 훨씬 인생이 즐거워. 학생 시절에 못 했던 일도 얼마든지 할 수 있잖아쨱♪”

알통을 만들며 웃은 직후— 그녀는 으윽, 하고 신음을 흘리면서 얼굴이 새파랗게 질렸다.

“……카나리아 씨?”

“그래도 역시 몸이 망가지는 건 어쩔 수가 없어쨱. 특히 등과 어깨가…….”

부들부들 떨고 있다.

평소 헬스장을 다닌다고 들었고, 같은 어른이라도 은둔형 외톨이 기질인 무라사키 시키부 선생님보다 내구력이 훨씬 뛰어나다고 생각했지만, 이런 부분은 비슷한 걸지도 모르겠다.

—좋아.

“인기 편집자도 편한 게 아니네요. 그러면 오늘도…….”

“응?”

이참에 내 몇 개 안 되는 특기 중 하나로, 신세 지고 있는 누님에게 보은하도록 할까.

“마사지, 해드릴까요?”

*

　부드러운 클래식을 BGM 삼아, 아르마 향기가 거실에 감돌았다.

　내 눈앞에는 소파에 엎드려 있는 키라보시 카나리아가 있다.

　저녁 식사와 목욕을 마친 그녀는 얇은 잠옷만 걸친 채, 릴렉스한 모습을 나에게 보여주고 있었다.

　살랑거리는 금발은 희미하게 습기를 머금고 있으며, 피부가 달아오른 탓인지 주위의 공기도 왠지 뜨뜻미지근하게 느껴졌다.

　그러고 보니, 최근에 다른 사람에게도 마사지를 해준 것 같다는 생각이 들었다.

　그렇다. 몸이 망가진 무라사키 시키부 선생님에게…….

　왠지 나는 성인 여성에게 마사지를 해주는 일이 잦은 것 같다. 뭐, 이게 내 몇 안 되는 특수 능력 중 하나니까 어쩔 수 없겠지만 말이다.

　그런 잡념이 머릿속에 감도는 가운데, 나는 체중을 실으며 손가락에 힘을 줬다.

　"으음…… 거기, 기분좋아쨩……."

　"마사지 받을 때는 영업용 아이돌 모드를 풀어도 되지 않을까요?"

　"그렇게 간단히 가면 속의 맨얼굴을 볼 수 있으리라고 생각하지 마! 카나리아 님의 민낯은 쉽게 볼 수 있는 게 아니거든?!"

"릴렉스를 안 한다면 마사지를 받아도 의미가 없을 텐데……."

"하으으으으응! 왔다, 왔어! 바로 거기야아아앙~!"

"아파하는 목소리까지 귀여운 척하는 거예요?!"

엄청난 프로 의식이다. ……아니, 남자를 자기 집에 들인 시점에 아이돌 실격이려나?

"그건 그렇고 아키 군의 지압은 정말 끝내주네. 어디서 배운 거야?"

"독학이에요. 책과 동영상을 보면서 익혔죠."

"학습 의욕 만점! 노력형 인간 카나리아 님은 근면 성실남을 참 좋아해쨱♪"

"근면 성실하다고 할 정도는 아니에요. 자기가 직접 조사해서 익히는 게 가장 효율적일 뿐이었거든요."

"하지만 요즘 직접 조사하는 것조차 안 하는 애가 많거든. 정말 곤란해쨱."

회사 후배를 떠올리고 있는 걸까?

농담 투로 한 말에 이어 진심이 담긴 한숨이 뒤따랐다.

"아키 군의 그 배우려 하는 자세는 참 매력적이야쨱."

"……고마워요."

나는 눈을 돌린 채 지압을 이어갔다.

칭찬을 받으니, 왠지 멋쩍었다.

남을 칭찬하는 건 특기지만, 칭찬을 받는 데는 익숙하지 않았다.

별일 하지도 않았는데 칭찬을 받으면 죄책감을 느낀다고나 할까. 고기 양면을 구울 줄 안다고 칭찬받는 상냥한 세계도 나쁘지 않지만, 나는 칭찬을 받는 이유를 이해 못 해서 견디지 못할 것이다.

"UZA문고의 문을 두드린 것은 텐치도의 사장에게 맞서기 위해서랬지? 고등학생답지 않은 담력이네쨱."

"나이를 핑계 삼아 포기하고 싶지 않을 뿐이에요."

"지기 싫어하는 점도 나이스♪"

"일반적으로는 성가신 성격일 뿐이겠지만요……."

"엔터테인먼트 세계에서 정점을 노린다면 좀 미움받거나 성가시게 여겨지는 건 감수해야 해♪"

"……그렇게 말하는 걸 보면, 카나리아 씨도……?"

"물론이야♪ 당연히 미움받고 있고, 거추장스럽게도 여겨지고 있어쨱."

"그렇게 인기가 많고, 성과도 내니까…… 존경받으면 몰라도, 미움받지는 않을 것 같은데…."

"쨱, 쨱, 쨱."

카나리아 씨는 손가락을 좌우로 까딱거리면서 말했다.

"다들 겉으로는 호의적으로 대해줘. 성공한 사람한테는

잘 보여두는 편이 유리하거든. ……하지만, 이 녀석이나 저 녀석이나 뱃속은 시꺼멓기 그지없어쨱♪"

"카나리아 씨를 끌어 내리고, 자기가 위에 서려는 건가요?"

"으~음, 그런 거라면 차라리 나아~. 그냥 눈길을 끄니까 아니꼬워서 그랬다던가? 인간의 질투는 참 무서워. 익명으로 악성 댓글을 다는 사람을 고소해서 개인정보 공개 청구를 했더니, 다른 출판사의 편집자였던 적도 있고, 전혀 알지 못하는 작가였던 적도 있다니깐. 다른 작품이 최애인 일반 팬이 안티가 된 적도 있었어. ……미워하는 이유는 천차만별♪ 다양한 패턴을 경험했으니까, 이제는 미움받기 백화점을 열어도 될 거야쨱♪ 이란 느낌이야~♪"

"인기에는 질투와 시기가 뒤따르기 마련인 건가요. 인기 장사도 참 힘드네요."

성우를 비롯한 연기자의 길도 분명 마찬가지이리라.

아마치 사장이 말한 악귀 중에는 착취하려 드는 업계의 높으신 양반만이 아니라, 부정적인 감정을 내비치는 온갖 상대를 가리키는 걸지도 모른다.

그런 부정적인 공격으로 이로하를 지켜낼 수 있을까? ─ 그렇게 묻는다면, 지금 이대로는 무리라고 답하겠다. 그 점은 그날부터 지금까지 달라지지 않았다.

하지만 계속 이대로 있을 생각은 없다.

나는 아직 적의 정체조차 몰랐다. 카나리아 씨의 곁에서 일한 덕분에 적어도 적의 윤곽 정도는 파악했다. 이대로 성장해 나간다면, 당당히 이로하를 맞이하러 가는 날이 그리 멀지 않다고 생각한다.

그런 생각을 하며 지압을 해주고 있을 때, 카나리아 씨의 요염한 목소리가 들려왔다.

"으음~, 기분 좋아~♪ 일 잘하는 아키 군에게는 상을 줘야겠네♪"

"상이라고요?"

"네가 모르는 어른의 비밀. 뭐든 딱 하나만 가르쳐줄게쨱♪"

"정말이에요?!"

"아앙♪ 또 딱 좋은 자리를 눌러줬어쨱~♪"

무심코 몸을 쑥 내민 바람에 체중이 실리자, 카나리아 씨가 이상한 소리를 냈다.

……방금 그건 너무 티 나는 거 아냐?

마음 같아서는 태클을 걸고 싶지만, 참았다. 이 기회를 놓칠 수는 없다.

"대외적으로 알려지지 않은 게임 업계의 최신 트렌드 같은 거, 혹시 아세요?"

"대외적으로 알려지지 않은 트렌드?"

"5년 후에 주류가 될 듯한 비즈니스 모델이라거나, 은밀히 개발되고 있는 기술이라든가, 해외의 동향 같은 거요. 일개 유저가 접할 수 있는 범위의 정보만으로는 안 보이는 게 너무 많거든요. 자기도 모르는 사이에 뒤처진 탓에, 다른 비즈니스맨이 전부 채갔다…… 같은 사태를 피하고 싶어요.”

“나이스 발상! 적의 움직임을 예상하려 하는 자세도 좋아!”

또 칭찬을 받았다.

이 칭찬하는 버릇은 직업병 같은 것일까.

작가로부터 작품을 맡고 있는 만큼, 칭찬도 업무일지도 모른다.

“카나리아 님은 어디까지나 출판업계의 인간이라서, 게임 업계에 대해 무지 해박하진 않아. 하지만 전해 들은 이야기에 따르면, 얼마 전에 주목을 모았던 건 서브스크립션과 메타버스야.”

“서브스크립션……이라면, 영상 작품의 정액제 구독 서비스잖아요. 게임에서도 그런 걸 하나요?”

“아직 완전히 침투하진 않았지만 말이야. 플랫폼에 월정액을 과금하고, 플레이한 시간에 맞춰 제작자에게 이익이 분배돼.”

“그게 유행할까요?”

“그건 아무도 몰라쨱. 하지만 그게 유행하는 세계를 만들기 위해서 노력하는 어른이 다수 존재하는 건 틀림없어쨱.”

“그렇군요……. 메타버스는 뭔가요?”

“가상 세계 안에서 누구든 버추얼 육체로 지내는 세계를 바라는 거야쨱."

"아~. 왠지 어디서 들어본 적 있는 것 같아요."

언제인지는 모르겠지만, 인터넷 뉴스에서 본 적 있다.

어느 엔터테인먼트 기업이 그 분야어 전력을 기울이고 있다, 수억 엔대의 자금을 조달했다, 같은 뉴스였다.

"진짜로 가상 세계에서 사는 세계가 될 거라고는 생각하지 않지만 말이야."

"그야 그렇죠. 몸을 움직여주지 않으면 건강이 나빠질 테고요. 생활 기반이 VR로 넘어가는 건 픽션 속의 이야기 아닐까요?"

"YES! 카나리아 님도 반신반의~. 너무 꿈이 앞서고 있는 이야기일지도 몰라."

"실현될지 확실치 않은 거로도 돈을 므을 수 있는 거군요."

"오히려 거창한 꿈일수록 투자가의 반응이 호의적이기도 해쨱."

"하아……. 그런 건가요."

잘 이해가 되지 않았다.

사회적 신용이 중요한 상장기업 심의는 꽤 엄격하단 이미지가 있고, 어른이 짊어져야 하는 책임의 크기를 생각하면, 실체가 없는 뜬구름 같은 이야기에 돈이 모인다는 사실은 모순되는 느낌이 들었다.

으음…… 어른의 세계는 정말 어렵다.

“뭐, 가상 세계에 풀다이브! 는 꿈같은 이야기지만, 실질적으로 그런 거나 다름없는 세계라면 현실적으로 가능하다고 생각하긴 해.”

“실질적?”

“아키 군도 닉네임을 쓰지?”

“뭐, 네.”

“『사회』=『사람이 모여서 생활하는 집단』— 그리고 인터넷 세계에서는 오오보시 아키테루보다 AKI가 더 알려졌지. 그게 어떤 의미인지 알려나~?”

“……사회적으로는 AKI가 더 신용을 얻고 있다, 인가요?”

“YES! 《5층 동맹》의 AKI라는 정체를 숨기고 어디까지나 오오보시 아키테루로서 말을 걸었을 때, 대등한 위치에서 대화를 나눠주는 게임 업계인은 없을 거야. 하지만 AKI라는 사실을 밝힌다면『검은 염소』를 아는 사람에게 분명 신용을 얻을 수 있겠지. ……닉네임은 어찌 보면 가상 세계의 아바타니까, 그쪽으로 사는 게 어쩌면 더 쉽다고도 할 수 있어짹.”

“아…… 그렇군요. 그건 그래요.”

이름만이 아니다. 얼굴도 마찬가지다.

SNS의 아바타가 가공의 캐릭터인 사람도 많으며, 그런 사람들은 그 캐릭터로 사회와 접점을 형성한다.

“지금도 그러니까, 이 흐름이 조금 더 가속된 사회는 찾아올지도 몰라. ……얼마나 이상적인 가공 세계에 근접할지는, 그 분야의 최첨단에서 연구하고 있는 사람의 노력에 달렸겠지만 말이지쨱. 카나리아 님은 딱히 그쪽에 배팅할 생각은 없지만, 그 노력에 야유를 보낼 생각도 없어쨱.”

공평하다, 고 생각했다.

타인의 도전을 긍정하지도, 부정하지도 않으면서 확고한 자신의 의견을 내놨다.

어엿한 어른의 자세다, 하고 생각했다.

“그리고 이건 게임 업계의 이야기가 아니지만~.”

카나리아 씨는 입을 열었다.

“엔터테인먼트 업계 전반에서 주로 화제가 되고 있는 건 AI야.”

“SNS에서도 화제였어요. 기술이 선행하면서 윤리적 문제를 경시했다, 하며 불판이 깔렸던 게 기억에 남아 있어요.”

“기술 그 자체에는 죄가 없지만, 기분 나쁘게 여기는 크리에이터의 감각도 옳아쨱. ……뭐, 이미 일류인 사람은 그다지 영향이 없을 거야. 이제부터 두각을 보이는 사람은 AI와 어떻게 어울릴지 생각해 볼 필요가 있겠지만……. 이 분야도 현시점에서는 어떻게 굴러갈지 솔직히 모르겠쨱♪”

“『모르겠쨱』이라고 하니, 진짜로 모르겠다는 건지 농담하는 건지 분간이 안 되네요.”

“사소한 건 잊어주게나~, AKI 소년.”

“……넵.”

정말 쓸모 있는 오리지널 언어다. 뭐, 그건 됐다.

“아, 맞다. 잊으면 안 되는 게 하나 더 있어.”

“부디 듣고 싶어요.”

“팬을 끌어들이는 프로젝트♪”

명랑하고 쾌활한 목소리로, 그녀는 딱 잘라 말했다.

“팬을 끌어들이는…… 요즘 유행하는, 쌍방향 콘텐츠 말인가요?”

“맞아. 크라우드 펀딩 같은 건 들어본 적 있지?”

“한때 SNS를 통해 여기저기서 올렸었죠.”

“회원제 음식점이나 틈새 기술을 취급하는 벤처 기업이 화제가 됐었어.”

“엔터테인먼트 쪽에서도 코어한 인기가 있는 작품의 2기 제작이나 극장판을 제작하고 싶다, 피규어를 만들고 싶다. 연재 중단된 작품을 구원하고 싶다, 같은 걸 본 것 같아요.”

“맞아. 나도 작년에 한 건 성립시켰어쩩.”

“어. 하지만 카나리아 씨의 담당 작품은 대부분 잘나가잖아요. 연재 중단 같은 것과는 인연이 없을 것 같은데……. 지원을 받아서 뭘 만들었는데요?”

“1/1 비율 카나리아 피규어!”

"러●돌이에요?"

"어."

"어?"

카나리아가 얼이 나간 듯한 표정으로 쳐다보자, 나도 그녀와 똑같은 표정을 지었다.

시간정지물을 연상케 하는 침묵이 흐른 후, 카나리아의 얼굴에서 땀이 폭포수처럼 흘러나왔다.

"그, 그런 용도로 쓸 가능성은 생각 못 했어쩍……."

"너무 부주의한 거 아니에요?!"

애니메이션 캐릭터라면 모르겠지만 실존 인물의 1/1 비율 피규어라면, 그야말로…… 응.

마음이 깨끗한 사람이 손에 넣었기를 빌어야겠다.

"어, 어험. 사소한 일은 제쳐두기로 하고…… 요즘 엔터테인먼트 업계에서는 그런 식으로 팬을 적극적으로 끌어드리는 것도 트렌드야."

카나리아 씨는 다시 이야기를 이어갔다.

"소설, 만화, 영화, 게임, 영상, 스트리밍— 온갖 콘텐츠가 넘쳐나는 현대 사회, 쉴 새 없이 신작이 쏟아져 나오는 탓에 손님들의 시간은 줄어만 가고, 하나의 작품을 접하는 시간도 줄기에, 열량 또한 유지하기 어려워. 각 분기에서 가장 인기 있었던 애니조차, 두 분기 정도 지나면 기억의 저편으로 사라지는 거야쨱."

"듣고 보니······."

최신 애니라면 몰라도 지난 분기나 지지난 분기의 작품쯤 되면, 어느 작품이 어느 분기에 했는지 정확하게 생각나지 않는다.

어디까지나 내가 《5층 동맹》 일로 너무 바빴던 탓일지도 모르지만 말이다.

"그러니, 손님 한 명 한 명에게 그 작품이『특별』하다고 여겨지게 만드는 게 중요한 거야."

"쌍방향이면 그게 가능하다, 는 건가요?"

"물론이야쨱!"

그녀는 단언하며 말을 이었다.

"한번 생각해 봐. 소비자일 뿐이라면 몰라도, 자기가 제작자 중 한 명이라면— 작품에 대한 애착이 강해지지 않겠어?"

"분명 그렇겠죠."

나는 그 말을 바로 이해할 수 있었다.

왜냐하면 나를 포함한 《5층 동맹》의 멤버는 하나같이『검은 염소』에 애착을 가지고 있다.

제작자니까, 관여했으니까, 애착이 있는 게 당연했다.

음악을 만들어준 오토이 씨와 타치바나네도 마찬가지다. 그녀들은 오타쿠가 아니며, 게임을 평소에 즐기지는 않는다. 그래도『검은 염소』에 관해서는 애착이 가지고 있으리라고 생각한다.

"그 감각을 손님의 내면에도 만들어내는 시책……. 아하…….'

"특히 새로운 도전을 할 때, 기능하는 법이야. 다 함께 꿈을 이루자! 같은 식이라니깐♪"

"그거 좋네요."

"좋아?"

"이제부터 새로운 도전을 할 생각이라서요."

"『검은 염소』의 콘솔화— 말이구나.'

"네."

UZA문고의 문을 두드릴 때, 나는 카나리아 씨에게 이로하를 프로듀스할 수 있는 어른이 되그 싶다는 소망과 함께 《5층 동맹》과 『검은 염소』의 앞으로의 비전 또한 이야기했다.

그 열의를 높이 샀기에, 이례적으로 고등학생 아르바이트로 뽑아준 것…… 같았다.

"고마워요, 카나리아 씨. 덕분에 다양한 아이디어가 떠올랐어요."

"흐흥♪ 또~ 귀여운 젊은이를 인도해 준 것 같네쪽."

"답례로 비장의 혈도를 눌러줄게요."

"좋아~. 언쨋든지 오케이~♪"

"하앗!"

"끼욧?!"

힘을 주자, 이상한 울음소리가 들려왔다.

어, 어라? 혹시 너무 힘준 걸까?

"괘, 괜찮아요? 좀 약하게 했어야……."

"하, 하하하. 에이쨕. 카나리아 님은 영원한 열일곱 살. 허리 걱정할 나이는 Non, non. 인정사정 봐줄 필요 없…… 으극!?"

"역시 무지 효과 있나 보네요. 으음~, 좀 약하게 할까요?"

"크으으…… 그 상냥함이 나를 괴롭게 해쨕……."

자존심을 지키면 몸이 못 버티고, 몸을 지키려면 자존심을 굽혀야 한다. 둘 중 하나는 포기할 수밖에 없다.

그런 혹독하기 그지없는 상황에서 자아를 유지할 수 있어야, 어른이라고 할 수 있을지도 모른다.

……그런 세상 물정 좀 아는 듯한 건방진 생각을, 나는 마음속으로 했다.

그날 밤.

나에게 주어진 방의 침대 안에 들어가는 것과 동시에, 오토이 씨에게 《5층 동맹》의 다음 액션에 관한 메시지를 보냈다. 아까 보내자고 생각했던 크라우드 펀딩 안건만이 아니라, 전부터 구상하고 있던 아이디어를 공정까지 포함해 상세하게 말이다.

―오늘은 정말 보람찬 하루였다. 학교에 다닐 때보다 몇 배, 몇십 배는 효율적으로 성장한 느낌이 들었다.

내일도 힘내자, 하고 긍정적으로 생각하면서 이불을 뒤집어썼다.

눈을 감고, 팀을 맡겨둔 오토이 씨를 떠올렸다.

떠넘겨서 미안하지만…… 꼭 파워업해서 돌아가겠어.

한동안, 잘 부탁해. ―파트너.

*

『나한테 마사지해 줄 때와는 아키의 태도가 완전 딴판인 듯한 느낌이 들어…….』

『존경할 뿐만 아니라 신세도 지고 있는 카나리아 씨와, 경멸하면서 돌봐주고 있는 무라사키 시키부 선생님을 대하는 태도가 다른 건 당연한 일 아닐까요. 똑같으리라고 생각하는 게 이상하거든요?』

『이래 봬도 어른의 입장에서, 바쁜 시간을 쪼개가면서 공헌하고 있거든?!』

『그건 그거, 이건 이거예요.』

『으으……. 오즈마 군은 너무 엄격해…….』

『울지 마세요. 이러니까 존경을 못 받는 거라고요.』

『큭. 얕보이면 끝인 거구나. 역시 폭력…… 폭력이 모든 걸 해결해 줘…….』

『너무 극과 극인 거 아니에요? 왜 오열 무브에서 폭력으로, 제3 우주 속도로 날아가는 건데요?』

『역시 오즈 군, 이과쪽 단어를 절묘하게 써먹네. 하지만 유감스럽게도 나 또한 수학 교사라서 이과 쪽은 완전 자신 있거든? 제3 우주 속도 정도로 주도권 잡으려고 들면 곤란해!』

『아니, 주도권 잡을 생각 없는데요. 그런 식으로만 커뮤니케이션을 취할 수 있는 건가요?』

『미소녀 게임 이론으로 커뮤니케이션을 취하는 오즈마 군이 그런 소리 하는 거야?!』

『아무튼 존경을 받고 싶다면 그에 상응하는 태도를 보여라, 라는 결론이에요.』

『아키한테도 《맹독의 여왕》 무브를 유지해 볼까…….』

『처형당하는 미래밖에 안 보이네요.』

☆오토이 레이쿠 SIDE☆

평일 아침. 현재 시각은 7시 35분 경.

오오보시 가의 식탁.

이 시간이 되어서야 겨우 일을 마친 나는 뜨거운 일본 차를 한 모금 마시며 한숨 돌렸다.

아침 식사도 준비되어 있다. 흰쌀밥과 시판 낫토. 평범하기 그지없는 일본식 아침 식사다.

본가에서 싫증 날 정도로 먹었던 아침 메뉴지만, 싫증보다 친숙함이 중요하다. 아무 생각도 하지 않으며 자연스럽게 준비할 수 있는 점이 매우 좋다. 겨우 아침 식사를 위해 신경을 써야 하는 요리나 새로운 도전 등을 하는 건 귀찮다.

남자는 닥치고 낫토 밥. 그것이야말로 일본인다운 삶의 방식이란 것이다. 잘은 모르겠지만 말이다.

……나는 여자 아니냐고? 뭐, 그것도 아무래도 상관없는 일이니 대충 넘어가자.

멍한 표정으로 낫토를 빙글빙글 휘저으면서, 등교 시간이 다 되어간다는 것을 알려주는 무자비한 시계를 쳐다봤다.

평소 같으면 이부자리 안에서 한숨 더 잘 시간이다.

하지만 《5층 동맹》의 리더 대리가 됐으니 그런 게으른 생활을 할 수도 없다.

아침에 일어나자마자 어젯밤에 아키가 LIME으로 보내온 지시에 따라, 나는 할 수 있는 범위 안에서 작업^{태스크}을 차례차례 처리했다.

텐치도의 초 유명 하드용 게임 개발을 할 수 있는 환경 구축을 코히나타 오즈마에게 의뢰했다.

UI 관련은 무라사키 시키부 선생님이란 이름으로 활동하고 있는 카게이시 스미레의 대학 시절 친구가 텐치도의 스태프인 것 같았기에, 도움을 받을 수 없는지 알아봐달라고 했다.

『아. 무리야, 무리. 텐치도는 진짜 엄격한 회사거든? 나고를 억지로 끌어들이는 건 절대 무리야!』

『친구가 울며불며 부탁하면 넘어올지도 모르니까, 일단 물어는 봐봐. 잘 부탁해~.』

『마치 도박하는 감각으로 내 우정을 시험하지 마아아아아아아아아아!!』

―이렇게 가벼운 느낌으로 의뢰했다.

아마 어떻게든 될 테고, 어떻게든 안 된다면 그때 가서 다른 방법을 생각하면 된다.

찰랑찰랑, 잔잔히 흐르는 강물에 몸을 맡기듯…… 그게 내 스타일이자, 삶의 방식이다.

"남은 건 『검은 염소』 팬을 대상으로 한 크라우드 펀딩 기획 정리인가……. 아~, 귀찮아. 아키 녀석~, 귀찮은 일을 마구 시키기는~."

바빠도 너무 바빴다. 고급 디저트만으로는 완전 손해다.

기운 없는 표정으로, 실타래처럼 된 낫토를 쌀밥과 함께 입에 넣었다. ……맛있어~.

날씨와 컨디션은 1년 365일 중 단 하루도 똑같지 않지만, 밥맛만은 1년 365일 변함 없다.

역시 맛있는 것…… 특히 달콤한 것은 기대를 저버리지 않는다.

참고로 낫토는 달지 않지만, 꽤 좋아한다.

혀에 점액처럼 끈적끈적한 것이 휘감기는 느낌이 꽤 기분 좋다.

"그건 그렇고, 크라우드 펀딩이라."

낫토를 씹으면서, 검색 중인 스마트폰을 쳐다봤다.

"특전 내용 같은 건 다른 프로젝트를 베끼면 되니까, 아이디어를 짜는 거로는 그다지 고생할 일 없겠지만~."

문제는 그다음이다.

크라우드 펀딩 계열 서비스의 등록과 고지 계획, 지원자와의 커뮤니케이션, 포장 작업과 발송 작업— 기타 등등, 손발을 놀리며 해야 할 일이 너무 많다.

3D 그래픽 관련 작업도 그렇다. 오즈에게 맡길까 했지만,

어려울 것 같아 관뒀다. 외주 업자 선정, 견적서 작성, 상대 방과의 교섭 같은 것은 그에게 버거울 것이다. 현실 비즈니스는 복잡하다. 미소녀 게임의 선택지로 단련한 커뮤니케이션 능력으로는 섬세한 줄다리기 같은 건 못 할 테니, 결국 내가 나설 수밖에……

상상만 해도 체중이 5킬로그램은 줄 것 같았다.

그렇다고 적당한 아르바이트를 고용하려고 해도, 개인정보를 취급하는 데다 세세한 대응이 필요한 만큼 타인에게 안이하게 맡길 수도 없다. 자칫 잘못해서 악의에 찬 인간에게 권한을 줬다가 돈을 가지고 야반도주라도 하면 최악이니 말이다.

"어딘가에 유능한 손발이 굴러다니지 않으려나~."

머리가 좋고, 성실하며, 준법정신이 투철한 데다, 응용력이 있을 뿐만 아니라, 계획부터 실행까지 내가 일일이 지시하지 않아도 완벽하게 해내는, 그리고 내 말을 거역하지 않으며 상황에 휩쓸려 순순히 따르는 그런 적당한 인재……

"아."

있네, 하고 무심코 말했다.

"완전 가까운 곳이 있잖아."

척추가 자로 된 것처럼 꼿꼿한, 차렷 자세가 잘 어울리는 성실형 인간.

사소한 규칙도 지키고, 남도 지키게 하는 규율의 전사.

코자이 고등학교 입학 후, 모든 시험에서 전 과목 백 점 만점을 받은 수재 중의 수재.

문화제와 수학여행의 실행 위원을 문제없이 수행했고, 모든 학생에게 최고의 추억으로 남을 기획 판단력과 그것을 실현시키는 사무 능력을 지닌 일 귀신.

그리고 무엇보다, 대학에 입학하면 신입생 환영회에서 까무잡잡한 피부의 근육질 양아치 남자 선배에게 그대로 테이크아웃당할 것만 같을 정도로 분위기에 잘 휩쓸리는 쉬운 히로인.

완전무결한 몬스터 우등생— 카게이시 미도리.

누구보다도 이 일을 떠넘…… 아니, 믿고 맡길 수 있는 인재가 아닐까.

"좋아. **쇠뿔도 단숨에 떠넘겨야지~**."

바로 스마트폰을 조작해서 미도리 부장에게 LIME 메시지를 보냈다.

속담이 틀린 것 아니냐고?

뭐~, 내 몸 편한 게 정의잖아. 나한테는 아무리 좋은 일도 서두르는 것보다 남한테 떠넘기는 게 더 가치 있어.

메시지를 보낸 후, 남은 낫토 밥을 단숨에 먹어 치웠다.

떠넘길 사람…… 아니, 인수인계할 사람을 찾아서 그런지 기분이 맑았다.

아까까지도 맛있었던 낫토가, 1.5배로 맛있어진 것 같은 느낌이 들었다.

☆카게이시 미도리 SIDE☆

아침 여섯 시에 일어나서 세수, 식사를 마치고 이를 닦은 후, 아침 뉴스와 신문으로 사회 정세를 머릿속에 주입하고 나서 방으로 달아갔다. 30분 동안 참고서를 훑어보면서 여유를 가진 후에 집을 나선 후, 건널목에서 길을 헤매는 할머니에게 길을 알려드리느라 빙 돌아서 학교에 도착했을 때는 딱 수업 시작 30분 전이었다.

이상적인 건 40분 전 도착이지만, 예상하지 못한 일이 일어난 바람에 조금 늦고 말았다. 한 시간 전 등교는 너무 일찍이라 선생님의 관리에서 벗어나는 시간대가 만들어질 것 같지만, 예상치 못한 일에 자주 휘말리는 자기 체질을 생각하면 조금 더 일찍 등교하는 편이 좋을지도 모른다.

교실에 도착해서 가장 먼저 한 것은 스마트폰 전원을 끄고 가방 밑바닥에 넣어두는 것이다.

요즘은 가족과의 연락용으로 핸드폰이 필수이며, 학교에 가지고 와도 교칙에 저촉되지 않는다. 하지만 수업 중에 착신음이 울리거나, 쉬는 시간에 핸드폰으로 만화나 영상을 열람해서는 안 된다.

교칙은 절대적으로 준수해야 하는 만큼, 제대로 꺼서 넣어둬야 한다.

그렇게 생각하며 화면을 본 순간, 오토이 양에게서 LIME 메시지가 와 있다는 것을 눈치챘다.

또 그 사람이구나.

함께 문화제 실행위원회원으로 활동한 후로, 연락을 주고받게 됐다.

나쁜 사람이 아니라는 것은 알지만, 마이 페이스하고 야무지지 못한 편이라, 좀 거부감이 느껴지는 사람이야…….

그래도 모처럼 연락을 줬는데 무시하는 것도 좀 미안했다. 수업이 시작되려면 시간이 있으니까, 짤막하게 답장이라도 해두자.

그렇게 생각하며 오토이 양의 메시지를 보니—.

『카게이시에게 맡기고 싶은 업무가 있는데~.』

"업무?! 무슨 소리야?!"

어, 우리는 고등학생이지?

근로기준법 제32조에 따라 1일 노동 시간은 8시간, 주간 노동 시간은 40시간을 넘으면 안 되며, 현의 조례로 오후 아홉 시 이후의 구속 업무만 발생하지 않는다면 아르바이트 계약을 통해 직무를 맡을 수 있지만, 나는 그 어떤 계약도 맺지 않았어!

앗, 이건 그거구나. 비유 표현이야.

학교 위원회 일도 「업무」라고 표현하기도 하잖아. 그래. 맞아. 학교에 보고도 하지 않고 일하는 불량 고등학생은 어디에도 없는 거야. 정말 다행이네~.

『보수는 상의 후 결정하자~.』

오토이 씨에게서 온 추가 메시지가 변명의 여지가 없을 만큼 아웃인 상황이란 점을 여실히 증명하고 있었다.

그만해! 내 마음의 도주로를 적극적으로 틀어막지 마!

"그게 대체 무슨 소리야, 오토이 양!"

쉬는 시간이 되자마자, 두 칸 옆의 교실로 전력 질주한 나는 책상에 엎드린 채 축 늘어져 있는 오토이 양에게 따졌다.

다른 학생들의 시선이 따가웠다. 내 입으로 이런 말을 하는 것도 좀 그렇지만, 카게이시 미도리는 특별진학반이다. 그리고 학년 수석으로 얼굴도 알려져 있다. 그런 내가 갑자기 교실에 찾아와서, 고함을 질러대고 있으니, 호기심을 느끼는 게 당연했다.

하지만 주위의 눈길을 신경 쓸 여유는 없다. 1초라도 빨리 자초지종을 듣고 싶었다.

수업 시작 전. 교칙상 스마트폰을 써도 되는 거의 아슬아슬한 타이밍에 오토이 씨한테서 온 메시지. 거기에 실린『어떤 정보』를, 나는 간과할 수 없었다.

"오오보시가 맡긴 일이라니, 대체 무슨 소리야?!"

"아~, 아~. 귓가에서 고함 지르지 마~."

귀에 손가락을 찔러넣은 오토이 양이 인상을 찡그렸다.

시끄럽든 말든 알 바 아니다. 중요한 말은 큰 목소리로 전해야 마땅하니 말이다.

"그것보다 오오보시는 갑자기 증발하지 않았어? 실종됐잖아? 해외 도피한 것 아니었어?"

"아, 일단 국내에 있긴 할 거야~."

"그런 사소한 건 아무래도 상관없어!"

"국경을 사소하게 여기는구나~. 역시 카게이시야. 담대한 여자라니깐~."

"실종된 오오보시한테서 업무 의뢰를 받았다는 게 무슨 소리인데?!"

"귀찮네~. 진짜로 목소리 좀 낮춰~. 이상한 소문이 돌면 어쩌려고 그래~."

"이미 돌고 있거든?! 걔, 며칠이나 학교에도 안 왔잖아!"

"괜찮아, 괜찮아. 그 녀석은 교실에서 공기 같은 존재였으니까, 의외로 눈치챈 사람 거의 없을 거야~."

"그건 또 무슨 소리야! 오오보시가 불쌍해!"

실제로 이렇게 시끌벅적하게 떠들어대고 있지만, 이쪽을
주목하고 있는 학생들의 반응은 밋밋했다.

오오보시가 누구지? 글쎄? 그런 애가 있었어? ―같은 대
화가 들려왔다.

내가 좋아하는 남자가 이런 대접을 받고 있으니 괴롭다.
뭐, 평소 행실 탓이겠지만 말이다. 꼴좋다! ……으으, 가슴
이 아파. 아무리 마음속으로라도, 독설을 퍼부으니 죄책감
이 어마어마했다. 미안해, 오오보시. 수학여행 때 같은 조였
던 애들은 아마 너를 걱정하고 있을 거야. 나도 걱정하고 있
어. 그러니 기운 내. 나는 이 자리에 없는 오오보시에게 그
런 격려의 말을 마음으로 건넸다.

그 후, 오토이 양은 자초지종을 이야기해 줬다.

오오보시는 《5층 동맹》이라는 게임 제작 서클의 리더이
며, 이미 『검은 새끼 염소가 우는 밤에』라는 인디즈 게임을
운영하고 있다고 한다.

현재는 수행을 위해 행방을 감췄으며, 대리 리더인 오토이
양에게 LIME으로 지시를 일방적으로 보내기만 하면서 기
본적으로 연락을 끊고 지낸다고 한다.

서비스 중지 중인 『검은 새끼 염소가 우는 밤에』― 통칭
『검은 염소』의 다음 스텝을 위해서는 여러 준비가 필요하며,
그에 따른 각종 작업을 업무 수행 능력이 뛰어난 나에게 맡
기고 싶다는 이야기였다.

“자초지종은 알겠는데…… 왜 나에게 맡기려는 거야?”

“3D 그래픽 회사를 찾아서 연락을 취하고 견적을 받아서 구체적인 발주서를 작성해서 발주한 후에 진행 관리를 하면서 납품을 받는 것과 동시에 크라우드 펀딩 준비를 부탁해~.”

“잠깐만, 잠깐만, 잠깐만! 이상하거든?! 업무량이 완전 이상하거든?! 그 정도면 완전 본격적인 업무 아냐?! 나, 진짜 생초보거든?! 연수 같은 건 시켜주는 거지?!”

“하하, 웃기네. 그런 걸 할 리가 없잖아~.”

“웃을 일이 아니거든?! 연수도 없이 어떻게 하냔 말이야!”

“괜찮아, 괜찮아. 카게이시는 천재잖아~. 네가 방법을 대충 조사해서 적당히 추진해 주기만 하면 오케이, 오케이~.”

정말 어처구니가 없었다. 뇌의 10%라도 활용한다면 이딴 식으로 업무 의뢰를 하지 않을 것이다.

SNS에서 고발당하는 악덕 클라이언트도 깜짝 놀랄 정도로 대충대충이었다. 이딴 식으로 일을 함부로 맡으면 안 된다. 강철 같은 의지로 거부해야만 한다.

“저기 말이야! 나라고 뭐든 오케이 하진 않거든?! 이번만큼은 누가 뭐라고 해도, 안 할—.”

“카게이시가 참가한다면, 아키도 기뻐할 거야—.”

“—하면 될 거 아냐아아아아아아아, 정마아아아아아알!”

약해빠진 나 자신이 정말 싫다.

이제 와서 무슨 짓을 한들 이 사랑이 이뤄질 일은 없다고, 뇌가 냉철한 연산 결과를 내놓았다.

하지만, 그래도, 오오보시의 도전을 응원해 주고 싶다. 그의 격동으로 가득 찬 역사에, 내 이름을 새기고 싶다. 그런 생각을 하고 마는 얄팍한 나 자신이 존재했다.

먼저 좋아한 쪽이 패배, 란 말이 머릿속이 떠올랐다. 그리고 그 효과를 자각하고 있다. 정말 분하다.

바로 그때, 딩~ 동~ 댕~ 동~……하고 무자비한 예비종 소리가 들려왔다.

오토이 양의 무표정한 얼굴에 안도한 듯한 미소가 어렸다.

"그러면 그쪽 일은 맡기겠어~. 자, 다음 수업이 시작될 거야~. 빨리 교실로 돌아가~."

"끄으으응!"

오토이 양은 나에게 통째로 떠넘기면 어떻게 되리라고 생각하는 것 같았다. 뭐 이딴 여자가 다 있어.

하지만 이대로 그녀에게 따지다간 수업에 지각하고 만다. 지각은 교칙으로 금지되어 있다. 이대로 불량 포인트가 쌓이다간 순식간에 나쁜 아이가 되고 말 것이다. 우등생은 약간의 방심이 초래한 룰 위반을 계기로 나쁜 남자에게 걸려든 바람에 비탈길에서 굴러떨어지듯 그대로 타락하고 만다. 남자의 소행 조사를 위한 연구—그렇다. 어디까지나 연구—를 위해 읽은 책에서는 보통 그런 일이 벌어졌다.

으드드득 하는 소리를 나게 어금니를 깨문 나는 어쩔 수 없이 자기 교실로 돌아갔다…….

＊

결론부터 말하자면, 나는 그 업무를 맡기로 했다.

솔직히 말해, 내가 왜 그딴 쓰레기 남자를 위해 귀중한 공부 시간을 할애해야만 하는 거냐는 생각이 안 드는 건 아니다.

하지만 그가 올곧은 사람이라는 것도, 나는 잘 알고 있다.

연극 대회에서 나만 믿으라고 장담하던 그의 얼굴을 떠올렸다.

나에게 고백을 진지한 태도로 거절하던 그의 얼굴을 떠올렸다.

멋진 추억과 분한 추억이 동시에 떠오르는 건 좀 그렇지만, 양쪽 다 오오보시『다움』이 느껴졌다.

엉터리에, 무책임하며, 제멋대로지만…….

정말 올곧은 남자다.

수학여행 때의 그날 밤. 내 과거와 미래를 통틀어 가장 많이 울었던 것은, 그에게 차인 것이 슬퍼서만이 아니었다.

그가 올곧은 눈길로 쳐다보고 있는 기나긴 길의 끝에, 나란 존재가 없다는 사실―.

그것이 너무나도 분했다.

《5층 동맹》을 도와준 대가로 그의 호의를 얻고 싶다? ―
아니다.

그저 그의 옆……은 아닐지라도, 그의 근처에서 같은 방
향을 쳐다보며 걷고 싶다.

내가 생각해도 참 어이가 없지만, 눈앞에 드리워진 동아
줄을 움켜쥐려 하는 자신의 손을 말릴 수가 없었다.

"좋아, 필요한 지식을 전부 머릿속에 집어넣었어! ……전
부 다!"

심야. 자택의 자기 방. 초등학생 때부터 10년 넘게 써온
낡은 공부용 책상 앞.

두꺼운 책을 소리 나게 덮은 후, 그렇게 말한 내 눈동자는
활활 타오르고 있었다.

사흘.

오토이 양에게 무리한 의뢰를 받은 후, 나는 사흘 동안 비
즈니스의 기본을 학습했다.

―독학으로 말이다.

솔직히 말해, 꽤 힘들었다. 학교 공부와 다르게 전문적인
지식 대부분은 각 기업에서 사내 기밀로 삼고 있으며, 세상
에 유통되고 있는 정보는 일반적인 상거래 관행에 관한 지
식과 소비자 심리 및 마케팅 등을 학문적으로 정리해 둔 게
전부다. 이것만으로는 현장에서 통용되지 않는다는 것을 직
감한 나는 강사분의 소개로 학원 경영자를 인터뷰했다. 게

임 업계 특유의 정보는 접하지 못해서 아직 불안이 남아 있지만…… 시간은 유한하다. 모든 불안의 씨앗을 없앨 때까지 한 걸음도 내딛지 않았다간 영원히 아무것도 시작하지 못한다.

불안은 일단 상자 깊숙한 곳에 넣어두기로 하고, 자기 자신을 격려하며 입에 착수하기로 했다.

다수의 3D 관련 업자에게 견적을 받아본 결과, 작업 속도와 금액 및 회의 시의 인상 등을 참고해서 후보를 한 회사로 압축하는 데 성공했다.

주식회사 딥하프.

아직 설립한 지 얼마 안 된 신흥 기업 같지만, 그래서 고등학생인 나도 진지하게 응대해 줬다.

하지만 외주처가 확정됐다고 안심……할 수는 없었다.

다음은 구체적인 3D 그래픽의 발주다.

즉, 캐릭터 디자인 담당자와 외주처 사이에서 커뮤니케이션이 원활히 이루어지도록 도울 필요가 있다.

자신이 없느냐고 묻는다면, 대답은 NO다.

비즈니스 현장 경험은 없지만, 그런 조율 역할은 학교에서의 각종 실행위원회를 통해 익숙하다.

노력하면 어찌어찌 해낼 수 있으리라고 생각한다.

문제는—.

"《5층 동매》의 캐릭터 디자인 담당 일러스트레이터는 그 사람, 이잖아…….”

깊디깊은 한숨이 입에서 흘러나왔다.

예전에 뒤풀이 자리에서 만난 적 있는, 칠칠치 못한 성인 여성.

존경하는 스미레 언니와는 정반대인, 올해의 못난 인간 1위.

무라사키 시키부 선생님.

“솔직히 말해, 정말 별로야……. 짜증 안 내며, 잘할 수 있을까…….”

……아니다. 불안이 엄습하지만, 도망쳐선 안 된다.

이 업무를 맡기로 한 만큼, 전력을 다해야만 한다.

마음에 안 드는 게 있다고 바로 관둬버리는 식의 교육은 받은 적 없다.

“수, 고, 많, 으, 십, 니, 다. 회의를, 하고, 싶으니, 대표인, AKI 씨의 집으로, 와, 주세요. 날짜는 아래의 후보 중에서—.”

소리 내서 말하며 메일을 작성했다.

그리고, 화들짝 놀랐다.

—오, 오오보시의 집에…… 가는 거야……?!

오토이 양이 《5층 동맹》 관련 회의를 당사자와 직접 만나서 할 때는 오오보시의 집에서 하라고 해서, 아무렇지 않게 여겼지만…….

사무소가 아니라 자택인 만큼, 그곳은 오오보시의 생활 흔적이 남아 있는 공간이다.

그의 물건을 보거나, 체취 같은 것을 느낄 수 있는 장소인 것이다.

이제까지보다 더 오오보시에 대해 알 기회일지도—.

"으으, 이 바보~!!"

스마트폰을 침대에 던졌다. 릴렉스 효과 만점인 연녹색 시트 위에서 스마트폰이 살짝 튕겼다. 무릎을 꿇은 후, 추격타를 날리듯이 침대에 몇 번이나 주먹질했다.

"왜! 나란 애는! 엉큼한 생각을! 하는 거야!"

어디까지나 업무!

그리고 오오보시가 집에 없는데, 그의 흔적만 가지고 이상한 망상을 하거나 괜히 흥분하면 변태에 지나지 않는다. 진정해, 나! 타락하지 마, 나!

"허억, 허억, 하아, 하아…… 휴우."

지칠 때까지 날뛰었더니, 묘한 만족감이 느껴졌다.

펄펄 끓어오르던 머릿속이 식으면서, 정신이 차분해졌다.

남자들의 음담패설에서 한 번씩 나오던, 현자 타임이라는 게 이런 현상일까.

뭐, 됐다. 진정했으니, 업무를 제대로 처리할 수 있을 것 같다.

나는 침대에 볼을 댄 채, 나른함을 느끼면서 천천히 스마트폰을 향해 손을 뻗었다.

"객관적으로 생각해 보면, 나는 지금 정말 이상해……."

혼잣말을 중얼거리면서, 화면을 손가락으로 훑었다.

그리고…….

"오오보시와 만난 후로, 쭉 이래. ……정말, 최악이야."

누구의 귀에도 닿지 않을 원망을…….

아무런 의미도 생산성도 없는 헛된 말을, 늘어놨다.

☆카게이시 스미레 SIDE☆

안녕하세요, 카게이시 스미레예요.

코자이 고등학교의 수학교사 겸, 오오보시 아키테루의 담임 교사예요.

학교에서는 《맹독의 여왕》이라고 불릴 정도로 무시무시한 교사지만, 사실 교직원으로서 성실히 일해서 학생들의 성적을 쑥쑥 높여줬고, 동료 선생님들에게도 그 성과와 근면함을 평가받고 있죠. 그러니 어엿한 교사라 해도 과언이 아니라고 자부하지만—.

딱 하나, 학교에 결코 들켜선 안 되는 비밀이 있어요.

그것은 바로 일러스트레이터, 무라사키 시키부 선생님으로 활동하고 있다는 사실!

누님쇼타 동인지, 여교사가 제자를 덮치는 연상물 동인지 (19금) 중에서 중간 규모의 매상을 올리던 것도 이제는 옛날 일이에요. 현재는 《5층 동맹》의 일원으로서 『검은 새끼 염소가 우는 밤에』의 메인 일러스트레이터를 담당하고 있죠.

코자이 고등학교는 겸업이 금지예요. 게다가 성인 여성이 미성년 소년을 성적 대상으로 여기는 작품을 발표해 왔다는 걸 들켰다간, 이제까지 쌓아 올린 신용을 잃겠죠. 마녀재판을 당한 것처럼 사회적 화형에 당해 죽고 말 거예요!

물론 표현은 표현, 작품은 작품이니 실제 성적 취향으로 여겨지는 건 정말 통탄할 일이에요. 하지만 그런 오타쿠의 논리가 고지식한 교육위원회의 영감탱이들에게 먹힐 리가 없죠.

즉, 이 비밀은 교사 인생이 끝나는 날까지 절대로 들켜선 안 돼요.

자, 제가 마음속으로 이야기하면서도 존댓말을 쓰는 데에는 이유가 있어요.

현재, 매우, 꽤나, 엄청, 위험한 상황이거든요.

마음속으로는 24시간 무릎 꿇고 하느님께 자비를 구하고 있어요.

학교 관계자 이외에도 딱 한 명, 제가 무라사키 시키부 선생님이라는 것을 알려져선 안 되는 사람이 있어요.

—카게이시 미도리.

내 한 명뿐인 여동생. 어릴 적부터 나를 쭉 따라왔던 귀여운 아이.

가족에게도(들켰다간 혼날 테니까) 본성을 숨기며 살아온 탓에, 그녀 또한 나의 본성을 모른다.

이제까지는 나이 차이가 꽤 나는 편인 점을 이용해, 내가 혼자 사는 곳의 주소를 이런저런 핑계를 대며 알려주지 않으면서 사적으로 얽히는 것을 피해 왔다.

……하지만! 대체 왜……!!

"왜 하필이면 《5층 동맹》의 비즈니스 창구 담당을 미도리가 맡은 건데에에에에!!"

하늘이 붉게 물들어 가는 시간대의 자택 맨션 주차장. 학교에서 막 돌아온 나는 몇 분 후에 벌어질 일을 걱정하며, 핸들에 이마를 묻은 채 절규를 토했다.

차 안은 참 좋아. 음악을 크게 틀어도 소리가 안 새어 나가니까, 남들 눈길을 신경 쓰지 않으며 마구 고함을 지를 수 있잖아.

"AKI의 증발이 이런 연쇄 추돌 사고로 이어지다니……. 용서 못 해……. 절대 용서 못 해……."

원망과 증오로 눈동자가 검게 물든 가운데, 나는 우리의 리더인 AKI에게 저주를 퍼부었다.

그리고, 스마트폰 화면을 힐끔 쳐다봤다.

거기에는 LIME의 무라사키 시키부 선생님 계정(가정용과는 별개)으로 미도리와 주고받은 메시지가 표시되어 있었다.

첫 회의 의뢰를 메일로 했지만, 그 후로 연락을 자주 주고받을 필요가 있다고 판단한 미도리는 LIME 교환을 요청했다. 역시 우등생. 날카로운 후각이야……. 내 메일 방치 버릇을 직감적으로 간파한 게 틀림없다.

"하아, 선택을 미스했어……."

정체가 들통나는 것을 두려워한 나머지, 직접 대면을 거부했다.

그리고 그 바람에 괜히 경계 당하고 있는 것 같았다.

결국 메일만으로 연락하다 세세한 뉘앙스에 차이가 나면 곤란하다는 이유를 미도리가 제시했고……. 어차피 거부 못 할 거라면, 그냥 순순히 시키는 대로 하면서 LIME의 ID 교환만은 저지하는 편이 좋았을지도 모른다.

이미 엎질러진 물이다. 후회를 즐기는 건 NTR 에로 만화의 주인공뿐이야, 아하하.

틀렸다. 여대 다니면서 길렀던 에로 조크도 재미가 없다. 정말 한심하기 그지없네.

"이익! 마음을 굳게 먹어, 카게이시 스미레!"

찰싹찰싹 소리가 나게 볼을 때린 후, 나는 날카로운 눈빛을 머금으며 차에서 내렸다.

이동하는 도중에 미도리와 마주치지 않도록 세심하게 주의를 기울이면서, 5층으로 올라갔다.

물론, 엘리베이터는 타지 않았다.

문이 열린 순간, 눈앞에! 같은 전형적인 사고를 피하기 위해, 계단으로 올라갔다.

큭, 교사 모드일 때 신는 하이힐 때문에 너무 힘들어.《맹독의 여왕》 스타일에는 필수 장비지만, 계단을 오르내릴 때 정말 힘들다니깐.

울상을 지으면서도 미도리 감지 안테나를 세운 채, 5층에 있는 집으로 향했다. 서둘러 문을 연 후, 바람처럼 집안으로 미끄러져 들어갔다.

"휴우……. 일단 조우하는 사태는 피했네. 이제 꼼꼼하게 준비해야……."

나는 정장을 벗고 가방을 대충 던져둔 후, 다급히 옷장 쪽으로 향했다.

장롱 대신 쓰는 컬러 박스 안에서 수수한 추리닝을 꺼내서 입었다.

그리고 세면장으로 가서, 엄청난 기세로 화장을 지웠다.

내가 생각해도 완벽하기 그지없는 미인 여교사의 가면이 점점 녹아내린 후, 일부러 얼굴 전체을 어두운 느낌으로 꾸며서 원래의 은둔형 외톨이 기질의 오타쿠 얼굴을 연출했다. 그리고 다급한 손길로 세면장의 유리 수납장을 연 후, 그 안에 보관된 안경 컬렉션을 물색했다.

가장 도수가 높고 두꺼운, 빙글빙글 안경을 장착했다.

거울에 비친 내 모습은…… 음, 완벽하기 그지없는 20세기의 공부벌레, 2000년대의 오타쿠다.

이름하여, 얼티밋 무라사키 시키부 선생님.

어른의 화장을 완벽하게 마친, 카게이시 스미레 선생님의 흔적은 눈곱만큼도 남아 있지 않은 모습이었다.

"이 정도면 미도리도 못 알아볼 거야. ……좋아!!"

＊

"안녕하세요, 무라사키 시키부 선생님. 메일로 이미 말씀 드렸다시피, 이번에 대표 대행인 오토이 양으로부터 진행 관리를 부탁받은 카게이시 미도리라고 해요. 앞으로 서로를 잘 알아가고 싶어요."

"으, 응. 나도 그러고 싶네."

네 17년 간의 역사를 속속들이 알고 있거든?

"그런데 약속 시간보다 12분 늦었군요."

"주주주, 준비에 시간이 걸렸어! 어어어, 어쩔 수 없었단 말이야!"

마음을 단단히 먹고 돌격한 오오보시 가.

식탁 의자에 다리를 꼬고 앉아 기다리고 있던 여고생, 교복 차림인데도 비서 분위기를 물씬물씬 풍기고 있는 여자─ 카게이시 미도리의, 얼음장 같은 눈길로 목소리를 접한 나는 부들부들 떨었다.

저 눈빛을 보니 전부 들통난 것은 아닐까 싶은 생각마저 들었다. 너무 무서워서 똑바로 바라볼 수가 없다.

"지각한 이유를 추궁하는 것도 시간 낭비일 테니 됐어요. 앉으세요."

"아, 네."

나는 그 말에 따라, 서둘러 미도리의 맞은편에 앉았다.

두 다리를 모으고, 양손을 무릎 위에 얹은 나는 취업 활동 중인 대학생처럼 몸을 한껏 웅크렸다.

"그럼, 바로 회의를 시작할까 해요."

"자, 잘 부탁합니다."

"메일로 미리 연락드린 것처럼 『검은 새끼 염소가 우는 밤에』의 CS판을 개발하기 위해서는 3D CG를 제작할 필요가 있어요. 스마트폰 버전에서 인기 상위였던 캐릭터를 레귤러화하고, 주인공들도 주역으로 계속 등장— 총 열다섯 명. 게다가 적도 스마트폰 버전에서 인기 있었던 캐릭터를 필두로 열 명 정도. 하이 퀄리티 CG는 약 스물다섯 정도이며, 서브 캐릭터와 졸개는 퀄리티를 낮춰서 CG로 제작할 거예요."

"그, 그렇구나. 그런데, 나는 뭘 하면 돼?"

"하이 퀄리티 CG가 필요한 캐릭터 스물다섯 명의 삼면도를 만들어주세요."

"삼면도!"

간단히 말해 캐릭터를 정면, 옆, 뒤쪽에서 그린 것을 준비

© tomari

하라는 말이다.

평소 내가 그리는 일러스트는 2D— 간단히 말해 한 방향의 카메라에서 보이는 부분만 그린 것이다. 물론 정면에서 보이는 부분만 그릴지라도, 다른 방향에서 봤을 때 어떨지는 머릿속에 전부 그려져 있다. 하지만 그것을 타인에게 전달할 필요까진 없기에 모든 반향에서의 그림을 그리지는 않았다.

하지만 3D로 만들 경우에는 이야기가 달라진다. 게임 플레이 중에 옆에서 봤더니 허무 공간만 존재하는 사태가 벌어지면 안 되는 것이다. 모든 방향에서 봐도 명확한 디테일이 느껴지도록 만들 필요가 있다.

세세한 부분은 3D 그래픽 담당에게 떠넘기기! 를 할 수도 없는 만큼, 캐릭터를 모든 방향에서 봤을 때 어떻게 되어 있는지를 제삼자에게 전달하기 위해 캐릭터 디자인 담장자가 삼면도를 그려야만 하는 것이다.

솔직히 캐릭터 한 명의 삼면도라면 금방 완성할 수 있다.

하지만 스물다섯 명이나 된다면—.

"으음, 마감은……."

"사흘 후까지 부탁해요."

"사흘 후?!"

악마다.

"무리, 무리, 무리! 너무 촉박해!"

“어, 그런가요? 실례했어요. 전임자에게서 무라사키 시키부 선생님의 작업 속도를 공유받았는데, 거기에는 한 캐릭터의 삼면도는 한 시간이면 완성한다고 되어 있었거든요. 하루 여덟 시간 일하고 하루만 잔업하면 사흘 안에 스물다섯 명을 완성할 수 있지 않을까요?”

“왜 당연한 듯이 여덟 시간 노동을 전제로 이야기하는 건데?! 일 마치고 귀가해서 매일 여덟 시간씩 일했다간 죽거든?!”

“일 마치고 귀가해서……? 그게 무슨 소리죠? 무라사키 시키부 선생님은 전업 일러스트레이터 아니신가요?”

“앗.”

아차, 하며 자기 입을 막았다.

미도리는 내가 겸업 일러스트레이터인 것을 모른다.

그래서 하루 여덟 시간은 일할 수 있으리라고 생각한 것이다.

“아니면 다른 일을 하시는 건가요?”

“어~, 아~, 그렇다고나 할까~.”

“겸업이었군요. 그러면 몇 시부터 몇 시까지, 어떤 일을 하시는지 알려주시겠어요? 적절한 작업 시간을 짜고 싶으니까요.”

“으윽.”

말문이 막혔다.

미도리의 맑디맑은 눈동자가 나를 똑바로 주시하고 있다.

절대 방어벽에 가까운 빙글빙글 안경으로 차단하고 있으니, 무라사키 시키부 선생님의 정체는 들키지 않을 것이다.

하지만 조금이라도 단서를 줬다간……. 기억 상실 캐릭터
가 히로인과의 소소한 대화와 이벤트를 통해 잃어버린 기억
을 되찾듯이…….

빠진 퍼즐 조각을 끼워 넣듯이, 간단히…….

『어? 무라사키 시키부 선생님은 언니를 닮았네?』

『아니, 본인 아냐?』

—하는 식으로, 정답에 도달할지도 모른다!

내가 낮에 어떤 일을 하는지 알려줬다간, 미도리의 IQ
300 레벨의 두뇌가 진실을 도출하고 만다…… 하지만 전업
일러스트레이터인 것으로 해뒀다간 내 가동 시간이 한계에
도달해서 쓰러져버릴 게 틀림없다.

하아, 정말! 어떻게 하면 좋지?!

"무라사키 시키부 선생님?"

"……헉! 미, 미안해, 미도리. 딴생각 좀 했어."

"미도리……?"

"아, 오해하지 마! 그림쟁이는 음란하고 귀여운 여자애를
무조건 이름으로 불러!"

"뭐…… 저, 저질이군요! 머릿속으로 저를 능욕한 건가
요?! 고블린이나 오크에게 유린당해서 더러운 액체로 범벅
이 된 육욕 샌드백으로 만든 건가요?!"

"아냐! 그리고 그 핑크빛 뇌내 망상은 대체 뭐야?!"

성실한 선도위원장 타입의 착한 아이였는데, 대체 어디서

그런 에로 동인지 지식을 습득한 걸까.

"……어, 어험. 으음, 그냥 내 업무에 관한 이야기나 계속하지 않을래?"

"헉. 맞아요. 다른 일은 뭘 하시죠?'

"그게 말이지? 편의점에서 풀타임 아르바이트를……."

"점포명을 알려주세요. 이동 거리를 통해 정확한 가동 시간의 견적을 내고 싶으니까요."

"거짓말이에요. 전업 일러스트레이터예요. 더는 무리니까 제발 봐주세요."

식탁에 박치기를 날리는 기세로 머리를 숙였다.

이 상황에서 더 따지고 들었다간 도망칠 데가 없다. 아무리 발버둥을 쳐도 거짓말을 계속할 자신이 없다.

미도리는 하아, 하고 어처구니없다는 듯이 한숨을 내쉬었다.

"농땡이를 치고 싶어서 거짓말하다니…… 이렇게 못난 어른이 정말로 있군요……."

"으으…… 반박하고 싶지만, 할 수가 없어……!"

"마감은 사흘 후예요. 문제 있나요?"

"……애초에 하루 여덟 시간 풀로 일하더라도, 휴식 없이 계속 일하는 게 전제인 건 좀……."

"목소리가 안 들리네요. 이의 있으면 꽉 잘라 말해보세요."

“이의 없습니다!”

“알았으면 됐어요. 하아…….”

경례하며 우는 여자, 카게이시 스미레.

미도리는 잘못 없다. 느닷없이 중요한 포지션을 떠맡고, 생소한 세계에 내던져졌을 뿐이다.

그림을 그리기 전에 생각 및 준비에 시간이 걸리고, 그림 한 장을 완성하고 나면 쿨타임이 필요하다는 것 같은 점은 실제로 일러스트 업무를 해보지 않으면 알 리 없는 것이다.

나한테 있어서 상식이니 너도 알아야 할 것 아냐, 같은 건 말도 안 되는 소리다.

지금은 어른인 내가 참는 게 도리다. ……응. 맞아. 틀림없어.

“그런데 무라사키 시키부 선생님.”

“왜, 왜 그래?!”

“전부터 신경이 쓰였는데, 《5층 동맹》과 연극부의 건 이전에도 어디서 만난 적이 있나요? ……기억 한구석에서 뭔가가 계속 걸리는 것 같은데…….”

“마마마마마마, 만난 적이 있을 리 없잖아아아아아아?!”

“그렇죠? 저는 무라사키 시키부 선생님 같은 사람과 인연이 있을 유형이 아니니까요.”

“그, 그래~. 어른을 놀리지 말아 줄래? 아하, 아하하하하……!”

메마른 웃음이 계속 흘러나왔다.

대체 언제까지 미도리와 같이 일을 하게 될까?

이러다간 언젠가 들통나고 말 거야!

제에에에에에발 빨리 돌아오란 말이야아아아아아아, 아키이이이이이이이이잇!

＊

『최악이야……. 하필이면 스케줄 구신, 미도리가 진행 관리 담당으로 발탁되다니…….』

『이제 그만 포기할 때인 것 같네요. 어른답게, 순순히, 작업을 진행해 주세요. 무라사키 시키부 선생님.』

『오즈마 군까지 나를 궁지에 모는 거야?! 잘 들어, 이건 평범한 지옥이 아냐. 사상 최대의 심각한 사태거든?』

『호오, 사상 최대인가요. 꽤 거창하게 나오네요.』

『당연하잖아! 이 정도면 내 찌찌급 초대형 문제란 말이야!』

『대체 어떤 문제죠? 에로 조크에는 흥미 없으니까 빨리 핵심을 이야기해 주세요.』

『우자몬 최신작을 플레이할 시간이…… 없어……!』

『여보세요, 경찰서죠?』

『신고하지 마아아아아아아!! 최신작은 오픈월드거든?! 게다가 내 성적 취향을 파괴하는 캐릭터도 다수 나오는 것 같고, SNS에서도 완전 화제란 말이야아아아아아아아!!』

『참고로 이번 작은 스토리도 꽤 괜찮나 봐요. 눈물 날 정
도라네요.』
『기대감 좀 부추기지 마아아아아아아! 이 악마아아아아
아아아아아아아!!』

☆츠키노모리 마시로 SIDE☆

오오보시 아키테루가 마시로들 앞에서 모습을 감추고 얼마간 지난 후의 어느 날 아침.

아침 식사와 몸치장을 마치고, 남은 의무인 양치질을 하고 있던 마시로는 문뜩 창가 쪽으로 걸어갔다.

입안이 치약 거품으로 범벅이 된 것은 실감하면서, 멍하니 창밖의 경치를 쳐다봤다.

눈이 내리고 있었다.

그럴 만도 한 게, 지금은 12월이다. 칸토 지방 도시 근교인 이 마을은 설국(雪國)이라고 할 정도는 아니지만 눈이 꽤 내리는 지방이며, 올해도 당연한 듯이 새하얀 풍경이 펼쳐졌다.

그의 얼굴은 고사하고 목소리와 기척도 느끼지 못한 채 계절은 겨울로 바뀌었고, 저주받은 성스러운 밤의 발소리마저 들려오기 시작했다.

눈이 쌓이면서 냉기 섞인 안개가 서린 마을에서는 그의 흔적마저도 사라져 버릴 것만 같았다.

(올해야말로, 아키와 같이 보내고 싶었는데…… 바보.)

뾰로통한 마음과 연동된 것처럼, 칫솔질이 거칠어졌다. 거품이 점점 부풀어 오르더니, 입 밖으로 흘러나올 것만 같았다.

큰일 났다, 하고 생각하며 허둥지둥 세면장으로 달려간 후, 치약을 뱉고 물로 입안을 헹궜다.

거울에 비친 자기 얼굴을 보며 앞 머리카락을 가볍게 정돈한 후, 귀걸이 위치를 조절하면서도—.

(기말고사 때도, 아키는 학교에 안 왔어…….)

머릿속으로는 아키만 생각했다.

11월 말에 치러진 코자이 고등학교 기말고사. 내신 점수 획득과 진급을 위해 꼭 치러야 하는 시험인 만큼, 마시로도 이때만은 그도 등교하리라고 생각했다.

하지만 결국, 그는 교실에 나타나지 않았다.

그렇게 기말고사 기간은 순식간에 흘러가고 말았다.

(유급할 생각인 걸까……. 아니면 다른 방법으로 시험을 치렀다거나……?)

요즘 학교는 꽤 유연하다.

등교 거부 학생을 배려해서 교실 이외의 장소에서 시험을 치르게 해주는 경우도 있다.

은둔형 외톨이였기에, 잘 안다.

예전 학교에서는 수업을 거의 듣지 않았는데도 시험은 치르게 해줬고, 그 덕분에 유급하지 않고 2학년이 될 수 있었다. 코자이 고등학교에서도 같은 제도가 존재하는지는 모르지만, 아키가 그런 제도를 이용한 걸지도 모른다.

(오즈마라면 뭔가 알고 있을지도 모른다고 생각했지만……. 그것도 헛수고로 끝났어…….)

최근에 아키의 절친— 코히나타 오즈마, 통칭 오즈에게 아키가 어디 있는지 알지 않냐고 넌지시 떠봤지만, 헛수고로 끝났다. 확실한 증거는 없지만, 그는 아무것도 모르는 것 같았다.

거울 앞에서 최종 확인을 마친 후에 시계를 보니, 아직 수업 시간까지 여유가 있었다.

─조금만 더 글을 쓸까.

그렇게 생각하며 방으로 돌아가서 집필용 노트북 컴퓨터를 켰다. 태블릿 타입의 컴퓨터는 전원을 켜자 바로 기동됐다.

텍스트 파일 『【본문】백설공주의 복수교실 7권.txt』와 『【플롯】백설공주의 복수교실 7권.txt』를 펼친 후, 의자에 등을 맡기며 생각에 잠겼다.

플롯 시점에서 써야 할 것은 거의 정해져 있다.

남은 것은 세계 속에 자신을 몰입시킨 후, 등장인물들의 혼을 빙의시키면 자동으로 본문이 출력된다.

소설을 쓰기 시작한 후로 항상 이렇게 해왔다. 그것이 마시로의─ 마키가이 나마코의 스타일이다.

물론 이 방식을 남에게 이야기한 적은 없다.

괜히 무게 잡는다고 여겨지면 부끄러울 뿐만 아니라 화날 테니 말이다. 남에게 제대로 설명할 자신도 없다.

방식은 이해할 필요 없다. 그저 이 방식으로 만들어진 이야기가 다른 사람에게 전해져서 그 사람의 가슴을 꿰뚫을 수 있다면, 그것으로 충분하다. 만족이다.

정신을 차리고 보니, 손가락을 놀리고 있었다.

딸깍딸깍딸깍, 정도가 아니다.

두다다다다, 레벨의 타이핑 소리가 방 전체에 울려 퍼졌다.

손가락부터 팔에, 팔부터 뇌에, 진동이라는 형태로 타이핑의 감촉이 전해지면서 원고를 쓰고 있다는 실감으로 변환됐다.

즐겁다. 기분 좋다. 멈출 수 없다.

한 줄이라도 더 쓰고 싶다. 등장인물들의 이야기를 자아내고 싶다. 그저 이 세상의 시간을, 운명을 앞으로 나아가게 하고 싶다.

"……………앗."

퍼뜩 정신을 차려보니, 슬슬 집을 나서야만 하는 시간이었다.

꽤 짧은 시간 동안 상당한 양의 문장을 썼다.

소설은 이렇게 틈새 시간에도 상당한 양을 쓸 수 있다는 것을 다시 한번 깨달았다.

아이러니한 이야기다. 그것을 깨닫게 된 것은 아키가 사라진 후다.

아침의 이 시간에는 등교 중이나 학교에서 그와 만날 수 있을지도 모른단 생각을 하며 가슴을 졸였다.

틈새 시간에 원고를 쓰는 건, 마감이 턱밑까지 쫓아오지 않고서야 생각도 하지 않았다.

"학교에, 가야지……."

미리 준비를 마쳐뒀기에, 바로 집을 나설 수 있었다.

다급하기는커녕 여유롭게 학교에 도착한 후, 학교에서는 평소와 다름없는 시간을 보냈다.

학교에서도 수업 사이의 쉬는 시간에 스마트폰으로 집필했다.

남들이 쳐다볼 수 있는 교실에서 소설에 몰두하는 건 부끄러우니까, 『검은 염소』에서 메인 스토리에 저촉되지 않는 캐릭터 스토리 등을 진행했다. 어느 정도 빙의해야만 쓸 수 있지만, 메인 스토리에 비하면 얕은 몰입만으로도 어찌어찌 쓸 수 있다.

그러고 보니 최근에 『백설공주의 복수교실』의 애니메이션 회의를 위해 UZA문고에 갔을 때, 우연히 마주친 작가 선배의 말에 따르면 스마트폰으로 집필할 수 있는 건 대단한 일이라고 한다.

컴퓨터 말고 다른 거로는 도저히 일 못 해. 요즘 여고생은 대단하네. ……란 말을 들었다.

생각해 보니, 마시로도 은둔형 외톨이였던 시절에는 거의 컴퓨터로만 집필했다.

스마트폰으로 집필하게 된 것은 코자이 고등학교에 다니게 된 후부터다.

즉, 아키와 재회하고 나서다.

그와 보낼 시간을 확보하기 위해서 효율적으로 집필할 방법을 생각했고…… 그 결과, 도달한 방법이다.

틈새 집필을 해도, 예전에는 극적일 만큼 작업 속도가 향상되지 않았다.

왜냐하면…… 옆에 있는 아키를 신경 썼으니까…….

전집중 모드가 될 수 있었던 것은 지옥 마감 때뿐이었다.

"……너무 아이러니해."

불쑥 그렇게 중얼거렸다.

무심코 입 밖으로 흘러나온 말이며, 다른 사람에게 들려줄 생각도 없었다.

하지만 근처에 있던 오즈마는 귀가 밝았다.

"뭐가?"

"따, 딱히 OZ한테 말을 건 건 아냐~."

마키가이 나마코란 정체를 밝힌 후로, 마시로는 그를 닉네임으로 불렀다.

솔직히 말해, 아키 이외의 사람과 이야기를 나누는 데 익숙하지 않았다. 《5층 동맹》 동료들도 예외는 아니었다.

인터넷을 통해서라면 전혀 문제없지만, 현실에서는 무리다.

그래서 조금이라도 그 점을 개선하기 위해, 《5층 동맹》 LIME 그룹에서와 비슷한 말투로 말하고 있다.

"아키를 함락시키고 싶다면 우선 그 주변인부터 공략하는 게 낫지 않을까? 즉, 그의 절친인 나와 친해지는 편이 좋지 않을까 싶은데 말이지~."

"시끄러워. 홀로 생각에 잠겨 있을 때, 쓸데없이 말 걸지 말란 소리거든?"

"그래도 아키 생각을 하는 건 맞지?"

"그래."

"그렇다면 같이 생각하자. 이래 봬도 나 또한 아키 상실로 쓸쓸해하고 있는 동지거든."

"표정이 평소와 하나도 다르지 않다고."

"이럴 때는 어떤 표정을 짓는 게 정답이야? 그런 것도 아키가 없으니 모르겠어."

"……이상한 녀석이라니깐."

전부터 그랬지만, 코히나타 오즈마란 남자는 정말 기계 같다.

"그런데, 뭐가 아이러니하다는 거야?"

오즈마는 평소처럼 방긋방긋 웃고 있다. 감정은 읽을 수 없지만, 마시로가 방금 중얼거린 말이 신경 쓰인다는 의도

만큼 일관되었다.

그다지 이야기하고 싶지 않지만, 어쩔 수 없다.

이 며칠 동안 자신의 작업 상황을 돌이켜보며 느낀 것을 이야기해 주자.

"효율을 중시하던 아키가 없어진 후, 오히려 작업 효율이 상승한 게…… 아이러니하다는 거야."

물론 그것은 아키 탓이 아니다.

멋대로 사랑놀음에 빠져서, 상대를 괜히 의식하면서 효율을 떨어뜨린 마시로 탓이다.

그래서 불쑥 머릿속에 떠오른 그 생각에, 자기 자신에게 싫증이 났다.

자기 가슴을 칼로 찢어발기는 듯한 말을 하고 자기혐오에 빠져 있을 때, 오즈카는 이상하다는 듯이 눈을 깜빡였다.

"응? 그야 당연하잖아."

무슨 당연한 소리를 하는 거냐는 투로, 오즈마는 말했다.

"왜냐하면 아키는 딱히 우리를 효율적으로 컨트롤하지 않았는걸."

"……뭐?"

전혀 생각도 못 한 말이었기에, 무심코 그렇게 외치고 말았다.

"어라, 눈치 못 챘던 거야?"

"응. 무슨 소리야?"

"말 그대로의 의미야. 아키는 기본적으로 자기 퍼포먼스를 올리는 쪽으로만 효율화를 추구했어. 오히려 우리에게는 효율 운운보다, 우리가 낼 수 있는 퀄리티의 최대화를 중요시했지. ……무리한 원고 재촉 같은 것도 의외로 안 했잖아?"

"무라사키 시키부 선생님은? 죽어라 궁지로 몰아붙이는 것 같았는데 말이야."

"그건 시키부가 나빠서야."
"그렇구나. 이해했어."

"뭐, 무라사키 시키부 선생님도 마찬가지이긴 해. 일러스트를 못 받아내면 곤란하니까 궁지에 몰긴 했어도, 기본적으로는 자주성을 중시해 줬지. 예를 들어 효율화를 위해 무라사키 시키부 선생님 이외의 사람에게 그림을 발주하거나, 무라사키 시키부 선생님에게 그림의 퀄리티 추구를 관두라는 말 같은 건 단 한 번도 한 적 없어."

"맞아……. 퀄리티보다 납기를 중요시하며 몰아붙여도 될 텐데……."

"진행 관리 담당으로서는 실격이지만 말이야."

오즈마는 웃음을 흘렸다. 조롱하는 뉘앙스가 섞이지 않은, 훈훈한 미소였다.

그 미소에서, 아키와 오즈마를 이어주는 보이지 않는 굵은 실 같은 게 느껴졌다.

그와 동시에, 자기 자신이 부끄러워졌다.

아키를 누구보다 살펴봐 왔다고 생각했지만, 실은 한참 부족했던 것이다.

이로하 양만이 아니라 오즈마한테도 뒤떨어지다니, 이래 가지고 용케 아키의 가짜 여친 행세를 했다 싶어서 어처구니없었다.

듣고 보니, 오오보시 아키테루는 그런 남자였다.

효율, 효율, 하고 떠들어대면서도 실은 작업 속도 면의 책임은 홀로 짊어지고 있었다.

마시로와 오즈마, 무라사키 시키부 선생님, 이로하 양 같은 크리에이터에게 충분한 시간을 주기 위해 항상 최선을 다해 왔다.

……왜 그렇게까지 헌신할 수 있는 걸까?

그 의문은 자연스럽게 입에서 흘러나왔던 것 같다.

"아, 그건 말이지."

오즈마는 마시로의 의문에 답해줬다.

"자기 평가가 비정상적일 정도로 낮아서야. 그 정도는 해내야 우리와 함께 활동할 자격이 있다고 진심으로 생각하는 거지."

"……바보 아냐?"

"응. 유감이지만 바보야. 우리의 리더 님은 말이지."

"이번 증발도, 낮은 자기 평가에서 비롯된 거야? 그래서 어딘가에서 수행하고 있다거나?"

"돌아올 생각은 있는 것 같으니까, 아마 그렇지 않을까?"

"……하아~."

땅이 꺼지도록 한숨을 내쉬었다.

마시로도 자존감이 낮으니까, 그 심장은 이해한다.

아키는 존재 자체만으로도 다른 이에게 사랑받고 있는데, 왜 본인은 그 사실을 모르는 걸까.

확 감금 및 조교해서 육체에 직접 가르쳐 줄까.

……안 할 거야. 아무리 마시로라도, 그렇게 과격한 짓은 사양이거든.

……………………………………아마도 말이야.

"그러니 츠키노모리 양은 이제까지 사랑놀음 탓에 멘탈에 디버프가 걸려 있었던 거니까, 지금은 원래 집필 페이스를 되찾았을 뿐인 거야."

"뭐…… 뭐…… 사랑놀음이라니…… 그런 게 아닌데……."

"이제 와서 부정해 봤자 무리거든? 증거 음성까지 유출되어서 불륜이 들통났는데도 공식 발표로 그런 사실이 없었다고 단언하는 연예인만큼 무리야."

"오즈는 위트 넘치고 악랄한 비유를 하는 사람이었구나……. 국어는 빵점이면서 말이야."

"덕분에 조금씩 습득해 가고 있어. 사회에 녹아드는 게 실감 나서 기분 좋네.”

“국어력을 공격력으로 변환하는 버릇을 고치지 않으면, 사회에 녹아든다고 말할 수 없을 것 같은데…….”

“왜 어처구니없어 하는 거야? SNS의 인간이 쓰는 일본어는 훨씬 더럽거든?”

“……그건 그래.”

악랄한 비유란 말이 우습게 여겨질 만큼, 세상은 악의로 가득 차 있다.

“뭐, 아무튼 말이야. 아키가 부재중이란 점은 좋든 싫든 우리에게 있어 변화의 계기가 될 거야. 그리고 이 현상은 어디까지나 계수(係數)에 지나지 않아. 플러스가 될지 마이너스가 될지는 우리 자신이 이 기간에 어떤 변수를 넣느냐에 달린 거지.”

“무슨 소리인지 모르겠어.”

“……츠키노모리 양은 조금 더 수학에 다가서는 편이 좋을 것 같네.”

작은 목소리로 투덜대는 오즈마를 무시하며, 창밖을 쳐다봤다.

(플러스가 될지 마이너스가 될지는 마시로들이 어떻게 하느냐에 달렸다…….)

우왕좌왕한다고 그는 돌아오지 않는다.

그렇다면, 지금 할 수 있는 일에 전력을 다하자.

사랑놀음에 물들었던 뇌를 세척해 작가로서 몇 배나 강해져서, 아키가 돌아왔을 때는 이제까지의 두 배, 아니, 세 배는 멋진 여자로 진화하기 위해서 말이다.

……응. 힘내야지.

*

오후 마지막 수업이 끝났다.

톡톡톡—. 흔들흔들흔들—. 칠판을 지우고 교실에서 나가는 국어 담당 선생님을 배웅하면서, 마시로의 무릎은 안절부절못하는 것처럼 전후좌우로 흔들리고 있었다. 실내화의 밑창이 바닥을 두드리는 소리가 자신에게만 들렸다.

그 리듬과 포개지듯 복도에서 또각또각하는 규칙적인 하이힐 발소리가 점점 가까워졌다.

그리고 드르륵, 하며 문이 열렸다.

"방과 후야."

담임 선생님이란 이름의 시키부였다.

《5층 동맹》에서의 한심하고 못난 어른 느낌이 눈곱만큼도 나지 않는, 냉철한 표정을 짓고 있었다.

《맹독의 여왕》의 사디스트 모드로 교단에 선 시키부는 교탁을 손으로 짚으며 입을 열었다.

"쓰레기들. 기말고사 성적이 슬슬 나오고 있을 텐데, 결과는 어때? 자기 주제를 깨달은 사람도 많을 것 같은데 말이지."

담임 선생님(시키부)의 융통성 없는 독설이 학생들을 휘감았다.

이제부터 이어질 전개도 뻔했다.

발끈하며 반박하는 수재. 몸을 움츠리며 폭풍이 지나가기를 기다리는 우등생. 이미 익숙해졌기에 성실한 표정으로 한 귀로 흘리고 있는 현자. 반응은 다양하지만, 이 반에서 무라사키 시키부의 본성을 아는 건 마시로와 오즈마뿐이다.

정체만 알면 전혀 무섭지 않지만…… 다들 등을 꼿꼿이 펴게 되는 것 같았다.

"2학년 겨울은 승부처야. 수험 공부는 3학년이 되고 나서—같은 달콤한 유혹에 진 애들부터 패배자의 길로 굴러떨어져. 하루라도 빨리, 1분이라도 빨리, 1초라도 빨리. 수업 공부에 진심으로 임하면서, 라이벌보다 앞서 나간다. 나야. 내가 합격할 거야. 나만이. 내 손으로. 다른 놈들에게 넘겨줄 자리 따윈 없어. —그렇게 단언하는 **이기주의자**만이 세계 최고봉인 일류 대학의 대학생이 될 수 있어."

얼마 전에 애니메이션화됐던 축구 만화에서 본 듯한 소리를 하네…….

그리고, 이야기가 너무 길어.

톡톡톡—. 흔들흔들흔들—. 탁탁탁—. 무릎을 흔들어대는 것으로 모자라, 손가락으로 책상을 두드리기 시작했다.

빨리 돌아가서 일하고 싶은데, 무라사키 시키부 선생님은 대체 뭘 하는 거야.

종례 시간을 1초라도 더 늘리고 싶어 하는 것만 같았다.

귀가하고 싶지 않은 걸까.

설마, 일러스트 업무로부터 도망치고 있는 거야? ……뭐, 아무래도 상관없어.

마시로는 시키부를 뚫~어지게 쳐다봤다.

무라사키 시키부 선생님은 시선을 눈치챈 건지, 이쪽을 힐끔 쳐다봤다.

(빨리 끝내라고. 빨리.)

원념의 메시지가 담긴 시선을 보냈다.

그러자…….

"…………!"

흠칫. 마시로가 아니면 눈치채지 못할 만큼 짧은 한순간, 무라사키 시키부 선생님의 얼굴이 창백해졌다.

하지만 《맹독의 여왕》 연기만은 무너지지 않았다.

"─그러면, 오늘은 여기까지! 종료! 인사 생략, 해산!"

억지로 이야기를 끝낸 무라사키 시키부 선생님은 마시로의 시점에서는 도망치듯이, 다른 학생들의 시점에서는 낭비를 싫어하고 효율을 중시하는 인재 같은 세련된 동작으로 바람처럼 교실 밖으로 나갔다.

(그러면 된다고, 그러면.)

종례가 조기 중단된 만족감에 히죽 웃었지만, 의도치 않게 머릿속에 떠올리고만 「중단」이라는 단어에 내상을 입고 말았다. 속이 쓰린 가운데, 자리에서 일어난 마시로는 빠른 걸음으로 교실을 나섰다.

귀가했다.

통학로가 이렇게 짧았나, 하고 현관에서 신발을 벗으며 생각했다.

느릿느릿 걸을 때는 그렇게 길게 느껴졌는데 말이다.

교복 넥타이를 느슨하게 풀면서 복도를 걸어간 후, 방에 들어가자마자 학교 가방과 스마트폰을 침대에 던졌다. 그리고 물 흐르듯 옷을 갈아입기 시작했다. 은둔형 외톨이를 극복하던 시기에는 이런 행동 하나하나도 느릿느릿했지만, 몇 달 만에 익숙해지고 말았다.

블레이저 교복과 넥타이와 치마를 옷걸이에 걸고 패●리즈를 뿌렸다. 컴퓨터의 전원을 켠 후, 세면장으로 이동해서 세탁기에 셔츠를 넣었다.

반라 상태로는 좀 추웠다. 옆에 있는 바구니에서 실내복(두툼한 녀석)을 꺼내서 대충 걸쳤다. 으음, 따뜻해.

그리고 부엌에서 따뜻한 홍차를 끓인 후, 방으로 향했다.

마시로의 최근 귀가 후 루틴, 완료.

—참, 아직 안 끝났다.

미리 전원을 켜둔 컴퓨터를 홍차를 홀짝이며 조작해서 WEB 메일에 들어갔다.

LIME 같은 메시지 애플리케이션이 주류인 현대에도, 출판사의 편집자와의 업무 연락은 대부분 메일로 이뤄진다. 돌발적인 연락이나 별것 아닌 잡담, 원고 재촉 등은 LIME으로 마치지만, 중요한 연락 사항은 메일로 주고받는 것이다.

카나리아 씨에게서 메일이 와 있었다.

내용은 대부분 짐작된다. 다마『백설공주의 복수교실』의 애니메이션화에 관한 감수 의뢰다.

애니메이션 캐릭터 디자인이나 각본 등을 보내주며, 원작의 관점에서 문제가 없는지 체크해 달라는 것이다.

이제까지 순조롭게 진행된 만큼, 이번에도 대충 확인한 후에 답장을 보내면 되리라.

그렇게 생각하며, 별생각 없이 메일을 펼쳐본 마시로는—.

"푸웁!"

홍차를 뿜었다.

"아앗, 컴퓨터에다 뿜었어!"

자기가 뿜어놓고, 자기가 허둥지둥 두았다.

최악이다. 컴퓨터 주변을 더럽힌 것도 최악이지만, 무엇보다 최악인 것은…… 아니, 최악에 서열을 매기는 건 일본어상 이상하다는 생각은 일단 제쳐두기로 하고…….

최악은, 메일에 실려 있는 내용이다.

보낸 사람 : 키라보시 카나리아

제목 :【백설공주의 복수교실】애니메이션 시리즈 구성에 관한 상담

마키가이 나마코님.

항상 신세 많이 지고 있습니다. UZA문고 편집부의 키라보시 카나리아입니다.

급히 마키가이 선생님과 조율해야 할 건이 있어 메일을 보냅니다.

애니메이션 제작 사이드 측에서 아래의 점에 관해 검토해 줄 수 없느냐는 상담을 받았습니다.

·주인공의 대사, 내면 묘사에 관해. 자기를 괴롭힌 상대에게 복수를 결의할 때 나오는 F워드를 비롯한 강렬한 대사를 조절해 줬으면 한다.

·마음 속으로 툭하면 트라우마를 상기하거나 고민하는 장면을 대담하게 컷하고 싶다.

·복수를 이룬 후, 상대를 살해하는 장면의 묘사를 마일드

하게 처리하고 싶다. 가능하면 살해하지 않는 형태로 연출하고 싶다.

크게 나눠 위의 세 가지 점에 관한 상담입니다.

개인적으로는 상의 받은 부분을 변경한다면 원작의 의도를 크게 훼손되리라 판단하기에, 위의 의견을 받아들이지 않는 쪽으로 생각하고 있습니다. 하지만 제작 측의 의지는 굳건해서(특히 F워드는 방송 윤리 문제를 방패 삼고 있기에, 저도 의견을 관철하기 어렵습니다), 어디까지 교섭이 가능할지 미묘합니다.

일단은 마키가이 선생님의 의견을 구한 후, 위의 의견을 받아들일 수 없다고 판단하신다면 저 또한 최대한 힘써보겠습니다.

혹시 메일을 통한 답변이 어렵거나 상담할 필요가 있다고 여기신다면, 언제든 전화 주십시오.

이런 일로 연락을 드려서 정말 송구하기 그지없습니다.

검토, 부디 잘 부탁드립니다.

문장 하나하나에서 카나리아 씨의 배려가 묻어났다.

이 사람은 역시 대단한 사람이다. 애니메이션 제작 측의 의견을 변질시키지 않으면서, 마시로의 감정이 최대한 훼손

되지 않도록 전달하고 있다.

하지만, 그 노력을 헛되게 만들어서 미안해.

마시로는 성격이 더럽거든.

마시로의 뇌는, 카나리아 씨 너머에 있는 사람들의, 있는 그대로의, 원액 그 자체의 메시지로 번역하고 말아.

주인공의 괴롭힘당하는 애 특유의 기질이 너무 강해서 부정적이라 기분 나쁘니까, 좀 완화해 줬으면 한다.

분명 그런 말이 하고 싶은 걸 거야. 이해해.

마시로도 정보 약자가 아니다.

마시로 같은 작풍의 작품이 어떤 식으로 미움받는지, 잘 안다.

비슷한 정신성을 지닌 작품이 인터넷에서 「괴롭힘 묘사가 너무 생생해ㅋ 작가의 체험담이네ㅋ」 라고 야유를 받았다.

그것을 보고, 마시로의 작품에도 같은 소리를 하는 사람이 생길 거라고 멍하니 생각했다.

시청자보다 애니메이션 제작 현장 측에서 저런 말이 먼저 나올 줄은 몰랐지만 말이다. 그래봤자, 순서가 바뀌었을 뿐이다.

"……어떻게 하지."

침대에 벌러덩 드러누운 후, 천장을 올려다보며 혼잣말을 중얼거렸다.

아까 던진 스마트폰이 얼굴 옆에 있다는 것을 눈치채고, 손을 뻗었다.

잠금을 해제하니, 카나리아 씨에게서 LIME이 왔다는 알림이 떠 있었다. 아마 메일을 보낸 후에 직접 이야기를 나누는 편이 낫다고 판단한 것이리라. 학교에 있을 때는 착신음이나 진동음이 들리지 않도록 알림을 꺼놓으니까, 눈치채지 못했다.

답장을 보내기 위해 화면을 댄 손가락이, 움직임을 멈췄다.

뭐라고 답장할까.

어른스럽게 대응하는 편이 좋을까?

아니면, 자신의 의지를 밀어붙일까?

카나리아 씨는 같은 편이 되어주겠다고 했지만…… 진짜로, 그 말을 믿어도 될까.

마시로의 기분 나빠하지 않도록 말만 그렇게 했을 뿐, 내심 일을 크게 만들고 싶지 않은 걸지도 몰라.

그래. 그 사람도 일단은 사회인이잖아.

응. 그럴 거야. 진짜로 싸울 생각이라면, 이런 메일을 보내지 않고 바로 싸웠을 거잖아.

마시로를 배려해 의견을 구하기는 했지만, 실은 조용히 넘어가고 싶은 거야.

그렇다면, 어리광을 부렸다간 폐를 끼치게 될지도…….

…………….

아냐. 틀렸어. 그게 아니잖아.

기분 나쁘다는 소리를 들을지도 모른다. 공감해 주는 사람이 적을지도 모른다.

하지만 이 작품은 당시의, 약해빠진 마시로 본인의 혼의 외침이다.

누군가에게 전해지기를 바라지만, 그렇다고 아첨할 생각은 없다. 있는 그대로의 외침을 원액째 마셔주는 누군가에게 전해진다면, 그것만으로도 마시로가 그 시절에 입었던 상처가 조금은 아물 것이다. 그런 창작물인 것이다.

마시로는 그 시절보다 강해졌지만, 『백설공주의 복수교실』을— 그 제1권을 집필한, 당시의 자신을 소중히 여기고 싶다.

왜냐하면, 그 감성은—.

아키가, 좋아해 준 감성이니까.

마키가이 나마코의 작품에 공감해, 팬이 되어준 그를 위해서라도…….

뭔가에 매달리듯 글을 쓴, 그 시절의 마시로를 위해서라도…….

지금의 마시로가 꺾일 수는…… 없어……!!

『안 돼. 절대 양보 못 해.』

결의를 담긴, 짤막한 문장.

카나리아 씨에게, LIME 메시지를— 송신.

이제 돌이킬 수 없다.

돌이킬 생각도 없다.

설령 카나리아 씨에게 미움을 받게 되더라도, 애니메이션 제작 사이드에서 난색을 표할지라도…….

—수라의 길을, 나아가겠다.

☆코히나타 이로하 SIDE☆

나, 코히나타 이로하의 앞에서 선배가 사라지고 꽤 시간이 흐른, 어느날.

방과 후가 되자, 방긋방긋 웃으면서 「스티커 사진 찍으러 가자!」하고 말하는 사사라에게 대사로 남길 것도 없는 간단한 거절 코멘트를 입에 담으면서 교실을 나섰다.

너무 막 대하는 거 아냐?! 절친의 유지 보수를 게을리하지 마! 확 삐쳐버린다! ……하며 투덜대는 목소리를 그대로 흘려들으면서, 종종걸음으로 출입구를 향했다.

미안해, 사사라! 미안하지만, 나는 지금 바보를 상대해 줄 겨를이 없어!

『방금 수업 끝났어요! 기다리게 해서 죄송해요!』

기다리고 있는 상대에게 LIME 메시지를 보낸 후, 신발을 갈아신고 다급히 교문으로 향했다.

귀가부 학생을 헤쳐 나가듯 달려간 나는 그대로 학교를 빠져나간 후, 옆길로 들어갔다.

그리고 그곳에는 학교 부근의 소박한 주택가에 어울리지 않는 검은색 고급 차량이 세워져 있었다.

내가 다가가자, 위잉 하는 소리와 함께 뒷좌석 창문이 내려가면서 한 여성의 얼굴이 드러났다.

"봉주르. 이로하 양."

"기다리게 해서 죄송해요! 미즈키 씨."

"Non. 시간대로. 문제없어. 없어요. 자, 타요. 전연령적 의미에서, 기승 가능이에요."

"아, 네. 고마워요. 그리고 후반부의 일본어는 무슨 소리인지 모르겠어요."

운전사의 조작으로 뒷좌석의 문이 저절로 열렸다. 그러자 안에 타고 있던 여성의 몸 전체가 눈에 들어왔다.

실버 블론드의 아름다운 장발과 보석 같은 푸른 눈.

늘씬한 상반신을 감싸고 있는 것은 언뜻 보면 수수해 보이지만 실은 고품질인 티셔츠, 그리고 하반신은 잘록한 허리와 긴 다리가 강조되는 몸에 딱 붙는 청바지를 입고 있었다.

절세의 미녀.

그런 흔하디흔한 말로 표현할 수밖에 없는 『아름다움』이 이 자리에 존재했다.

브로드웨이의 대배우, 츠키노모리 디즈키.

마시로 선배의 어머니이자, 내— 스승.

교토에서의 복장과 미묘하게 달랐다. 어쩌면 그때는 외출용 복장이었고, 평소에는 러프한 복장을 즐기는 것일지도 모른다.

……뭐, 그 어떤 복장이라도 멋지고, 아름답지만 말이다.

역시 일류 여배우는 아우라부터 다르다. 대단하네~. 멋지네~.

"왜 그래요? 차, 기승, 첫 체험이라 긴장된다면, 잠자리 테크닉, 가르쳐 줄게. 전수해 줄게요."

"아, 탈게요! 멍하니 서 있어서 죄송해요! 그리고 배우고 싶은 그런 이상한 게 아니에요."

허둥지둥 차에 탔다.

일본어를 잘못 쓴 걸까. 아니면 진짜로 이상한 걸 가르쳐 주려던 걸까. 미즈키 씨는 속을 알 수 없는 사람인지라, 양쪽 다 가능성이 있다 싶었다.

차가 천천히 달리기 시작했다.

목적지는 역 근처 상점가의 골목 뒤편에 있는 빌딩이다.

이 빌딩은 텐치도와 계약한 음향 회사에서 경영하는 스튜디오 중 하나라고 한다.

한동안 침묵이 흘렀다.

신호등을 몇 개 지나친 후, 옆자리에 있는 미즈키 씨가 나를 쳐다보며 의미심장한 미소를 지었다.

"그건 그렇고 아마치 사장의 심경 변화에 깜짝 놀라서, 경천동지했어요. 교토에서 사고 쳤을 때만 해도 큰일 났다, 진짜 사고 쳤다, 할복 각오, 영구차 수배할 뻔했거든요."

"아하하……. 정말 놀랍죠? 방금 그 일본어는 너무 호들갑스럽지만요."

"만약 고집을 부리며 허락해 주지 않았다면 비장의 수, 쓸 생각이었어요."

"비장의 수?"

"큼지막한 거, 쾅쾅 박아대서, 뽕 가게 한 후, 세뇌했을 거예요."
"남의 엄마한테 무슨 짓을 할 생각이었던 거예요?!"

"OH. 하지만 일본인 글래머 유부녀는 그걸로 바로 함락, 마음을 바꾼다, 일본 문화에서 배웠어요."

"그 참고 자료는 에로 만화죠?! 그런 것의 세계관을 현실과 착각하지 마세요."

"에로 만화……? 에로 만화가 뭐죠?"

"어."

"에로, 즉 미성년자 미만, 금지된 세계. 어째서 이로하 양의 입에서, 그런 단어가 나온다. 나왔다. 새어 나온 거죠?"

"어. 어. 미, 미즈키 씨, 어떻게 된 거예요? 왜 갑자기 회색지대에서 코사크 댄스를 추는 타입의 작가를 정론으로 찔러 죽이는 듯한 발언을 하는 건데요?! 외국인답게 일본어에 해박하지 않다는 점을 빌미 삼아 순진무구하게 에로 조크를 늘어놓는 음담 제조기였으면서, 『에로 만화』라는 단어를 함정으로 써먹은 거예요?! 진짜 영문을 모르겠다고요!"

"이로하 양……. 사춘기, 성(性)에 흥미진진, 이해해요. 하지만 아직 그런 건 일러요. 자중, 자숙해 주세요."

"어머니! 완전 평범한 어머니 같은 조언!"

검지를 세우면서 꾸짖는 그 표정은 진짜로 어머니다워 보였다.

아니, 뿅 가니 세뇌하니 같은 말을 한 사람한테 에로 만화란 단어를 가지고 야단을 맞아도 당황스럽기만 하거든?!

"그런데 아까 그 단어는 대체 어디서 들은 건데요? 그런 게 나올 만한 참고 자료는 에로 만화 뿐일 것 같은데요!"

"일본의 텔레비전 드라마예요."

"드라마에서 그딴 말이 나오는 거예요?!"

죽도록 놀랐다. 엄마의 교육 방침 탓에 텔레비전을 전혀 보지 않으니까, 실제로 드라마에서 어떤 수위까지 다뤄지는지 몰랐으니 말이다.

공공 방송이니까 대놓고 그런 걸 내보내지 않으리라고 생각하지만…… 혹시 단어만이라면 괜찮은 것일까…….

"아, 하지만 쾅쾅 박아대는 장면은 도저히 무리……."

"자주 봐, 봐요."

"정말인가요."

"네. 보통 대판 싸우는 장면에서요. 상대방의 안면, 손바닥으로 쾅! 쾅! ……하고……."

"아하! 대판 싸우는 장면…… 어, 어?"

콩트 느낌의 착각이 벌어진 듯한 느낌이 들었다.

"따귀 말하는 거예요?"

"Oui. 따귀 이야기예요. 철두철미, 유아독존이에요."

"일본어 틀렸어요."

바로 딴죽을 날린 후, 나는 미즈키 씨에게서 고개를 돌리듯 뒤편을 쳐다봤다.

새빨갛게 달아오른 얼굴을 숨기기 위해서다.

(너, 너무 부끄러워~~~~!! 정통파 히로인인 이로하 님이, 이런 저속한 착각을……!)

"일본의 드라마에 따르면, 따귀 한 방이면 의지, 바로 흔들려요. 누가 봐도 세뇌예요."

"아…… 흐름이 이상한 작품에서는 세뇌처럼 보이겠죠."

이해한다.

설마 전 연령 대상의 화제일 줄이야. 미즈키 씨는 툭하면 의미심장한 일본어를 입에 담지만, 의외로 감성은 멀쩡한 사람일지도 모른다.

…………아니, 잠깐만 있어봐.

"뽕 가게 한다고도 말했었죠? 그건 드라마의 어떤 장면이었나요?"

"이야기 도중이라 미안한데, 곧 도착했어요."

"아, 정말이네요."

어처구니없는 대화를 나누는 와중에도 차는 계속 달렸던 것 같았다. 요즘 자주 드나드는 건물의 모습이 보이기 시작했다.

"아, 이야기 돌리지 마세요. 뽕 가게—."

"텐치도의 인맥, 대단해요. 좋은 시설을 소개해 줘서 감사. 쓸모 있어, 고맙네요."

틀렸다. 아까 나누던 이야기의 코스 쪽으로 대화를 돌리려 해봤지만, 계속 빗나갔다.

강렬한 슬라이스 회전을 강제적으로 걸어서 코트 밖으로 날려버리는 미즈키 팬텀(기술명)에 의해, 에로 만화의 진상은 어둠에 묻히고 말았다.

*

"아~, 네, 네~. 코히나타 양과 미즈키 씨. 기다리고 있었어요~."

"오늘도 잘 부탁드려요, 후쿠라 씨♪"

레코딩 스튜디오에 도착한 후, 마중해 주는 음향 감독을 향해 우등생 스마일을 지으며 인사를 건넸다.

음향 감독은 입가에 항상 미소가 어려 있는 복의 신 같은 느낌의 통통한 여성이며, 대기실에는 대량의 과자가 준비되어 있다.

크리에이터라기보다, 마치 쿠키 가게의 간판을 짊어지고 있는 아주머니처럼 안심이 되는 사람이다.

"그러면 이쪽으로 오세요~."

"네! ……어, 평소 이용하는 2스튜가 아니네요."

"네, 네~. 오늘은 5스튜예요. 사용하는 기자재가 다르거든요~."

지하로 안내된 후, 플레이트에 『제5 스튜디오』라고 적힌 방음문이 열렸다.

레코딩 스튜디오의 건물 안은 여러 레코딩 부스로 되어 있다. 2스튜나 5스튜는 각 방의 별칭이다.

오늘까지 몇 번이나 레슨을 받았지만, 매번 2스튜에서 받았다. 애니메이션 레코딩에도 쓰이기 때문에 대인원을 수용할 수 있는 방이며, 미즈키 씨에게 연기 지도를 받으면서 성우로서 실력을 갈고닦았다.

하지만 오늘 안내된 5스튜는…… 뭐랄까, 꽤 좁은 공간이었다.

레코딩 부스는 사람 한 명이 겨우 들어갈 수 있는 넓이였다. 컴퓨터와 모니터와 마이크와 헤드폰이 놓여 있을 뿐인 심플한 공간이었다.

"아마치 사장님께서 말씀하신 대로 환경을 준비했어요~. 미즈키 씨도 이야기는 들으셨죠~?"

"Oui. 재미로운 시도. 흥미진진, 제 취향이에요."

"그러면 바로—."

그렇게 말한 후쿠라 씨가 컴퓨터의 전원을 켰다.

흥분에 찬 어른들과 대조적으로, 플랜을 듣지 못한 나는 멍하니 모니터 안에서 **그것**이 세팅되는 광경을 보고 있었다.

으음, 뭐지. 2차원 일러스트가 꾸물거리는 모습을 보여주며 뭘 하려는 걸까…….

어라? 이게 뭔지 알 것 같다.

같은 반 남자들이 요즘 화제로 삼았었고, 선배와 무라사키 시키부 선생님한테서도 요즘 이런 게 유행한다는 말을 들었던 것 같은데—.

후쿠라 음향 감독은 나를 돌아보더니, 엄지를 치켜세우며 말했다.

"코히나타 양, 새로운 얼굴이에요!"

"설마 얼굴이 빵으로 된 그 캐릭터으 패러디?! 대체 뭐가 어떻게 된 거예요?!"

"그러니까~, 이 2차원의 몸—《메챠 우자스기~루》의

『혼』이 되라는 거예요!"

"어어. 그 말은, 즉―."

매우 독특한 이름이다.

화면 안에서 꾸물거리고 있는, 낯선 머리카락과 옷, 그리고 장식품을 갖추고 있는 판타지 세계의 주민 같아 보이는 여자아이.

그리고『혼』이라는 표현.

그것이 가리키는 정답은, 바로―.

"― 브, Vtuber가 되란 건가요?!"

"네♪ 아마치 사장님의 특명이에요~."

맙소사, 란 의미가 담긴 눈길로 미즈키 씨를 돌아봤다.

"진짜예요. 레알이라고 해도 되겠죠."

"으음~, 저희는 연기 연습을 하는 거 맞죠? 확실히 요즘은 Vtuber가 성우를 담당하기도 한다고는 하던데…… 스트리밍은, 연기와 다르지 않을까요……."

2차원 캐릭터의 목소리를 연기하고, 혼을 불어넣는다는 점만 본다면 비슷할지도 모른다.

하지만 스트리밍에서 요구하는 순발력과 감정 표현은 연기자의 연기와는 엄연히 다르지 않을까.

"Non. 이야기, 서두르지, 말아요."

내가 품고 있는 의문을 이해한다는 듯이, 미즈키 씨는 입술 앞에 손가락을 세우며 고개를 저었다.

"평범하게 스트리밍을 한다, 연기에 플러스 안 돼요. 그러니 과제, 본론은 이제부터, 예요."

"본론······?"

"아~, 그래요. **첫 번째**인 메챠 양의 소개를 마쳤으니, 다음은 **두 번째**를 보여줄게요~."

"네?"

딸깍딸깍 소리를 내면서 후쿠라 음향 감독이 마우스를 클릭하자, 이번에는 기모노를 입은 흑발 미녀가 나타났다.

"이쪽은 《고코쿠텐쿠가사키 카르메》. 타고난 요조숙녀 상류층 아가씨이며, 이세계 건방진 꼬마 마녀인 메챠와는 전혀 다른 타입으로 연기해 줬으면 좋겠어요~."

"이름 한번 진짜 어마어마하거든요?!"

"V 쪽에서는 흔해요~. 그리고, 다음은—."

"더 있어요?!"

"다음 세 번째가 마지막이에요~. 아, 그래요. 이 애예요, 이 애."

마지막이라면서 보여준 것은 짐승 귀가 달린 쿨뷰티 타입의 여자애였다.

"외톨이 늑대 아가씨—《가우가우 가브리엘》 양. 기본적으로 인생을 귀찮게 여기는 음침 계열 쿨 캐릭터로 하도록, 하고 아마치 사장님께서 메시지를 남기셨어요~."

"어, 잠깐만요. Vtuber가 되라는 건, 설마······ 이 세 사람, 전부의 『혼』이 되라는 거예요?!"

"Oui♪"

미즈키 씨는 당연하다는 듯이 미소지으며 그렇게 말했다.

그리고 설명을 요구하는 내 시선을 눈치챈 건지, 그녀는 바로 보충 설명을 해줬다.

"석 달. 동일 인물이라는 것을 누구에게도 들키지 않고, Vtuber 활동을 해낼 것. ……그것이 저와 아마치 사장이 준비한 최종 시련. 물론 스트리밍 내용도, 토크도, 다른 스트리머와 마찬가지로 생동감 있게, 그러면서 캐릭터별로 인기를 얻을 수 있도록 특징을 살려서 팬 획득 하세요."

"토크도…… 그, 그건 도저히 무리예요!"

"그럼, 포기할래요?"

"……윽!"

미즈키 씨가 진지한 표정으로 묻자, 나는 말문이 막혔다.

"이것은 엄연한 연기 공부. 당신의 특징, 타인의 인생을 트레이스해, 재현한다. 그 무기를, 단기간에, 최대한 갈고닦는다. 최선의 커리큘럼이에요."

"하지만, 시청자의 앞에서는……."

"왜, 그렇게 두려워, 공포스러워하는 거죠? 손님, 속이며, 거짓 세계에 몰두하게 만든다. 그게 저희 연기자의 일, 그 본질, 다른가요?"

"……."

농담하는 눈빛이 아니다. 엄마와 미즈키 씨는 진짜로 나한테 이 미션을 시키려는 것이다.

확실히 단순한 스트리밍 활동만으로는 연기력을 갈고닦을 수 없다고 생각했다.

하지만 다른 인생을 살아온 여러 인물을, 실제로 존재하는 것처럼 연기한다면…….

수백, 수천, 수만의 인간의 눈을 속인다면…….

"목소리 연기, 부정하는 사람, 인터넷에서, 때때로 봐요. 성우는 목소리를 만드는 사람이 아니다, 라고 하지요. 그것은 진실, 정론, 정확, 스나이퍼예요."

"……인터넷 기사에서 그런 글을 많이 봤어요. 하지만 저는 그렇지 않아요. 선배와 함께, 갈고닦아왔으니까요."

"그래요. 목소리 연기, 쓴소리해 주는 것, 초보자에게는 유효해요. 기초적인 역할 만들기를 모르는 사람, 다른 외부적 요인부터 다듬는 법 배우면 위험, 본질을 놓쳐요. ……하지만 기초가 되어 있다면 이야기가 별개, 예외라고 생각, 확신해요. 저, 성우 세계 잘 모르는, 문외한이에요. 하지만 연기 세계, 알아요."

미즈키 씨는 스마트폰을 잠시 조작하더니, 화면을 나에게 보여줬다.

거기에는 나도 얼굴과 이름을 아는 할리우드 여배우가 표시되어 있었다.

"연기자는 역할 만들기를 할 때, 끓어오르는 감정과 인격만이 아니라, 겉모습, 형태부터 만들기도 해요. 예를 들어 그녀, 산전수전 다 겪은 용병을 연기했어요. 몸, 단련하고, 근육, 완성했어요. 인생, 재현하기 위해, 머리를 빡빡, 밀었어요. 그저 의상을 입기만 하는 것, 화장을 하기만 하는 것, 틀렸어요. 역할에 몰입하기 위해, 가장 외부적인 것부터, 만들어 나간다— 이것, 성우에 비유하면 목소리를 나눠 쓰는 것, 가까워요."

"자기 내면에서 감정을 건져 올린 후, 표현하는 게 전제조건. 그것만이 아니라 겉도 철저하게, 표면적인 부분도 완벽하게 만든다. ……그 또한 정답, 이란 거군요."

"Oui. 하지만 그걸 간파당한 순간, 흥미 잃고, 능력 의심받게 되며, 추락해요. ……이건, 당신의 재능이 길러줄 가치가 있다는 것을 증명하기 위한, 특훈이자, 과제예요."

"특훈이자…… 과제……."

그 단어를 곱씹자, 말아쥔 주먹에 힘이 확 들어갔다.

망설일 때가 아니잖아, 나.

아무리 어려운 일일지라도, 도전할 수밖에 없어!

"할게요! 그 어떤 애라도, 몇 명이라도, 연기해 내고 말겠어요!!"

"그 허세, 멋져요! 그러면 전자의 바다로 출항, 출발, 삼도천, 건너죠!"

“네!”

나와 미즈키 씨는 힘차게 악수했다.

허세가 아니라 의지 아닌가요? 같은 멋대가리 없는 태클은 날리지 않았다.

사소한 것들은 전부 쓰레기통으로 슉~! 무턱대고 밀어붙이는 편이 나을 때도 있다고요.

지금의 나는 영구기관 연기 머신. 무한히 샘솟는 의욕으로, 몇 시간이든 쉬지 않고 달릴 수 있을 것 같다. 이 기세로 밀어붙이자! 오~!

＊

결론부터 말하자면, 그건 착각이었다.

“푸하아아아아, 지쳤어~. 더는 무리예요오……."

“아~. 네, 네~. 수고했어요~. 이만큼이나 쉬지 않고 노력하다니, 정말 대단해요~.”

레코딩 부스에서 나온 나는 완전히 그로기 상태다. 안면을 두들겨 맞고 다운된 후에도 파운딩을 계속 얻어맞고 패배한 파이터처럼 후들후들 비틀비틀거리면서, 대기실의 소파에 무너지듯 쓰러졌다.

후쿠라 음향 감독은 기다렸다는 듯이 과자 바구니를 가져오더니, 포장을 뜯었다.

그녀가 입안에 넣어준 쿠키를 감사히 먹었다.

자기가 먹는 것만이 아니라 남에게 먹여줄 때도 행복을 느끼는 것 같았다. 역시 쿠키 가게 사장님이 더 어울릴 것 같은 사람이다. 촉촉함과 바삭함의 틈새라고 표현하고 싶은 촉감의 쿠키를 씹고 있을 때, 미즈키 씨가 박수치며 다가왔다.

"세 캐릭터의 자기소개 동영상 레코딩, 수고했어요. 고생했어요. 선처하겠노라, 예요."

"감사해요~. 으음, 꿀꺽……."

축 늘어진 목소리로 대답한 후, 갓 끓인(후쿠라 음향 감독이 끓여준, 가정적인 맛의) 홍차로 입안의 쿠키를 넘겼다.

"첫 관문은 클리어, 잘했어요."

"성격과 인생을 준비해 주신 덕분에 살았어요. 제로에서 하나하나 만드는 건 진짜 고역이거든요."

"그런 부분도 역시 아마치 사장답네요. 빈틈없는, 악랄한, 전략가예요."

"엄마는 역시 그런 평가를 받고 있군요. ……의외예요."

우리 집에서 보는 엄마— 코히나타 오토하는 어수룩한 구석이 있고 천진난만한 사람이다.

성격만 본다면, 이 스튜디오에 있는 이들 중에서는 미즈키 씨보다 후쿠라 음향 감독과 비슷한 타입이다.

낮에는 쿠키를 구워주고, 저녁에는 슈퍼에서 장을 봐와서 음식을 만들어주며, 아이들이 맛있게 먹는 모습을 지켜보는 게 무엇보다 큰 행복.

그런 훈훈한 가정을 지키는, 훈훈한 성격의 소유자. 집에서의 엄마는 그런 사람이었다.

하지만 집 밖으로 나온 순간, 엄마는 돌변한다.

최근 들어 엄마가 어떤 일을 하는지 알게 됐고, 업계에서 어떤 평가를 받고 있는지도 들었다.

엄마를 평가하는 말, 칭호는 많다. 하지만 그 전부에서 공통되는 이미지는 단 하나.

—여제(女帝).

가장 합리적인 방식을 항상 선택하는, 경영자 중의 경영자. 때로는 비정하게 들릴 수 있는 언동도 거침없이 취하고, 제아무리 반대를 받을지라도 판단을 미루지 않으며, 독재자처럼 결정과 실행을 뒤풀이하는 **기계 같은 사람**.

내가 아니라, 오빠가 물려받은 성질.

하지만 그런 평가를 받는 이유를, 나는 최근 들어 몇 번이나 실감했다.

이번에도 그렇다.

엄마— 아마치 오토하 사장이 미리 준비한 것은 Vtuber의 아바타만이 아니라, 그 캐릭터의 기초적인 인생표였다.

어떤 인간인가, 어떻게 태어났고, 무엇을 했으며, 어떤 가치관에 따르고, 현재를 어떻게 살아가고 싶은지 생각하며, 미래를 어떻게 살아가려 하는가. 그런 인물의 취급 설명서 같은 것을 세 캐릭터 분량을 만들어줬다.

물론 그 설정만으로는 스트리밍을 할 수 없다. 이 설정에 근거해서, 나 자신이 어떻게 혼을 추가해 갈 것인가. 라멘 가게가 비전 수프를 불려 가듯, 뛰어난 초기 설정에 조금씩 조금씩 혼을 더해가면서 나만의 맛으로 완성한다. 그게 중요하다.

내가 0을 1로 바꾸는 작업을 잘 못한다는 것도 알고 있으리라. 그래서 이런 준비를 해준 것이다.

아직 성우로서의 코히나타 이로하는, 아마치 사장과 제대로 일을 해본 적도 없다.

하지만 단시간에 내 스타일을 순식간에 파악하고, 효율적으로 성장시킬 환경을 준비해 줬다.

너무나도 합리적이며, 너무나도 세련된 업무 처리다.

프로가 얼마나 대단한지, 실감했다.

"—Non. 오늘 레슨은 끝. 종막이에요. 일에서 벗어나지 못하며, 생각에 잠기는 것, 좋지 않아요."

"앗. 제가 지금 얼이 나가 있었나요?"

"Oui. 아마치 사장의 일 처리, 반하는 마음, 이해해요. —하지만, 지금은 더 즐거운 일, 생각하죠."

"즐거운 일…… 으음~. 요즘은 그럴 겨를이 없어서, 적당한 화젯거리가 없네요."

"무슨 말씀, 지껄이는 건가요!"

대기실 벽에 붙은 달력을 소리 나게 두드리는 미즈키 씨의 항상 쿨하던 눈에서, 세상을 넙죽 엎드리게 할 듯한 불길이 활활 타올랐다.

"크, 리, 스, 마, 스! 세상은 성스러운 밤! 울려 퍼져라, 징글벨!"

"어. 아…… 그러고 보니, 벌써 그런 계절이군요~."

솔직히 말해, 잊고 있었다. 요즘 워낙 바빠서 말이다.

그리고 선배가 없는 상황에서 크리스마스를 고대하라는 것도 무리다. 텐션이 솟구칠 리가 없잖아요. 상식적으로 생각해서요.

"크리스마스에 텐션 밑바닥, 안 돼요. 대체 이유가 뭐죠?!"

"아니, 미즈키 씨가 이러는 게 의외거든요? 크리스마스라 텐션이 상승하는 타입이었어요?"

"Oui. 크리스마스는 신성 행사, 가족과 유대를 다지며, 즐겁게 보내요."

"아~, 외국의 가치관이네요."

그러고 보니 미즈키 씨는 일본인과 외국인(프랑스였나?) 부모님을 둔 글로벌한 핏줄이다. 크리스마스에 대한 가치관도 글로벌하고 월드와이드한 걸지도 모른다.

……그렇다면 마시로 선배도 마찬가지인 걸까?

“Oui. 마시로도 집에 컴백! 가족이 함께 파티, FOOO! 의무예요.”

“제, 제 마음을 읽을 만큼 냉정하면서, 텐션 대폭발 바보 파뤼 피플~ 대사를 입에 담지 말아줄래요? 뇌가 버그 먹을 것 같거든요…….”

“가족 전원 소집, 흔하지 않아요. 레어 이벤트, 숭고, 기대해요. 항상 집에 돌아오지 않는 사람도 복귀. 귀중하죠.”

“아하하. 참 즐거울 것 같네요~.”

그래. 마시로 선배는 가족과 함께 크리스마스를 보내는구나.

나는 수학여행 사건 이전까지만 해도 크리스마스에는 《5층 동맹》 동료 전원이 선배네 집에 모여서 즐겁게 놀 줄 알았다.

남친 여친 없는 아싸 패거리가 모여서 즐겁게 시간을 보낼 거라 믿었다.

가족과의 크리스마스, 라.

이대로 선배가 돌아오지 않는다면, 《5층 동맹》끼리 파티를 열지도 않을 것이다.

그렇다면 올해는 오빠, 엄마와 함께 보내게 될까.

물론 싫은 건 아니다.

가족끼리 모여 차분히 시간을 보낼 기회는 이제까지 적었으니, 그것도 행복한 시간이 될 것이다.

“이로하 양도 굿 크리스마스! 행복이 함께하기를!”

"하하하…… 그럴게요~."

저 텐션에 따라가지 못한 나는 떨떠름한 목소리로 그렇게 말했다.

그런 이야기를 나누고 있을 때, 후쿠라 음향 감독이 살짝 손뼉을 쳤다.

"아~. 맞다~. 코히나타 양에게, 마지막으로 오디션 소식을 알려줄게요."

"오디션?"

"아마치 사장님으로부터 Vtuber 시련과 함께, 애니메이션 오디션 현장도 경험시켜 주라는 말을 들었거든요~. 연초에 새로운 애니메이션의 오디션이 있으니까, 코히나타 양을 거기에 참가시킬까 해요~."

"어, 아, 앗…… 감사합니다!"

나는 허둥지둥 고개를 숙였다.

설마 이렇게 빨리 기회가 찾아올 줄은 몰랐다.

Vtuber의 시련을 극복하고 나서야, 비로소 다음 단계로 나아갈 수 있을 줄 알았다.

시련과 병행해 애니메이션의 오디션도 치른다니……. 그러는 게 효율적이라서, 일까?

"오디션에 대비해, 연기를 완벽하게 가듬도록, 하죠!"

"네. 잘 부탁드려요!"

*

『어, 《5층 동맹》 크리스마스 술자리는 날아간 거야?!』

『아키가 부재중인데 할 줄 알았어요?』

『그건 그렇지만…… 아키네 집에 쌓인 술을 마실 귀중한 날인데~!』

『불만의 원인이 너무 속물스럽네요.』

『아아~, 그럼 올해는 크리스마스 솔로겠네~.』

『무라사키 시키부 선생님은 다른 예정이 없는 거예요? 동인 동지들과 함께 보낸다거나, 그날까지 애인을 만든다거나요.』

『애인……. 어디 괜찮은 남자 없으려나.』

『오오, 웬일로 평범한 성인 여성다운 고민을—.』

『키 150센티미터, 은발, 쫙 찢어진 눈에 건방진 언동이 눈길을 끌지만, 내 앞에서만 좀 귀여운 모습을 보여주는, 츤데레 미남 쇼타, 어디 없으려나아아아아아.』

『—아까 한 말 취소하죠. 평소의 시키부네요.』

『크리스마스는 농후한 오즈×아키를 안주 삼아 외톨이의 쓸쓸함을 달랠 생각이었는데~.』

『그런데 무라사키 시키부 선생님. 미도리 부장과의 일은 순조롭나요?』

『………………. ………………응. 당연, 하잖아?』

『으음~. 아무래도 크리스마스는 ^{가족}자매가 함께 보내게 될 것 같네요.』

☆츠키노모리 마시로 SIDE☆

시공(時空)까지 얼어붙을 듯한 추위 속에서도 시간은 얼지 않고 흘러갔다는 것을, 무한히 울려 퍼지는 수많은 소리가 알려줬다.

몇 차선인지도 바로 답할 수 없을 만큼 넓은 도로를 따라 나아가는 자동차의 주행음. 몇 걸음 나아갈 때마다 들려오는 빌딩과 도로 공사 현장의 소리. 교차로에 울려 퍼지는 CF 소리. 길을 가는 사람들의 대화 소리는 의외로 들려오지 않는다는 것을 눈치챘다.

도회지였다.

도회지 소음의 내역을 생각하며 걷는 사람은 자신 뿐이리라고 생각하며, 마시로는 UZA문고 편집부가 위치한 빌딩으로 향했다.

"임전 태세. 준비 완료. ······흠."

몸에 걸친 것은 추위 대비와 무장을 겸한 검은색 외투.

선글라스를 쓰고, 마스크를 차서, 완전 방비.

품속에 넣어둔 것은 이제까지 앗아간 목숨의 무게가 느껴지는 강철 덩어리. —정확한 명칭은, 권총.

현재 마시로는 적의 본거지를 습격하는 야쿠자 킬러다.

뒤로 물러날 수도, 아양을 떨지도, 뒤를 돌아보지도 않는다. 전장에 임하는 듯한 각오로, 마시로는 이 거리를 찾아왔다.

……물론 진짜로 그런 게 아니라, 마음이 그렇다는 말이다.

권총도 옛날에 자료용으로 산 모델건이다.

딱히 테러리즘에 눈떠서 반사회적 행위를 저지르러 온 것은 아니다.

어디까지나 동귀어진할 각오를 다졌다, 는 의미다. 자기 자신을 격려하기 위한, 자기 암시 같은 것이다.

애니메이션 제작 측을 상대로, 자기 의견을 관철한다. 오늘은, 그것을 위해 이 자리에 온 것이다.

도착했다.

눈앞에 있는 UZA문고의 빌딩을 올려다보면서, 품속에 넣어둔 모델건의 손잡이를 꼭 움켜쥐었다.

가자……!! 결전의 배틀필드로……!

—5분 후.

UZA문고의 대회의실은 팽팽한 긴장감에 휩싸여 있었다.

원탁에는 무게감 넘치는 인상의 업계인들이 둘러앉아 있었다.

3, 40대 이상으로 보이는 남성이 많으며, 깊게 파인 주름은 지층을 연상케 했다. 오랜 경험이 축적되어 있다는 것이 느껴졌다.

탐욕적으로 금전을 탐하는 듯한 저 희번덕거리는 눈에서도 관록이 느껴졌다.

……마시로가 이 자리에서 가장 젊어서 그런 걸까.

이 자리에 있는 모든 이가 자기보다 훨씬 격이 높은 존재처럼 느껴지면서, 그 중압감에 압도당할 것만 같았다.

반쯤 장난삼아 야쿠자 사무소를 습격하는 기분으로 이 자리에 왔는데, 진짜로 야쿠자들이 모인 자리에 잘못 들어온 듯한 기분이 들었다.

둥, 둥! 하는 효과음과 함께 소속 조직명과 직함과 이름이 붓글씨로 표시되는 듯한 광경이 게임에 물든 뇌에 떠올랐다.

『UZA문고 편집부 부두목 키라보시 카나리아』라는 글자가 표시된(표시 안 됐다) 카나리아 씨가 마시로의 옆구리를 살짝 찔렀다.

그리고 다른 사람에게 들리지 않도록 작은 목소리로 속삭였다.

"……마키가이 선생님. 부디 승부처를 착각하지 마. 상대는 백전연마의 실력자야. 괜히 승부를 서두르다간 도리어 간단히 당하고 말 거야쨱."

"응……. 오케이."

순순히 고개를 끄덕였다. 하지만 순순히 그 말에 따를 생각은 없다.

"자, 다들 모였으니 각본 회의를 시작하도록 할까요."

두둥! 하는 묵직한 효과음(안 들렸다)과 함께 『UZA문고 판권 관리부 조장 콘도 토시미츠』가 클로즈업됐다(안 됐다).

콘도 씨는 UZA문고 측에서 애니메이션 관련의 창구를 담당하는 사람이다. IQ가 높아 보이는 날카로운 눈매와 달리, 태도가 항상 정중한 그야말로 어른다운 어른이다. 태도가 차분해 보이지만, 화나게 하면 정말 무서울 거란 생각이 드는 타입이다.

"일전에 메일로 공유드린 상담 사항은 이미 확인하셨습니까?"

"⋯⋯⋯⋯으!"

왔다, 하고 생각했다.

여기가 승부처. 바로 강렬한 한 방을 날려주는 것이다.

"확인했어요. 하지만—."

"—우선! 우선은 감독과 시리즈 구성을 담당하는 미타라이 씨가 생각하는 재구성안을 들려주세요. 원작을 바꾼다는 전제하에 논의를 하려는 게 아니니까요. 바꾼다면 결과적으로 더 나은 작품이 될지 말지가 가장 중요할 거예요."

"⋯⋯카나리아 씨⋯⋯?"

마시로의 말을 끊으며, 카나리아 씨가 말을 늘어놨다.

자기가 방패막이가 되며, 옹호해 주는 것일까……?

아니면 마시로가 멋대로 말을 늘어놓는 것을 막으려는 걸까.

신용해야 할까, 하지 말아야 할까.

오른손에 쥔 총이 무겁다. 가볍게 뽑아서 사격 동작을 취할 수 있다면 멋질 텐데 말이다. 마시로의 가녀린 손으로 그런 행동은 불가능했다.

“……괜찮아. 믿어줘쨱.”

“……알았어.”

한순간 망설였지만, 곧 고개를 끄덕였다.

카나리아 씨의 눈은 진심이다. 적어도 의심할 필요는 없다고 생각했다.

“재구성안?”

그렇게 말한 남성은 두꺼운 눈썹을 찌푸렸다. 정면, 애니메이션 제작 측의 인간이 모여 있는 곳의 한가운데에 앉아 있는 남성이다. 머리카락을 전부 밀어버린 완벽한 대머리이며, 복어 샤브샤브를 젓가락으로 호쾌하게 전시 절반가량 들어서 먹어 치울 듯한 분위기가 있었다.

“그게 무슨 소리입니꺼, 카나리아 씨. 이전에 제안 드린 것은 스토리 구성과 상관없습니대이. 어디까지나 표면적인 표현 및 묘사에 관한 이야기지예. 상더방의 체면을 생각해 문의를 드리기는 했지만, 원래 영상의 세세한 연출은 감독인 저한테 일임되어 있습니더. 그렇제? 네가메 씨.”

"네, 네. 그렇죠. 물론 원작을 리스펙하고 싶지만, 어디까지나 뿌리가 되는 부분을 남기면서 애니메이션에 적합한 표현으로 바꾸는 게 좋을 듯합니다. 미타라이 씨의 시리즈 구성도 이미 오케이를 받았으니, 문제는 없을 겁니다. 그렇죠? 미타라이 씨."

"…………(끄덕)."

『주식회사 스튜디오 AORI 감독 코와모테 류고』
『주식회사 허니플레이스워크스 프로듀서 네가메 타이지』
『각본가 미타라이 나가시』

둥! 둥! 둥! 하며 또 효과음&글자가 표시됐다. 이번에는 직함에 야쿠자 보정이 들어가면 엉망진창이 될 것 같아서 망상 속에서도 원래 직함이었다.

네가메 씨는 호리호리한 체구에 안경을 쓴 남성이다. 딱 봐도 고학력자 같아 보였다. 두뇌가 명석하고 교활한 캐릭터다.

질문을 받은 시리즈 구성 각본가, 미타라이 씨는 타카쿠라 켄 느낌의 과묵한 남성이다. 퉁명한 표정으로 말없이 고개를 끄덕였다.

—마지막 한 사람에게서는 동질감이 느껴졌다. 소설과 각본은 다른 세계지만, 양쪽 다 글을 쓰는 사람이라서일까.

"주인공의 표현 방식은 내용에 저촉되는 부분이에요. 캐릭

터의 일관성은 IP 전개에 있어서 무엇보다 중시해야 하는
점 아닐까요."

쨱을 봉인한 카나리아 씨가 정론으로 맞섰다.

하지만 상대도 노회한 고학력 야쿠자(야쿠자 아님)답게,
미동조차 하지 않으며 그 반격을 받아넜다.

"네. 네. 그렇고 말고요. 일관성은 중요합니다. 하지만 소
설과 똑같이 간다고 해서 똑같은 체험을 할 수 있는 건 아
닙니다. ……인기작인 『귀가의 칼날』도 잘 보면 액션 장면은
원작과 연출이 다르죠. 불후의 명작으로 여겨지는 과거의
다양한 애니메이션도, 주인공의 가치관과 대사 등을 원작과
다르게 조정해서 다수의 지지를 얻어냈습니다. ……무엇보
다, 경험이 풍부하고 세간으로부터 높은 평가를 받고 있는
코와모테 감독님이 조정할 필요가 있다고 판단했죠. 저희
를, 믿어주시지 않겠습니까?"

"큭……."

반론할 말이 없는지, 카나리아 씨는 입술을 깨물었다.

그 모습을 한심하다고는 마시로도 생각하지 않았다.

예전에 이런 이야기를 들은 적이 있다.

츠키노모리 사장은 『백설공주의 복수교실』을 성공시키기
위해 의욕적으로 예산을 모았으며, 매우 유명한 대형 애니
메이션 스튜디오를 확보한 것 같았다. 코와모테 류고 감독
은 극장 영화도 대성공을 시킨 본격파이며, 해외에서도 주

목받는 예술가 타입이다. 각본가인 미타라이 나사기는 20년 이상 다양한 애니메이션의 각본을 담당했으며, 그가 쓴 이야기에 영향을 받아서 작가나 각본가를 꿈꾸게 된 이도 많다. 네가메 프로듀서는 허니플레의 애니메이션 부서에서 대히트작을 연이어 내놓은 히트 메이커다.

즉, 여기 있는 이들은 애니메이션 업계에서 프로 중의 프로다. 애니메이션에 관해 숙지하고 있는 사람들인 것이다. 당연히, 마시로보다도 애니메이션에 관해 압도적으로 해박하다.

그들을 설득할 논리를 짜내지 못한다면, 이 교섭은…… 실패한다.

＊

회의는 세 시간에 걸쳐 진행됐다.

—결국, 카나리아 씨는 애니메이션 제작 측이 납득할 이유를 준비하지 못했다.

마시로 또한 최선을 다했지만, 발버둥 치면 칠수록 가라앉는 바닥 없는 늪 같았다.

설득을 위해 말을 하면 할수록, 자신이 논리가 아니라 감정에 따라 의견을 내놓고 있다는 것을 처절히 깨달았다…….

확 날려버리겠다는 의욕에 차 있던 목소리 또한, 시간이

지날수록 작아졌다…….

열세를 자각하자 점점 초조해졌고, 달아오른 뇌는 이 논의에서 이기기 위한 아이디어를 내놓지 못했으며, 전략 없이 내뱉는 감정론이 혀 위에서 공허하게 헛바퀴 질을 하더니…….

결국…….

회의 말미에는, 반대의 목소리를 내뱉기는커녕 고개조차 들지 못했다.

"그러면 『주인공의 복수심 독백을 줄이고, 쓴맛을 줄이는 방침』을 기본 노선으로 해서 앞으로 진행하겠습니다. ―오늘 회의, 수고 많으셨습니다."

진행을 담당한 UZA문고 판권 권리부 담당, 콘도 씨는 그렇게 말하면서 이 회의를 마쳤다.

결국, 이 사람은 끝까지 우리 편을 들어주지 않았네…….

UZA문고 측의 사람인데, 저쪽 편만 들었다.

머리로는 알고 있다. 이 사람의 일은 어디까지나 애니메이션 제작을 원활하게 진행 시켜, 방송일에 맞추는 것이다. 대립의 씨앗이 될 오물에는 뚜껑을 덮어서, 냄새가 새어 나오지 않게만 하면 된다.

회의실에서 애니메이션 제작 측의 사람들이 우르르 나갔다.

마시로는 한 걸음도 걷지 못했다.

최악의 기분이었다.

저 무서운 사람들에게 악감정을 품지는 않았다.

자기 작품인데, 그것을 지키기 위한 논리를 준비하지 못한 자기 자신이…… 가장 나쁘다.

품속에 넣어둔 장난감 권총은, 역시 장난감에 지나지 않았다.

진짜 총인지, 모델건인지는 아무래도 상관없다.

쏠 각오도, 논리도 없는 어린애가 손에 쥐어서는 설령 진짜 총일지라도 잡동사니에 지나지 않는 것이다.

"마키가이 선생님…… 으음……."

"……돌아갈게."

거북한 투로 말을 건네는 카나리아 씨에게 눈길 한 번 주지 않으며 자리에서 일어났다.

이 사람은, 마시로의 편이었다.

그것은 기뻤지만, 결국은 상대를 설득하지 못했다.

같은 편인 그녀에게는 아무런 잘못이 없다는 것은 알지만…….

카나리아 씨의 얼굴을 더 쳐다봐선 안 된다는 느낌이 들었다.

절대로 그러고 싶지 않지만, 가슴속 깊은 곳에서 솟구친 추악한 감정 탓에 말이라는 칼날로 그녀에게 상처를 입히고 말 것 같았다.

"모, 모처럼 도쿄까지 왔으니까, 편집부 경비로 맛있는 거 사줄게쨱. 다, 다음 회의에 맞춰 작전 회의도―."

"—됐어."

"마, 마키가이 선생님……."

"괜찮아. 타협 정도는 혼자서 할 수 있어."

"타협이라니…… 포기하려는 거야? 확실히 상대는 애니메이션 업계의 실력자니까, 이쪽의 의견을 받아들이게 만드는 건 어려워. 하지만 카나리아 님은 교섭의 여지가 있다고 생각해쪽. 천둥 칠 때까지 물고 늘어진다는 자라처럼! 같은 마음 가짐으로—."

"마시로는 어린애가 아냐. 바보 취급하지 마."

그렇게 말한 후, 마시로는 회의실을 나섰다.

아…… 억지로 기운찬 태도를 보이던 카나리아 씨의 입에서 안타까운 목소리가 흘러나왔다.

—욱신. 마음이 아팠다.

하지만, 뒤를 돌아보지는 않았다.

회의실을 나선 후, 마시로는 화장실 옆의 급탕실로 향했다. 그리고 타지 않는 쓰레기라고 적힌 쓰레기통에 모델건을 버렸다.

결국, 제대로 써먹지 못했다.

그러면서 마시로가 유일하게 쏜…… 쏘고 만 상대는, 카나리아 씨였다.

총알을 맞출 상대도 제대로 고르지 못해서야, 권총 따위는 아무짝에도 쓸모없다.

"……바보 같아. 결국 소꿉놀이였던 거냐고."

그렇게 중얼거린 후, 그 자리를 벗어났다.

빌딩을 나서자, 차가운 바람이 불어왔다. 밖은 어느새 어두워졌다. 기온 또한 저녁때와는 비교도 안 될 만큼 내려가서, 코트를 걸쳤는데도 몸이 떨렸다.

걸음을 옮기자, 뜨거워졌던 머리도 식었다.

이제 와서 생각해 보니, 뭘 그렇게 집착하는 거냐 싶어서 웃음이 났다.

애니메이션 제작 측의 말이 옳다. 주인공의 성격과 가치관은 시대에 맞춰 얼마든지 달라진다. 작품에서 그려지는 테마 또한 자유자재로 변환한다. 장수 애니메이션에서는 흔한 일이다. 옛날 방송에서는 목욕 장면이 있었지만 요즘에는 전혀 나오지 않고, 평범한 배틀 마니아였던 주인공이 성인(聖人) 취급을 받는다.

코믹스화, 게임화, 애니메이션화, 영화화— 미디어믹스 과정에서 타인의 손길이 닿으면 닿을수록 작품은 서서히 형태가 바뀌어 간다. 약간 비틀리는 건 당연한 일이다. 그런 것에 뭘 그렇게 집착하는 걸까?

마키가이 나마코는 《5층 동맹》의 집단 작업을 통해 팀워크의 소중함을 배웠다. 혼자서 전부 그려내는 창작과는 또 다른, 다른 크리에이터와의 화학반응으로 작품의 질을 올리는 즐거움과 어려움을 알았다.

"그러니, 괜찮아. ……애니메이션은. 마시로 혼자만의 것이 아닌걸……. 감독과 애니메이터 여러분이 좋은 작품을 만들어준다면…… 문제 될 건 없어."

이제, 어른이니까.

혼자만 억지를 부려서, 관계자의 발목을 잡는 건 어린애들이 하는 짓이다.

그렇게, 타협할 생각이었지만…….

"어…… 어라?"

지하철 에스컬레이터를 멍하니 내려가고 있을 때, 갑자기 눈앞이 뿌옇게 됐다는 것을 눈치챘다.

난방이 되는 실내에 들어와서 그런 걸까.

아까까지는 그렇게 냉정했는데, 머리가 따뜻해지자…….

"이상하네……. 어린애가, 아닌데……."

이 감정이 분함인지, 슬픔인지, 그것조차 알 수 없다.

작가면서 자기 감정조차 언어화할 수 없다.

그저 충동에 따라 흘러내리는 눈물을, 그치게 하는 자기 컨트롤조차 무리였다.

하아, 정말.

어른의 세계에서 마시로만이 어린애라는 것을 느꼈고, 비참함에 사로잡혔다.

"이럴 때, 아키라면 어떻게 했을까……."

사랑하는 이와의 추억에 매달리고 말았다.

—마시로라는 여자는 정말 못났어.

강해지고 싶은데…….

강해지지 않으면 안 되는데…….

아키에게 의지하지 않아도 되는 존재가, 그가 손을 잡아 끌어주는 게 아니라 옆에서 함께 걷는 존재가 되고 싶은데…….

약간 상처 입었다고, 이렇게 그의 손길을 갈구하다니…….

……정말, 한심하다.

☆오오보시 아키테루 SIDE☆

"우왓, 이게 뭐야?! 사무실 안에서 테러 준비라도 하는 녀석이 있는 거 아냐?!"

오후 열한 시, 늦은 시간에 일어난 일이다.

오늘도 UZA문고 편집부에서 열심히 일하던 나는 슬슬 귀가할 시간이라 주전자 안의 물을 버리고 쓰레기 정리 등의 잡무를 하기 위해 급탕실로 향했다.

밤 열한 시가 「슬슬 귀가할 시간」이라는 건 이상하지 않아? 라는 태클은 일단 제쳐두기로 하고…….

무슨 일이 일어났는지 짤막하게 설명하자면, 쓰레기통 안에 버려진 권총을 발견하고 말았다.

총기 규제 사회인 일본에서 무슨 소리를 하는 건지 이해가 안 될지도 모르지만, 나도 무슨 일이 일어난 건지 모르겠다.

동영상 업로더의 장난일까? 어딘가에 카메라를 들고 있는 사람이 숨어 있는 걸까.

아니, 이런 오피스 빌딩 안에 그런 수상한 침입자가 있는 게 더 무시무시한 일이다.

일단 지문이 남지 않도록 비닐봉지째 쓰레기통에서 꺼낸 후, 권총을 살펴봤다. 처음 들었을 따는 묵직하게 느껴졌지만, 실은 생각보다 가벼웠다. 무게만으로는 진짜인지 가짜인지 판단이 서지 않았다. ……실제로는 확 차이가 나겠지만, 진짜를 들어본 적이 없어서 모르겠네.

무지 유명한 감독의 영화에도 이런 식으로 권총을 아무렇게나 버리는 장면이 있었는데, 도회지에서는 이런 일이 일상다반사인 걸까? 도시는 정말 무서운 곳인걸.

일단 어떻게 처리해야 할지 모르기에, 다른 쓰레기봉투와 함께 권총(추정)도 빌딩 1층으로 가져갔다.

1층에 있는 쓰레기장에 두면, 빌딩 경비원분이 내일 아침 쓰레기 수거차가 오면 버리게 되어 있다.

권총(추정)을 어떻게 할지에 관해서는 경비원 아저씨와 상의해 보기로 했다.

"아, 그거 말이구나. 모델건이니까 괜찮아."

“아, 그렇군요. 다행이에요⋯⋯. 반사회적 세력이 이 빌딩에 출입하나 했어요.”

“하하하. 진짜와는 세세한 부분이 다르고, 무게도 훨씬 가볍거든.”

“흐음. ⋯⋯왜 그렇게 진짜 총에 대해 잘 아는 거죠?”

“게다가 이 빌딩에서 버려진 모델건이 발견되는 일은 그렇게 드물지 않아.”

경비원분은 나의 무시무시한 의문에는 답해주지 않더니, 하던 이야기를 계속했다.

어둠이 느껴지는 것 같으니 좀 더 캐묻고 싶지만, 이어진 이야기 또한 꽤 흥미로웠기에 그쪽에 관심을 가지기로 했다.

“드물지 않다고요? 어, 모델건이 자주 버려지는 건가요?”

“항상 모델건인 건 아니지만 말이지. 석 달에 한 번은 이런 무기 같은 게 발견돼.”

“그, 그런가요. 이 빌딩에는 밀리터리 마니아 같은 사람이 있는 걸까요?”

“으음, 글쎄. 그렇다면 버리지 않을 것 같은데 말이야.”

“그건 그래요⋯⋯.”

“그 무기도 항상 총은 아니야. 모조 칼, 차크람, 도끼, 전기톱, 별의별 무기가 다 있었지.”

“무시무시하네요.”

“괜찮아. 전부 가짜였거든.”

모조 칼은 몰라도 가짜 전기톱은 대체 뭘까.

"아마 무언가와 싸워야만 하는 사람이 다수 드나드는 게
아니려나. ……여기에는 출판사가 있잖아? 권리관계가 복잡
할 테고, 작가와 비즈니스맨의 의견 조율 같은 것도 쉬운 일
은 아니겠지."

"아…… 그렇군요. 하지만, 그렇다고 무기를 가지고 와요?
아무리 가짜라고는 해도요."

"그만큼의 각오로 온 게 아니려나. 뭔가에 매달리고 싶다
는 심정도 이해는 돼. ……뭐, 부적 같은 게 아닐까?"

"필승 기원, 같은 거군요."

신에게 의지하는 건 사고 회로를 정지시키는 짓이란 생각
이 들었다. 어른의 세계에서도 그런 것에 의지하는 게 흔한
일인 걸까.

"신에게 의지하기 전에, 할 일이 있을 것 같은데 말이에요."

"반대야."

"반대……?"

경비원분은 뭔가를 그리워하는 듯한 표정으로 말했다.

"모든 준비를 마치고도 아직 불안이 남아 있는— 그 정도
의 애착을 지닌 사람이니까, 마지막으로 신에게 의지하려
하는 거지."

"아무리 승산을 높이더라도, 안심할 수 없다……는 건가요."

"맞아. 어른의 세계에서는 누구나 자신의 승리를 위해 경

쟁하지. 하지만 살아남는 건 그중에서 한 줌밖에 안 돼. ―
노력과 계산 같은 건 승부의 무대에 올라서기 위한 전제조
건에 지나지 않아. 어쩌면 마지막에 승패를 가르는 건, 진짜
로 보이지 않는 신의 손뿐일지도 모르지. 그것을 부정할 수
있을 만한 데이터는 그 어디에도 존재하지 않으니 말이야.”
　“그래요……. 고마워요. 덕분에 제가 모르는 부분을 배울
수 있었어요.”
　“뭘~. 힘내라고, 젊은이.”
　경비원분에게 감사 인사를 건넨 후, 나는 편집부가 있는
층으로 올라가기 위해 엘리베이터 홀로 이동했다.
　“……………………그런데…….”
　……저 경비원분은 정체가 뭘까.
　스치 지나가며 몇 마디 이야기를 나눌 뿐인 사람이 이렇
게 기억에 선명히 남을 캐릭터성을 지니고 있다니…….
　혹시 도회지 어른은 하나같이 저렇게 캐릭터성이 강한 걸까?
　…………에이, 말도 안 돼.

　편집부가 있는 층으로 돌아갔다. 오후 열한 시가 넘어서
그런지, 남아 있는 편집자도 적었다.
　텅텅 비었다고 해도 과언이 아닌 편집부의 책상 사이를
가르면서 카나리아가 있는 곳으로 향했다.
　그녀의 환한 금발은 눈에 잘 들어온다. 온종일 회의 및 원

고 체크로 바빴을 그녀는 잠든 척을 하는 학생 같은 자세로 침대에 엎드려 있었다.

"카나리아 씨. 슬슬 돌아가지 않겠어요?"

"......................."

"카나리아 씨?"

"....................."

대답이 없다. 시체가 아닌 건 틀림없지만, 상태가 안 좋아 보이는 것도 틀림없다.

"괜찮아요? 몸이 안 좋다면 구급차를 부를게요."

"......됐어."

"아, 대답하네."

아까 내가 건넨 말도 들리기는 한 것 같았다.

그냥 무시당했을 뿐이라고 생각하니 슬프지만, 대답조차 할 수 없을 만큼 정신적으로 궁지에 몰려 있는 걸지도 모른다. 일단은 괜히 캐묻지 않으며, 상대방의 말에 귀를 기울이기로 했다.

"아키 군."

"네. 왜요?"

"부탁 좀 해도 돼?"

"네. 저는 카나리아 씨의 전속 아르바이트니까요. 말만 하세요."

카나리아가 고개를 슬그머니 들었다.

"지금부터 좀 어울려줘."

토라질 대로 토라진 표정인 그녀가, 가라앉을 대로 가라앉은 목소리로 말했다.

"—오늘 밤은, 집에 돌아가고 싶지 않은 기분이야."

"……………………네?"

＊

벽을 요염한 보라색으로 비추고 있는, 분위기 잇는 조명.

90년대 서양화의 한 장면을 연상케 하는 듯한 무드 있는 재즈가 흐르는 실내.

옆에는 볼이 발그레해진 직장 상사(미소녀 회사원).

누가 보기에도, 남자 고등학생이 있어선 안 되는 공간이었다.

그렇다. 이 장소는—.

"마스터~, 뱀파이어 몰트를 스트레이트로 줘!"

"더, 더 마실 거예요? 위스키는 그렇게 벌컥벌컥 들이켜도 괜찮은 건가요?"

"괜찮아쨱, 괜찮아쨱. 카나리아 님은 이래 봬도 술 무지 세거든."

"요즘 오타쿠 문맥에서는 그런 대사 읊는 건 바로 패배 루트인데요."

그렇다. 이 장소는— 회원제 BAR다.

카나리아의 단골 가게이며, 오늘은 전세 냈다고 한다.

원래는 미성년자를 가게에 들이는 것 자체가 문제의 소지가 있지만 단골인 카나리아를 봐서, 그리고 나는 절대로 술을 입에 대지 않는다는 약속으로 가게 입장을 허락해 줬다.

내 입으로 이런 말을 하는 것도 좀 그렇지만, 나는 준법의식이 투철하다. 게다가 평소 무라사키 시키부 선생님의 꼬락서니를 옆에서 봐온 탓에, 술이라는 것이 사람을 매우 비효율적인 존재로 타락시키는 거라고 여겼다. 그래서 어른이 된 후에 술을 마셔보고 싶다는 욕구조차 없었다.

하지만…….

전세를 낸 만큼, 비싼 술을 죽어라 주문하고 있는 것 같은데…… 그래도 너무 과음하는 것 같다는 생각이 들었다.

"꽤 마음이 상했나 보네요. ……그렇게 싫은 일이 있었어요?"

"싫어, 싫어, 정말 싫어~. 완전 최악이야쫙~."

"저녁때 참석했던, 애니메이션 각본 회의 건인가요?"

"응. 『백설공주의 복수교실』― 마키가이 나마코 선생님 작품 건이었어."

"……!"

마키가이 나마코 선생님…… 즉, 마시로의 작품이다.

나는 UZA문고에서 일하게 되면서, 카나리아에게 어느 정도 자초지종을 설명해 뒀다. 그러면서, 마시로의 정체가 마키가이 나마코 선생님이란 사실을 안다는 것도 밝혔다.

……잠깐만.

그렇다면 마시로도 이 빌딩에 왔었던 건가.

아르바이트 따위가 애니메이션 회의 같은 중요한 자리에 참석할 수 있을 리가 없기에, 그 시간대에는 편집부의 자기 자리에서 미디어믹스 관련 감수 업무를 처리하고 있었다.

UZA문고의 간판 작품인 『타워 디펜스에 청춘을 기대하는 건 잘못됐지만 슬라임이라면 문제 없는 건에 관해』(통칭, 타워슬라)의 스마트폰 게임판 감수. 게임 회사가 보내온 CG, 일러스트, 시나리오에 관해 원작과 어긋나는 부분이 없는지 확인하는 작업이었다.

최종적으로는 원작자인 작가님이 판단을 내리지만, 그 전에 편집자가 찾아낼 수 있는 부분이 있다면 파악해 두자……는 게 카나리아의 방침 같았으며, 나는 그 업무를 돕고 있었다.

20여 권이 넘는 원작을 다 읽고, 애니메이션도 4기까지 다 봤으며, 코미컬라이즈도 완벽하게 파악했다.

게다가 작가님이 공유해준 뒷설정 등도 머릿속에 넣고, 게임 회사 측이 보내온 소재를 자료와 비교하면서 꼼꼼하게 확인해 나갔다.

잡일 느낌이 물씬 나는 작업이지만—. 원작을 소중히 여기면서 다른 회사의 어른에게 자기 의견을 똑똑히 제시한다는 이 경험은, 어른의 세계에서 살아가기 위한 큰 밑거름이 될 것이다.

그렇게 생각하며, 오늘도 묵묵히 일을 했다.

설마 그 작업을 하는 사이에, 마시로와 아슬아슬하게 엇갈렸을 줄이야…….

게다가 이야기의 흐름으로 볼 때, 그다지 좋지 않은 일이 벌어졌던 게 틀림없다.

"문제가, 발생했나요?"

"뭐, 그렇다고도 할 수 있을 거야."

"마시로— 마키가이 나마코 선생님은 괜찮으신가요? 돌발적 트러블로 상처를 심하게 입지 않았다면 좋겠네요."

"상처 유무만 본다면…… 심하게 입었을 거야. ……뭐, 그래서 이 카나리아 님도 상처상처 열매의 능력자인 거지만 말이, 야, …… 벌컥, 벌컥, 벌컥쨱."

카나리아는 말을 이으면서 위스키를 벌컥벌컥 들이켰다. 술 마시는 소리 중 일부가 이상했던 건 그녀의 기본 사양인 걸까?

"물어봐도 되는 건지 모르겠지만…… 무슨 일이 있었나요?"

"인터넷에 폭로 안 할 거야?"

"안 해요!"

"정말이려나~. 애니메이션 방송 시기에 자기 재생수 벌려고 『불판 확정! 대인기 작품의 이면은 이렇게 진흙탕이었다!』 같은 동영상을 올리는 게 요즘 유행이거든쨱."

"저는 그런 걸 가장 싫어한다고요. ……그리고 비밀 엄수 계약을 맺었으니까 고소하면 되잖아요."

"뭐, 그건 그래~. 농담~, 농담~. 귀여운 아르바이트를 놀려봤을 뿐이야쨱~."

……알기 어렵지만, 평소보다 더 성가셔진 것 같다.

"애니메이션화에서 흔한 일이야~. 작가의 고집, 중요한 『뼈대』를 지킬 수 있느냐 없느냐의 공방전. 매번 멘탈 직격탄으로 돌아버리겠쨱~."

"하지만 이번에도 지켜낸 거죠? 『타워슬라』처럼요."

"쨱쨱! 아키 군, 관찰력 제로맨이야~? 내가 왜 술을 퍼마시는 것 같아쨱~."

"아…… 그렇구나. 미안해요."

한 소리 듣고서야 눈치챘다.

그래. 술에 취하고 싶을 정도로 스트레스를 받았으니, 실패했다고 생각하는 게 자연스러웠다.

하지만, 나는 도저히―.

"―카나리아 씨가 실패했다는 걸 상상할 수가 없거든요. 무심코 성공을 전제로 생각했어요."

"높이 평가해 주는 건 기쁘지만~. ……카나리아 님은 아이돌이기 이전에 인간이야쨱. 잘 안 풀리는 일도 있어."

안주인 다크 초콜릿을 입술에 끼운 그녀는 무엇보다, 하고 혀가 꼬인 듯한 목소리로 말을 이었다.

"마키가이 선생님을— 마시로 양을 상처입혔어. 최악, 저질이야."

그렇게 말한 그녀는 이 일의 자초지종을 이야기해 줬다.

애니메이션화에 맞춰 주인공의 감정 묘사와 복수 신의 수위를 낮추고 싶다, 는 요청이 들어왔다

그것에 대해 원작 측과 애니메이션 측의 의견이 대립했고, 타협점이 보이지 않는 상황이었다고 한다.

최종적으로는 애니메이션 측을 납득시킬 재료를 찾지 못했기에, 아직 확정은 아니지만 원작 측이 타협하는 형태로 이야기가 진행될 것 같다고 한다.

"마시로의 의견이 받아들여지지 않은 건가요? 원작자인데도요."

"파워 밸런스는 안건에 따라 달라져. 이번에는 애니메이션 측에 빅 네임이 너무 많아. 제작진이 발표된다면 갓애니화~ 하면서 다들 부러워할 테지만 말이지."

"허니플레가 총괄하고 제작은 스튜디오 AORI, 감독은 코와모테 감독이었던가요."

"맞아. 관계자가 전부 실력파야. 이 멤버 상대로는 『카나리아 님이 애니메이션 비즈니스 쪽으로 더 전문가야쨱♪』 같은 건방진 소리는 무리야쨱."

"하지만 실적이 있는 대단한 사람인데도 원작의 『뼈대』를 놓친다는 게 말이 되나요?"

　나도 독자라서『백설공주의 복수교실』의 내용은 잘 알고
있다.
　주인공의 섬세하고 질척질척한 감정에서 비롯된 복수—
그것이 복수 수단도 포함해 한 줄기 사슬로 연결되어 탄생
한, 하나의 예술이다.
　그중 한 가지 요소를 바꾸기만 해도, 이 이야기가 지닌 가
치는 크게 훼손되고 만다.
　최전선에서 싸우는 일류 크리에이터가, 그것을 괜찮다고
여기는 건가?
　"같은 이야기일지라도 애니메이션과 소설은 근본부터 다
르거든. 크리에이터가 소중하게 여기는『핵심』도 미묘하게
달라."
　"애니메이션 측을 뭘 가장 중요하게 여기죠?"
　"—움직임. 애니메이션이라는 단어대로야쨱."
　"어디까지나 이야기가『주』이며, 움직임의 연출은『종』인
거죠?"
　"너는 그렇게 생각하지? 이해해. 대부분의 시청자는 그렇
게 여길 거야."
　"……아닌가요?"
　"감독에 따라 다르다고 봐야 해~. 애니메이션의 세계에는
정반대인 경우도 많거든."
　"정반대…… 어떻게 움직이느냐가『주』이며, 이야기는

『종』……?”

“YES! 보여주고 싶은 그림, 보여주고 싶은 장면, 보여주고 싶은 액션― 그것이 가장 중요하다는 가치관. 이 점만은 그림이나 미술의 세계에서 살아온 인간과, 문예와 이야기의 세계에서 살아온 인간 사이에서 차이가 발생할 수밖에 없어쨲.”

“즉…… 글자로 설명되는 감정에 대한 우선순위가 낮다는 거군요?”

“좋네, 핵심을 바로 짚는걸♪”

너는 장래성이 있다면서 손가락질하는 WEB만화의 아저씨 같은 자세를 취하며, 카나리아는 이어서 말했다.

“실제로 애니메이션 측에는 악의가 없어. 연출로 원작에 가까운 체험을 시청자에게 줄 자신이 있는 것뿐이야.”

“……그렇다면 마시로가 받아들이도록, 설명하면 되는 것 아닌가요?”

“했어. 적어도, 상대방은 했다고 생각할 거야.”

“……네? 으음, 그럼 마시로가 상대방의 내민 손을 뿌리친 건가요……?”

“으음……. 뭐, 마키가이 선생님에게 있어서는 협박 현장이었을 테니까…….”

“협박이라니, 흉흉한 표현이네요.”

“아키 군은 코와모테 감독과 다른 사람들을 본 적 있어?”

“어, 글쎄요. ……아~, 『백설공주』의 각본 회의가 끝났을

즘에 화장실에 갔는데, 그때 엘리베이터를 기다리고 있는 사람들을 봤어요. 혹시 그 사람들이……?"

"거구의 대머리 아저씨가 있었지쩍?"

"아, 네. 있었어요."

"그 사람이야. 완벽, 니어 미스, 엇갈림이야잉꼬!"

카나리아가 잉꼬로 바람피워도 되는 걸까?

내가 그렇게 생각하며 고개를 갸웃거리고 있을 때, 그녀는 손가락으로 안주인— 이번에는 견과류를 집어서 내 얼굴 앞으로 내밀었다.

조그마한 견과류를 쥔 가느다란 손가락을 보고 가슴이 뛰었다.

……어, 에이, 안 먹을 거야. 아~ 같은 걸 할 리가 없잖아.

나는 어디까지나 수행을 위해 카나리아의 밑에 있을 뿐, 흑심은 전혀 없다. 게다가 나한테는 좋아하는 사람이 있으니까, 이런 감미로운 유혹에 흔들려선 안 되는 것이다.

"—어떻게 생각했어?"

"정조를 굳게 지키며 살자고 생각했어요."

"그게~ 아니라~. 코와모테 감독과 애니메이션 제작 측 사람들의 인상 말이야. 언뜻 보니, 어떤 사람으로 보였어?"

"어떤 사람이냐니…… **평범한 아저씨들**이었는데요."

"그렇지~?"

솔직히 말해, 카나리아의 말을 듣고서야 그들이 일류 크리에이터라는 것을 눈치챘다.

그것이 UZA문고에서 일하면서 얻은 것 중 하나다.

필요 이상으로 업계인에게 위축되지 않게 된 것이다.

카나리아의 편리한 손발로서 인기 작가, 일러스트레이터, 만화가, 유명 게임메이커의 프로듀서, 그 외 기타 등등.

처음에는 구름 위의 존재처럼 느껴져서 황송해 어쩔 줄 몰랐지만, 같이 일을 하다 보니 그들의 인간적인 면도 보이기 시작했다.

아아, 한 꺼풀 벗기면 같은 인간이구나…… 하면서 실감하게 된 것이다.

"하지만, 마키가이 선생님의 눈에는 전혀 다르게 보였을 거야~."

"어떻게 보였는데요?"

"완전 무시무시한 야쿠자 패거리."
"관계자들을 야쿠자 취급한 거예요?!"

"실제로는 전혀 아니지만, 마키가이 선생님의 눈에는 그렇게 보였다고 생각해."

"생긴 게 적 같아서 뇌내 보정이 된 건가…… 어?"

"왜 그래?"

"아, 아뇨. 아무것도 아니에요."

혹시 아까 쓰레기통에서 발견한 모델건은…….

……말도 안 돼. 눈빛이 맛 간 마시로가 같이 같이 죽을 각오로 돌격하다니, 말도 안 돼…….

……아니, 말이 안 되진…… 않나……?

왠지 말이 될 듯한 느낌이 들었다. 뭐, 어느 쪽이든 상관 없지만 말이다.

"뭐~, 그런 느낌이었던 거야. 오늘, 마키가이 선생님은 쭉 고독했으리라고 생각해……."

"하지만 카나리아 씨라면 처음부터 끝까지 작가의 편이었 을 거잖아요. 너무 낙심하지 말아요."

"고마워. 하~지~만~ 그걸 아는데도, 낙심하게 된다니 깐……."

카나리아는 뽀로통해진 것처럼 넙죽 엎드리더니, 카운터 테이블에 볼을 댔다.

술에 취한 모습이 마치 무라사키 시키부 선생님을 연상케 했다.

하지만 불가사의하게도 못난 인간이라는 느낌은 들지 않 았다.

"마스터, 드래곤 슬레이어를 록으로 부탁해~."

"오케이."

차분한 인상의 마스터는 주문을 받고 재빨리 선반에서 술 병을 꺼내더니, 잔에 따랐다.

달그락, 하면서 카나리아의 얼굴 옆에 빨간 액체가 담긴 잔이 놓였다.

아까부터 중학교 2학년이 기뻐할 것 같은 이름의 술만 언급됐다. 카나리아의 취미일까.

새빨간 액체를 멍하니 쳐다보는 그녀의 눈이 풀리기 시작했다.

그리고 마치 머나먼 어딘가를 응시하듯 눈을 가늘게 뜨더니—.

"이번 같은 일이 겪으면……. 옛날 일이, 생각 나~."

"옛날 일……."

"카나리아 님이 아직 삐약삐약 병아리였던 시절의 일 말이야."

그리고—.

"어른의 세계에서 나만 어린애였던 시절에…… 사고 친 이야기야."

*

가게 안에 흐르는 재즈의 연대가 10년 정도 과거로 간 듯한 느낌이 들었다.

재즈 지식이 전무한 밀모남(1밀리도 모르는 남자, 의 줄임말)의 센티멘털리즘에 따른 착각이겠지만, 일단 눈치 못 척

빠져들었다.

그녀의 이야기는, 그런 분위기에서 듣고 싶다. —그렇게 생각한 것이다.

"지금은 이런 나지만, 옛날에는 평범하게 그지없는 문학 마니아 사회 초년 수수녀였어."

"진짜인가요. 전혀 상상이 안 되는데요."

"다음에 검은색으로 염색해서 보여줄까? 화장기도 없어서 진짜 평범했다니깐."

카나리아는 그 시절을 그리워하는 투로 말을 이어갔다. 지금은 베테랑인 그녀의 신인 시절은 상상도 안 되지만…… 사람에게는 누구에게나 역사가 있는 것이리라.

"뭐, 스타성이 전무했던 수수녀라도, 소설을 향한 정열과 애착은 남들 곱절이었어. 동경하는 세계에 발을 들인 게 너무 기뻐서 눈이 반짝반짝거렸다니깐. 게다가 UZA문고에는 내가 학생 시절에 완전 팬이었던 동경하는 작가님이 연재진 안에 있었어. 토리사카 레이지 선생님인데, 알아?"

"으음, 죄송해요. 견문이 적어서……."

"아하하, 어쩔 수 없을 거야. 이제까지 한 번도 히트작을 낸 적 없는 작가님이거든."

"……그렇군요."

"나는 좋아했는데 말이야. 근시안적이랄까? 라이트노벨과 소설을 너무 좋아하는 독자라서, 진짜 인기가 보이지 않았어. 업계에 입성한 후에야 처음으로 무엇이 히트작인지, 무엇이 팔리지 않는 작품인지 알게 됐다니깐.”

토리사카 레이지 선생님은 3권 완결, 5권 완결로 시리즈가 끝나는 경우가 많았다고 카나리아는 말했다.

“편집부에서의 업무 경험이 있는 다키 군은 이 이야기를 듣고 어떻게 생각해?”

“단기 연재 중단 단골, 일까요……. 작가님께는 죄송한 말이지만요.”

“맞아. 하지만 내부를 모르는 나는 『짧은 이야기를 재미있게 마무리 짓는 실력파 작가님』이라고 생각했어. 연재 중단이 아니라 일부러 장편을 쓰지 않는 스타일이라고 생각했어. 왜냐하면, 그렇게 재미있는 작품이 팔리지 않는다고는 상상조차 못 했는걸.”

“아무것도 모르는 사람이라면, 그러겠죠.”

나도 이른 단계에서 스마트폰 게임의 핵심 성과지표를 보는 게 습관화되어 있어서, 그런 감각에는 익숙하지 않다.

하지만 나 이외의 클래스메이트를 보면, 스마트폰 게임의 정확한 매상은 모르는 것 같았다.

일반인에게는 우연히 접한 작품이 재미있는가, 없는가만 중요한 것이다.

일부러 스스로 정보를 모으지 않는다면, 실제 숫자는 보이지 않는다.

"토리사카 선생님은 절망하고 있었어. 자기 센스에 따른 작품은 시장에서 받아들여지지 않고, 자기 센스와 다른 길을 모색해 봐도 그 노력은 열매를 맺지 못했지. 그래서 작가를 관두자는 생각을 하기 시작했었어."

"아니……."

"충격적이었어. 동경하던 사람이 자기 커리어에 절망하고 있다는 사실이 말이야."

"그 심정을 이해한다……고 말하면 거짓말이겠죠. 그래도 상상은 될 것 같아요."

마키가이 나마코 선생님이 그런 처지의 작가였다면, 나도 분명 충격을 받았을 것이다.

"그게 카나리아 씨가 친 사고인가요?"

"Non, non. 그 정도를 사고 취급을 한다면 신인 편집자들은 다 울음 터뜨릴 거야."

즉, 이 이야기는 더 이어지는 것이다.

하지만 그것은 방금 에피소드보다 더 괴로운 것이 기다리고 있다는 의미다.

무의식적으로 마른침을 삼켰다.

"나 말이지? 당시 편집장의 지시로 토리사카 선생님의 담당을 맡았어. 전임자가 출판 에이전트 회사로 이직한다고 해서, 자리가 비었거든. 원래 팬이었으니 안성맞춤이라고 여긴 걸 거야. ─첫 담당 작가가 동경하는 토리사카 선생님이어서, 당시에는 정말 감동했다니깐."

"좋은 이야기네요."

"해피 엔딩으로 끝났다면 그랬을지도 몰라. 하지만 유감스럽게도 말이지~? 현실은 가장 끝맺기 좋은 타이밍에 끝나주지 않아."

드래곤 슬레이어로 입술을 살짝 축인 후, 그녀는 자조하듯 미소 지었다.

"기념비적인 내 첫 담당 작품. 토리사카 선생님의 최신작은─ 제1권에서 대폭사. 그의 작품 중에서도 과거에 유례를 찾아볼 수 없는, 처참한 실판매 부수였어."

"폭사…… 어라. 하지만 카나리아 씨는 증쇄 확률 100퍼센트 아니었나요?"

"그건 키라보시 카나리아라는 명의로 편집 활동을 한 후의 이야기야. 본명인 호시노 카나 명의로는 폭사를 경험해봤어. 완전 사기지?"

사기 같다. 하지만 예명이란 그런 거란 생각도 들었다.

"당시의 나는 여러모로 미숙했어. 토리사카 선생님의 분명 재미있으니까, 아름다운 일러스트만 붙으면 분명 팔릴 거라고 믿었어. 내가 정말 좋아하는, 평소의 토리사카 선생님의 작품으로 본문을 써달라고 했어. 그리고 세련되고 아름다운 그림을 그리는, 옛날부터 좋아했던 유명 일러스트레이터분에게 일러스트를 담당해달라고 한 거야. ……이번에는 분명 히트할 거라면서, 발매 전부터 승리의 광경이 눈앞에 펼쳐져 있었어. 그때 인터뷰를 했다면, 고급 주택가의 집 사서 고급 차 몰고 다니고 싶단 소리를 했을 거야."

"허풍을 야유하는 풍조는 좀 그렇다고 생각해요. 자기가 하는 일에 자부심을 가지는 건 나쁜 게 아니니까요."

실제로 그녀는 고급 주택가는 아니지만 고급 맨션에 살고 있으며, 고급 차를 타고 다닐 정도로 성공했다.

"그건 그렇고 이야기를 들어보니, 그렇게 신경 써서 만든 작품이라면 히트할 것 같은데요……. 내용은 재미있죠?"

"물론 최고 걸작이었어. 단…… 내 눈에, 말이지."

"어……."

"독자는 그렇게 판단하지 않았다, 는 거야."

"시장과 핀트가 어긋난 건가요? 카나리아 씨가 너무 틈새 취향이었다, 거나요."

"그랬다면 이야기가 간단했을 텐데 말이지~. 작품을 읽어 본 독자의 감상은 대부분 극찬이었어. 내 감상과 거의 똑같은 감상인 사람이 잔뜩 있었다니깐. SNS와 팬레터 등, 다양한 곳에서 관측됐어."

"그런데, 실제 판매량은 평가에 걸맞지 않았던 거군요."

"응. 이제 와서는 실패 요인을 썩어빠질 만큼 찾아낼 수 있지만…… 딱 하나, 명확하게 문제인 점이 있어. 그게 뭘 것 같아?”

“일러스트가 시대에 어울리지 않았다, 일까요. 실력은 있지만 화풍이 현재의 유행과 미묘하게 다를 수도 있으니까요. 그 외에는, 으음, 작품과의 조합…… 카나리아 씨의 취향에는 맞지만, 독자의 마음에 박힐 수 있는 조합이 아니었다거나요.”

UZA문고의 도우미 업무 덕분에 왠지 그런 감각을 알 수 있게 됐다.

직감적으로「괜찮은걸」하고 생각하는 일러스트도 실제 판매량이 좋지 않은 경우가 있으며, 그 이유가 뭔지 생각해보는 과정에서 머릿속에 떠오른 가설 중 두 개가 바로 이것이다.

하지만 그녀는 조용히 고개를 저었다.

“아키 군이 말한 것도 포함이 되어 있기는 하지만ㅡ.”

그녀는 더 심플한 이유를 언급했다.

“ㅡ작품의 매력을 찰나에 전달하지 못했다. 그게, 패인이야.”

“찰나에…… 전달……?”

갑자기 중2병 단어가 나왔다고 생각했다.

하지만 그녀의 표정은 진지했기에, 나는 농담을 입에 담을 수 없었다.

“사람은 작품을 인지하고, 흥미와 관심을 품으며, 욕구를 느낀 후, 기억을 거친 끝에, 구입 행동에 이르게 돼—. 이것이 작품을 사게 될 때까지의 일련의 흐름이지. 인터넷상에서는 이 흐름에 검색과 공유 같은 프로세스가 들어가는데…… 어쨌든, 우선 인지부터 흥미 관심까지의 선이 그어지지 않으면 **대부분의 사람들은 작품의 존재조차 눈치채지 못해.** 게임의 운영을 해본 아키 군이라면 이 말을 이해할 거야.”

“아…….”

《검은 염소》의 릴리스 직후를 떠올렸다.

인지도가 낮은 시절의 숫자는 참담하기 그지없었다.

크레디트 표기만으로는 마키가이 나마코 선생님이 시나리오 담당이라는 게 알려지지 않았고, SNS상의 안내와 마키가이 나마코 선생님의 후기를 통해 서서히 팬에게 전달됐다.

그림 쪽도 처음에는 무라사키 시키부 선생님의 그림이라는 게 알려지지 않았고, 동인 서클 시절의 팬용 SNS에 공지를 올리면서 겨우 코어한 팬에게도 그 점이 전달됐다.

처음에는 WEB 광고를 할 예산도 없었기에, 그런 식으로 천천히 인지도를 넓혀갔는데…… 어느 날 갑자기, 임계점에 도달한 것처럼 숫자가 확 증가했다.

완만한 상승 곡선에서, 폭발이라도 한 것처럼 급상승 곡선을 그린 것이다.

마키가이 나마코 선생님과 무라사키 시키부 선생님의 팬층 구석구석까지 정보가 전달되었고, 재미도 인정을 받으면서 사람들이 눈사태처럼 몰려들었다.

뒤늦게 스토어 순위가 상승하면서 게임 팬에게도 알려졌고, 높은 평가와 흥미로운 배너 덕분에 다운로드 숫자가 쑥쑥 늘어났다.

처음에 숫자가 늘어나지 않았던 것은 게임 내용에 문제가 있어서가 아니라, 알려지기 위한 노력이 부족해서다.

게임과 책은 다르지만, 본질적으로는 동일할지도 모른다.

"정확하게는, 인간은 흥미 없는 것에는 설령 눈앞에 있더라도 눈치를 못 채. 끈질기게 몇 번이나 보여주거나, 시끌벅적한 소리라도 내지 않는 한 말이지. 이 건물 근처에 아로마 전문점이 있는데, 아키 군은 눈치 못 챘지?"

"전혀요……. 그런 게 있었군요."

"세련되고 귀여운 간판에 『아로마』라는 단어까지 큼지막하게 쓰여 있는데도 그렇잖아. 흥미의 유무에 따라서 보이는 세계가 달라지는 거야."

"……자기 자신을 빗대니, 확 와닿네요."

"당시의 라이트노벨 독자의 흥미를 끌 요소를 담지 못했고, 가장 표면적인 장소에도 충분히 신경을 쓰지 못했다. ……그게 패인이야."

"타이틀, 표지, 띠지…… 신경을 쓸 곳은 얼마든지 있었던 거군요."

"글쎄. 애초에 내용 자체가 대다수 독자의 흥미와 관심을 끌지 못한다면, 아무리 겉을 잘 꾸미더라도 전달은 안 될 거야. ―선전비를 왕창 쏟아부어서 억지로 독자에게 작품을 계속 보여주지 않는 한, 『무관심의 벽』을 넘지 못한다고 생각해."

"뭐……. 그건 정말 너무하네요. 자기가 재미있다고 믿어 의심치 않는 작품이, 그렇게까지 의도하지 않는 한 독자에게 전달되지 않는다니……."

읽어보면, 대다수의 독자도 그 매력을 눈치챌 것이다.

하지만 인간은 흥미와 관심을 가지지 않은 사물은 인지조차 하지 못한다.

무시할 마음조차 없는데도, 뇌는 자연스럽게 그것을 신경쓰지 않는 것이다.

―UZA문고의 아르바이트 업무를 하면서, 느낀 의문이 하나 있다.

그것은 표지의 분위기가 비슷한 작품이 많다는 것이다.

일러스트의 그림체는 천차만별이지만, 작품 장르, 디자인 정리, 타이틀의 방향성…… 「읽는 맛이 비슷하다」는 것을 전력으로 강조하고 있는 것만 같았다.

물론 모든 작품이 그런 것은 아니다. 그중에는 논리적 양식에 따라 만들어진 책도 있다. 하지만 업무를 보면서 눈치채게 될 만큼, 분위기가 비슷한 작품이 많았다.

그저 인기작을 비슷하게 베낀 게 아니다. 계기 없이는 독

자에게 인지조차 안 되는 문제에 대한, 편집부원들 나름의
대답 중 하나일 것이다.

"너무하지? 그리고 그 사실에 절망해서, 기어 올라갈 의
지를 잃은 작가의 말로는 단 하나— 붓을 꺾고, 상업의 무
대에서 영원히 글을 쓰지 않게 돼."

"설마…… 토리사카 선생님도……?"

"맞아. 내 첫 편집 작품은 대폭사였을 뿐만 아니라, 첫 담당
작가이자 동경하는 작가님이 집필을 관두는 직접적인 원인이
되어버렸어. ……아하하. 트라우마가 안 되는 게 이상하다니
깐~."

어느새 추가로 시킨 위스키를 들이켠 그녀는 그 잔이 깨
질 듯이 거칠게 내려놓은 후, 천장을 올려다보았다.

"요즘에도 때때~로 꿈에 나와. 꿈이 망가진 순간의 토리
사카 선생님이 짓고 있던 표정……. 두 번 다시 글을 쓰지
않겠다, 소설이 싫어졌다, 라면서 이제까지 자기가 소중하게
여겼던 것을 욕하는 슬픈 목소리가 말이지."

"카나리아 씨……."

"뭐, 그랬더니 확 죽고 싶어지지 뭐야."

"엇."

"죽는 것보다는 낫겠다 싶어서, 어떻게 하면 이 빌어먹을
환경에서 성공할 수 있는지를 죽도록 공부했어. 히트 작품
은 대체 뭔데? 어떻게 하면 사람들이 작품을 원하는 건데?

어떤 식으로 프로듀스하면 작가가 빛날 수 있는 건데? 라는 것들을 업계 내외부적으로 마구 연구해 보니…… 수단과 방법을 가리지 않으면 뭐든 가능하단 사실을 눈치챘어."

"그 결과가, 키라보시 카나리아?"

"그래. 뭐, 이딴 꼴사나운 짓거리는 그 어떤 업계인도 하려고 들지 않겠지만 말이야. 처음 시작했을 때만 해도 인터넷뿐만 아니라 현실에서도 바보 취급을 당했어. 편집자가 나대지 마라, 실적도 없는 편집자가 대형 출판사에 취직했다고 우쭐댄다, 라는 소리를 들었다니깐."

"……"

한순간이라도 그녀의 아이돌 무브를 보고 「우와, 꼴사나워」 하고 생각했던 과거의 나 자신, 반성해.

이런 절실한 이유로 지금의 방식을 확립시키다니, 너무나도…….

너무나도, 눈부시다.

"누구도 걷지 않는 수라의 길. 독에 걸려 죽을지도 모르는 그 길을, 나아가서 사람들에게 알려주는 거야. 이쪽은 괜찮아. 숨 쉴 수 있어, 하고 말이지. **그래서, 카나리아**인 거야."

"탄광의 카나리아……."

활동명에도 그런 마음이 담겨 있는 건가.

"이제 와서 내가 뭘 하든 토리사카 선생님은 돌아오지 않을 거야. 그래도 만약 돌아온다면, 이번에야말로 선생님의 작품을 대히트시키고 말겠어. 두 번 다시, 내가 담당하는 작가가 꿈을 포기하며 붓을 꺾게 만들지 않을 거야— 그런 일념으로, 키라보시 카나리아는 진화한 후로는 증쇄 확률 100퍼센트 계속 중이야쨱!"

갑자기 카나리아는 하던 말의 끝머리에서 고함을 질렀다.

하지만 곧 풀이 죽더니—.

"……라며, 우쭐대고 있지만……. 오늘, 나는, 마키가이 선생님을 지키지 못했어……."

하아, 하고 한숨을 내쉬었다.

"절대로 양보하고 싶지 않은 진수 같은 부분일 텐데……. 이 일로 마키가이 선생님의 마음이 꾸인다면, 나는 또 같은 실패를 반복한 게 되겠지……. 정말, 카나리아는 조무래기 편집자! 아이돌 행세하며 그렇게 우쭐대는 주제에, 뭐하는 거냔 말이야……! 젠장…… 자기를 믿는 작가 한 명 못 지키면서 무슨 편집자란 건데……. 나는 실격이야……! 마~스~ 터~, 더 독~한 술~ 줘~!!"

"저기, 카나리아 씨. 이제 그만 마시는 게……?!"

이제 혀가 안 돌아가기 시작했다.

내가 보기에도 볼이 완전히 상기됐으며, 눈 또한 반숙 달걀처럼 흐물흐물했다.

나와 시선이 마주친 마스터는 고개를 끄덕였다.

단골의 주량을 파악하고 있는 마스터가 보기에도, 과음했다고 판단한 것이리라.

"이제 그만 마셔요. 네?"

"싫~어~! 죽여야 해! 내 간을 죽여버릴거야쨱~!"

"이대로 망가진다면 그때야말로 편집자 실격이에요! 담당 편집자가 쓰러지면 곤란해지는 작가가 몇 명이나 있는지 알 긴 하냐고요. 마시로도— 마키가이 선생님도, 카나리아 씨가 그런 식으로 책임을 지는 걸 바라지 않을 거라고요!"

"그러면 아키 군이 나를 망가뜨려줘!"

"무슨 소리 하는 거예요?!"

"아키 군이 나를 엉망진창으로 만들란 말이야!"
"진짜로 무슨 소리를 하는 건데요?! 저는 고등학생이라고요!"

틀렸다. 이제 말이 안 통한다.

두 손발을 버둥거리며 응석을 부리는 카나리아를 필사적으로 달래봤지만, 그녀를 말리는 건 정말 어려웠다.

상대는 몸매가 좋은 여성이기에, 어디에 손을 대도 될지 모르겠다.

그 후, 만취한 무라사키 시키부 선생님을 돌보며 얻은 경

© tomari

험치를 최대한 활용한 끝에 어찌어찌 카나리아를 말리는 데
성공했다.

이번만큼은 그 못난 어른에게 감사해야겠다. ……뭐, 내키
지는 않지만 말이지.

술 더 내놔라, 안 된다의 공방전이 되풀이된 끝에—.

힘이 바닥난 그녀는 카운터 테이블에 그대로 넙죽 엎드리
더니, 쌔근~ 쌔근~~ 하는 귀여운 숨소리를 내기 시작했다.

"깰 때까지 여기 있어도 돼."

마스터는 동정하듯 쓴웃음을 머금더니, 상냥한 어조로 그
렇게 말했다.

나는 고개를 저었다.

"괜찮아요. 내일도 일해야 하니까, 누워서 자는 편이 나을
거예요."

"그래? 뭐, 그렇게 해."

"계산은 이 카드로 부탁해요."

"알았어."

카나리아가 맡긴 신용 카드로 결제를 한 후, 나는 늘어진
카나리아를 부축하면서 가게를 나섰다.

…………………．

아무튼, 좀 의외였다.

무적의 아이돌 편집자에게도 실패의 역사가 있었다. 그리
고 실패를 거듭한 바람에 자기혐오에 빠지기도 하는 것이다.

어른의 세계를 알면 아마치 사장에게 대항할 수 있는 인간이 될 수 있으리라고 생각해서 UZA문고 편집부의 문을 두드렸지만, 어쩌면 나는 엄청난 착각에 빠진 것일지도 모른다.

어른은, 프로페셔널은, 약함이나 연약함을 모르는 인간이 아니라…….

약할지라도 몇 번이든 다시 일어서서, 땅바닥을 기면서라도 맞서 싸우는 사람이 아닐까.

……같은 소리를 늘어놓으며 아는 척을 하기에는 아직 이르려나.

☆키라보시 카나리아 SIDE☆

짹짹짹…….

아침이 찾아왔다는 것을 알리는 클리셰적 표현인 참새의 지저귐, **은 아니다.**

『짹짹짹. 아침이야짹. 빨리 일어나서 학교에 가짹.』

『짹짹짹. 아침이야짹. 빨리 일어~나서 회사에 가짹.』

『짹짹짹. 아침이야짹. 빨리 일어나서 서점에 가짹.』

막 잠에서 깬 머리를 세뇌하듯 반복되는 내 육성. 그렇다. UZA문고 디지털 숍에서 호평 발매 중인 키라보시 카나리아의 자명종 보이스 메시지다.

그 목소리가, 다름 아닌 내 스마트폰에서 흘러나왔다.

"으…… 아침부터, 짜증…… 숙취로 지끈한 머리에, 저런 새된 목소리는 독이야쩍……."

후들거리는 손을 뻗어서 스마트폰을 만졌다. 알람 기능 정지. 짜증스러운 목소리가 멎었다.

그리고 몸을 일으켰다.

다시 잠을 청하지는 않았다. 짜증스러운 목소리에 완전히 깬 것이다.

이용자 시점을 체험해 보기 위해 판매되고 있는 음성 데이터를 나도 평소에 쓰고 있지만, 자기가 불쾌하게 느껴지는 것을 보면 이 보이스는 실패인 걸까? ……하지만 결과적으로 잠이 깨기는 했으니, 자명종으로서는 성공이려나.

"아얏……. 아야야……. 허리가……."

잠잘 때의 자세가 안 좋았던 건지, 등과 허리가 아팠다.

이 통증에 깜짝 놀란 나는 허둥지둥 시트를 만져봤다. 감촉과 스프링의 반발력이, 자기 집의 고급품에 비해 약간 별로였다.

(우리 집 침대가…… 아냐……?! 어, 여기는…….)

실내를 둘러보고 있을 때, 흐릿하던 시점과 머릿속이 점점 깨끗해졌다.

필요 최소한의 물건만 갖춰진 좁은 공간과 침대 두 개.

방 안의 침대 두 개는 거의 붙어 있는 거나 다름없을 만큼 가깝게 놓여 있었기에, 이래서는 더블 베드나 별 차이 없다 싶었다.

밖이 보이는 창문과 작은 테이블, 마주 보고 놓인 의자.

거울과 책상과 의자의 기능이 일체화된 호텔 화장대 위에는 텔레비전 모니터도 놓여 있었다.

"호텔……?"

출장 중인 회사원이 묵을 법한 호텔이다.

러브, 가 붙는 호텔이 아니라 다행이다.

술에 취해 기억이 날아간 상황에서의 스캔들 전개는 위험하기 그지없다. 주간지나 폭로 스트리머가 사진이라도 찍혔다간 그대로 나무아미타불을 외우는 상황이 될 것이다.

"어, 하지만 러브가 아니라도 호텔인데…… 어라, 혼자네? 왜—."

혼란에 빠진 채, 기억을 살폈다.

어젯밤에는 일을 마친 흥, 단골 BAR에 가서…….

"아, 일어났군요. 카나리아 씨."

"쨱?!"

목소리에 맞춰 욕실 문이 열리더니, 목욕 가운을 걸친 남자 고등학생— 아키 군, 오오보시 아키테루가 새하얀 김에 휩싸인 채 나왔다.

"저 먼저 씻었어요. 욕조 안의 물을 뺐으니까, 씻으실 거면 다시 물 받을게요. 어떻게 할까요?"

"어, 아, 응……. 자, 잘 부탁해?"

“알았어요.”

태연한 표정으로 그렇게 말한 그는 다시 욕실 안으로 들어갔다.

…………………….

………….

……에이, 에이, 에이, 에이.

무슨 짓을 한 거야! 나, 미성년자 남자애와 호텔에서 하룻밤을 같이 보냈어?!

자기 나이 좀 생각해, 키라보시 카나리아! 아, 열일곱 살이니까 세이프……일 리가 없잖아쨕~! 법률은 캐릭터 설정을 고려해 주지 않아! 바로 체포! 유죄! 길티!

허둥지둥 침대에서 굴러 내려온 후, 실내에 있는 쓰레기통을 살폈다.

그렇고 그런 짓을 한 흔적은…… 좋아. 일단 아무것도 없어. 구체적으로 뭐가 버려져 있으면 안 되는 거냐고? 올바른 성지식을 배운 착한 아이라면 알 거라고만 말해두겠다. 아이돌인 만큼, 구체적인 명칭을 언급하는 건 NG이니 말이다.

혹시 몰라 내 몸도 확인해 봤다. ……음, 묘한 위화감은 없다. 술에 취해서 숙면을 했을 뿐인 것 같다.

좋아아아아아아아아았어, 무죄다아아아아아아!!

“……뭐하는 거예요?”

“─헉! 아아아아아아, 아무것도 아냐쨕. 내 안에 있는 하이드 씨를 취조하고 있었을 뿐이야쨱!"

"지킬 박사와 하이드의 그 하이드인가요? 마음속에 흉악범을 기르는 줄은 몰랐어요."

"야 이 망할 독서가야! 괜히 남이 한 말의 의도를 파헤치지 마쨱!"

"아, 네…… 미안해요."

아키 군은 난처하다는 듯이 볼을 긁적였다.

……아, 미안한 건 나거든? 찔리는 마음을 얼버무리려고 언성 높여서 미안해쨱.

그건 그렇고 곤란하게 됐다. 아까부터 가슴이 격렬하게 뛰고 있었다.

그가 무방비한 목욕 가운 차림인 데다, 무엇보다도 남자와 단둘이 호텔에 묵은 적이 이제까지 한 번도 없었다.

자택에 묵게 하면서도 사적인 생활권인 침실에는 그를 들인 적이 없다.

한집에서 살고 있다고 해도, 고급 타워 맨션은 넓다. 방음도 완벽해서 서로의 생활음조차 들리지 않으며, 다른 침실에서 잔다면 한 지붕 아래에서 살고 있다는 인식이 거의 없다.

하지만 이번은 다르다.

같은 방, 같은 공간에서 잠을 잔 것이다.

잠든 얼굴도 봤을 것이다. 무방비한 모습도 보여줬다.

그게 너무나도 익숙하지 않은 체험이기에, 부끄러운 나머지 온몸에 활활 타올라서 닭꼬치가 되어버릴 것만 같다.

"아, 아키 군…… 저기……."

부끄러움 탓에 혀가 잘 돌아가지 않았다. 그래도 어찌어찌 마음을 굳게 먹으면서, 머뭇머뭇 말을 자아냈다.

"뭐 좀 물어봐도 돼……?"

"네, 물론이죠."

"어젯밤 일이 잘 생각나지 않는데…… 우리, 왜 호텔에 있는 거야……?"

"단골 가게에서 술을 마신 건 기억해요?"

"……어렴풋이 말이야. 꽤 심각한 이야기를 한 기억도, 약간……."

"그 후에 카나리아 씨가 과음으로 잠들어 버렸거든요. 내일도— 아, 이제 오늘이네요. 오늘도 일해야 하니까, 누워서 잘 수 있는 곳이 낫겠다 싶어서 가게에서 데리고 나왔어요."

"왜, 왜 집이 아니라 호텔로 온 거야?"

"그 맨션은 꽤 머니까, 부축해서 거기까지 가는 건 힘들 것 같아서……. 게다가 거기는 들어가려면 ID카드가 필요하잖아요. 카나리아 씨의 짐을 함부로 뒤지는 것도 좀 그렇고, 너무 밖을 어슬렁거리다가 괜한 구경꾼의 눈에 띄기라도 하면 귀찮을 일이 벌어질 것 같았어요. 카나리아 씨는 아이돌이니까요. ……그래서 BAR 근처에 있는 비즈니스 호텔에 가는 편이 좋겠다 싶더라고요."

"아, 아~ 그래서⋯⋯. 미안해. 괜히 신경 쓰게 한 것 같
네⋯⋯."

내가 더 어른인데 말이다. 정말 부끄러워 미칠 것 같다.

"아뇨, 카나리아 씨는 정도는 귀여운 수준이에요. 더 심한
사람도 알거든요."

"귀여⋯⋯ 으으⋯⋯."

나는 그렇게 말하는 아키 군의 얼굴을 무심코 뚫어지게
쳐다보고 말았다.

세세한 부분까지 배려하는 상냥함과, 무방비한 상태인 나
에게 전혀 흑심을 보이지 않는 신사적인 태도.

이 애, 남편감 레벨 너무 높은 거 아냐?

일이 연인인 전문직 여성에게 있어서 이상적인 남편 그 자
체라, 잊은 지 오래된 결혼 욕구가 마구 자극을 받고 있거든?

"맞다, 카나리아 씨. 어제 나눈 이야기에서 이어지는 건데ー."

"미, 미안한데, 아키 군! 나 좀 씻어야겠어!"

"어? 아, 네. 그러세요⋯⋯."

뭔가 할 말이 있는 듯한 그의 말을 끊은 후, 나는 탈의실
로 도망쳤다.

더 이야기를 나누면 위험하다. 얼굴을 계속 쳐다보는 것도
안 된다.

안 그래도 고등학생과의 숙박은 동의를 구하지 않으면 바
로 체포될 수 있는 일인데, 그렇고 그런 감정까지 품었다간

완전히 어른 실격이다. 지금은 일시적인 펀치 드렁크 상태일 뿐이다. 이 나이 들어서 자기한테 좀 상냥하게 대해주는 애를 좋아하게 돼? 그딴 전개는 있을 수 없다고요. 진정해~. 마음을 가라앉혀~. 나~.

염불을 외우면서 옷을 벗은 후, 욕실에 들어갔다.

샤워로 몸과 머리카락을 깨끗하게 하다 보니, 머릿속 닭 꼬치의 상태가 덜 익은 수준까지 진정됐다.

"휴우……. 명상…… 역시 명상이 모든 걸 해결해 줘……."

역시 멘탈 안정에는 목욕과 명상이 최고다.

알몸은 좋다. 실오라기 하나 걸치지 않은 갓 태어난 모습이 되니 정말 릴렉스된다. 마음 같아서는 집안에서 알몸으로 지내고 싶은 지경이다. 자기를 속박하는 것이 단 하나도 존재하지 않는 압도적 해방감. 피부가 공기에 닿기만 해도 모세혈관을 통해 몸 안에 강렬한 「생(生)」의 실감이 전해 졌다.

새하얗고 부드러운 피부에 샤워 물줄기가 닿았다. 키라보시 카나리아가 되면서 처음으로 물들인 금발이, 물에 젖으면서 묵직해졌다.

머리카락과 몸을 얼추 씻은 후, 나는 아키 군이 물을 받아놓은 욕조에 장미 입욕제를 쏟아부은 후에 들어갔다. 입욕제가 갖춰져 있는 것을 보면, 이 비즈니스 호텔도 꽤 센스가 있는 것 같았다.

"하아…… 기분 좋아……."

『저기, 이야기 좀 해도 될까요?』

"무슨 일이야~?"

욕실 밖에서 아키 군의 목소리가 들려오자, 욕실 안에서 울리는 목소리로 대답했다.

『목욕 마치실 때까지 기다릴까도 했는데, 회사에 갈 준비도 해야 할 테니 바빠지기 전에 이야기해 두고 싶어서요.』

"그렇게 체면 차리지 않아도 돼~. 어젯밤의 답례 삼아, 이 누나가 어떤 이야기든 다 들어주겠노라."

『마키가이 선생님의 애니메이션 건 말인데요. ―역시 납득이 안 돼요.』

"……그래서?"

『확실히 애니메이션은 이야기가 아니라 영상을 어떻게 보여주는지가 핵심이 되는 예술이에요. 하지만 소설의 편집자는 이야기를 어떻게 보여주는지가 핵심인 세계에서 살아가는 프로면서도, 삽화와 컬러 일러스트의 선정에서 연출과 비주얼에 관해 생각하잖아요?』

"그렇기는 해. 거기서 편집자의 실력이 드러난다고도 할 수 있거든. 일류 편집자라면 그런 부분의 센스도 좋을 거야."

『그렇다면, 일류 애니메이션 감독 또한 이야기 전체에서 가장 손대선 안 되는 부분에 둔감할 리가 없지 않을까요?』

"…………앗!"

나는 숨을 삼켰다.

물론 그 논리 자체는 애초에 내 머릿속에 있었다. 일류 애니메이션 감독이 이야기의 핵심이 되는 부분에 어두울 리가 없다.

하지만 회의 자리에서 『백설공주의 복수교실』의 핵심을 가볍게 여기는 제안을 받고 상대의 역량을 직감적으로 낮게 여기고 말았다. ……정확하게는, 실망하고 만 것이다.

『코와모테 감독이 진짜로 일류 감독이라면, 같은 문제점을 인식하고 있을 거예요. 이번에 제안받은 원작의 수정 방법이 진짜로 감독 혼자만의 판단에 따른 최선책인가, 아니면 다른 이의 의견을 받아들인 차선책인가. 그 점에 대해 속내를 터놓고, 살펴보는 편이 좋지 않을까요.』

"속내를 터놓고……."

『어제, 카나리아 씨의 과거 이야기를 듣고 생각했어요. 아무리 대단한 사람일지라도 미숙했던 시절이 있고, 좌절과 실패와 분한 경험을 거듭한 끝에 현재에 이르렀다는걸요. 당연한 일인데 어찌 된 건지 깜빡했다는 것을 깨달을 때가 있어요. 하지만 그건 어쩔 수 없는 일일 거예요. 왜냐하면 어른은 술이라도 들어가지 않으면 속내를 터놓고 이야기할 수 없으니까요.』

"뭐, 그건 그래. 비즈니스의 세계에서는 자신의 속내를 터놓는 건, 전장에 알몸으로 나서는 거나 다름없는걸."

『알몸이 가장 자연스럽고, 가장 편하잖아요.』

“내 머릿속을 에스퍼해서 한판승 거두지 말아줄래?”

『네?』

“아, 혼잣말이니까 신경쓰지마쨰.”

아까까지 알몸에 관해 철학적으로 사색하고 있었던 것을 들키지는 않은 것 같았다. 하긴, 모 스파이 만화도 아니고 타고 난 에스퍼 인간이 있을 리 없다. 그리고 기왕 마음을 읽었다면 알몸 철학보다 미성년자 상대로 콩닥콩닥 사안이 더 대미지가 클 것이다.

아무튼…….

아키 군의 말은 일리 있었다.

확실히 이번에 누가 마키가이 선생님의 원작에 트집을 잡은 건지 파헤쳐볼 가치는 있을 것이다.

애니메이션 측의 의견은 통일되었다고 보여줘야만 할 것이며, 설령 감독이 나름대로 생각하는 바가 있을지라도 어쩔 수 없이 뜻을 굽힌 것일지도 모른다.

감독만 같은 편으로 만든다면, 마키가이 나마코 선생님이 바라는 방침으로 전환하는 것도 가능할 것이다!

“—좋아. 결심했어.”

주먹을 말아쥐며, 욕조에서 몸을 일으켰다.

“아키 군, 수건 줘.”

“네.”

내가 욕조에서 나오는 기척을 감치한 건지, 그는 욕실 문을 반쯤 열고 목욕 수건만 안으로 내밀었다.

나는 그 목욕 수건으로 젖은 몸을 닦으면서―.

"역시, 능력 있는 아르바이트라니깐♪ 오늘 스케줄은 전부 취소야. 예정을 변경해서, 외출할래."

"알겠어요. 카나리아 씨가 없는 동안에 제가 처리해 놨으면 하는 작업이 있다면 해둘 테니까, 지시를 내려주세요."

"Non, non. 지시는 있지만, 작업은 없어쨱."

문이 활짝 열렸다.

아키 군이 깜짝 놀란 것처럼 눈을 치켜뜨며 내 쪽을 쳐다봤다. 유감이지만, 목욕 수건으로 알몸을 가렸어요. 너무 기대하지 마, 청소년♪

뇌가 원래 컨디션으로 되돌아왔다.

나에게 헌신하는 그를 향해, 어른의 세계에서 살고 있는 주민답지 않은 미소를 지어 보였다.

"너도 따라 와. 키라보시 카나리아의 전쟁을, 봐줬으면해쨱."

"……알았어요. 그런 거라면, 함께하겠어요."

자, 각오는 됐어? 나.

각오? ……그딴 건, 호시노 카나라는 이름을 버릴 때, 이미 했다.

설령 전장에서 죽는 한이 있더라도…….

어른의 세계의 논리에 져서, 민폐 덩어리 어린애 취급을
당할지라도…….
—『뼈대』만은, 포기할 수 없다.

＊

『왜 아키는 나와 카나리아 씨를 대하는 태도가 저렇게 다
른 거야?! 같은 주정뱅이잖아!』
『무라사키 시키부 선생님은 마감을 째거나 BL 시선 같은
여죄가 너무 많아서예요.』
『으극……. 하, 하지만 카나리아 씨도 자칭 열일곱 살에 짜
증나는 아이돌 무브 같은 감점 요소가 꽤 있는데!』
『전부 아키한테 폐가 되지 않는 거겠죠.』
『그건 그래!』
『그리고 아키는 짜증스러운 걸 싫어하지 않거든요.』
『아…… 그러고 보니, 이로하는 요즘 어쩌고 있을까? 얼마
전에 오디션 이야기가 나온 후로는 출연 분량이 없잖아. 뭐,
나만큼은 아니지만…….』
『무라사키 시키부 선생님의 출연 분량이 적은 건 이젠 기
본 설정이니까요.』
『너무해!』
『뭐, 이로하는 걱정 안 해도 돼요. 아키와 이로하는 아무

리 떨어져 있더라도, 최종적으로 다시 모이게 되는 짜증 인과율 속에 있거든요. 아마 어딘가에서 두 사람의 운명은 다시 교차되지 않으려나요.』

『이과 쪽 인간이 국어를 극복하니, 대사가 쓸데없이 장대해지네…….』

☆코히나타 이로하 SIDE☆

크리스마스 이브 전날인 12월 23일 아침.

성스러운 밤 직전이지만 평일은 평일이기에, 딱히 특별할 게 없는 아침이었다. 등교 준비를 마친 나는 교복이 구겨지는 것을 개의치 않으며 침대에 벌러덩 드러누워서 스마트폰을 쳐다봤다.

화면 안에서는 2차원 캐릭터가 꼬물거리고 있었다.

『좋은 모닝 부에노스 본조르노~! 이 몸은 고양이귀 성인(聖人), 네코네코네코코다캣!』

"으~음······ 국적이 완전 국제 미아 같아서 이해가 잘 안 돼······."

손가락으로 화면을 밀어서 다음 영상으로 넘어갔다.

『굿 제우스~. 신인 제우스 님을 숭배하는 신자들이여~. 오늘도 명상 귀 할짝 ASMR 방송을 할 테니, 헌금챗을 잊지 말거라~.』

"디지털 종교야······. 이런 것도 있구나······."

참고로 헌금챗이라는 것은 헌금 슈퍼챗을 말한다고 한다.

이 Vtuber 특유의 단어인 것 같았다.

다음.

『아~ 아~, 아…… 앗, 들려? 그럼 적당히 시작해볼까~.』

"앗, 오토이 씨 같은 분위기의 사람이네. 흐음, 이런 걸 다 우너 타입이라고 하는구나."

꽤 인기가 있는 것 같았다. 오토이 씨도 Vtuber를 시작하면 의외로 잘 나갈지도 모른다.

뭐, 그 사람은 귀찮아서 안 할 테지만 말이다.

다음.

『갸하하하! 이런 시간에 동접자가 5천 명? 웃기네~! 어이, 학교 빼먹지 마~ ㅋㅋㅋ』

"아침부터 텐션이 하늘을 찌르네! 짜증나! ……어, 하지만 이렇게 인기 있구나. 흐음……."

아침 일찍부터 이 텐션은 힘들 텐데 말이다. 그런데도 인기가 있다니, 이 세상 남자들은 성적 취향이 붕괴된 걸까.

……어라? 왠지 뭔가가 미묘하게 마음에 걸려. 대체 뭘까…….

마치 가시가 목에 걸린 것 같달까, 부메랑이 뒤통수에 꽂힌 것 같달까…….

뭐, 됐어. 다음.

『이게 오늘 아침 식사예요. 뒷산에서 채취한 못페케 풀을 우리 집 비전의 호누로 즙에 절여서 낫토와 함께 믹서로 간

못파리 스무디. 원가 100엔으로 만들 수 있는 손쉬운 아침

이니까 가난한 학생에게 추천해요.』

"담담하게 정체불명의 식재료로 만든 아침을 추천하고 있

어! 우와, 섬뜩해!"

본인이 개그 삼아 저런 말을 하는 게 아니라는 점이 너무

섬뜩했다. 채팅란에서도 그녀의 발언이 전부 진실이라는 전

제하에 자연스럽게 대화가 이어지고 있어서, 심연을 들여다

본 듯한 감각에 사로잡혔다.

다음. ─어, 어라? LIME 메시지가 왔다.

동영상 애플리케이션을 끄고 LIME을 켰다. 사사라한테

서 온 거라면 바로 그냥 무시해 버려야지…… 하고 생각하

면서 보낸 사람을 확인한 순간, 벌떡 일어났다.

"선배?! 선배잖아요오오오오!!"

오랫동안 연락이 안 된 AKI─ 우리의 선배, 오오보시 아

키테루의 이름이 표시되어 있었다!

오토이 씨를 통해 《5층 동맹》에 지시만 내리는 BOT이 됐

던 선배가 자신의 의지로 나에게 연락을 한 것이다!

게다가 《5층 동맹》의 LIME 그룹이 아니라, 나와의 다이

렉트 채팅…….

─헉! 오늘은 크리스마스이브 전날.

혹시, 만약에, 어쩌면, 데이트 신청일지도 몰라!

정말, 선배는 의지가 약하다니깐! 수행해서 강해질 때까지

돌아오지 않겠다는 듯이 증발했으면서, 성스러운 밤을 앞두고 이로하 님이 그리워진 나머지 연락한 거야?! 진짜 어쩔 수가 없네~! 이야~, 나는 성우 수행으로 바쁜데 말이야~. 선배가 정~ 만나고 싶다고 한다면 못 만나줄 것도 없긴 한데~.

《AKI》 마시로가 어쩌고 있는지 살펴주지 않겠어? 혹시 낙심했다면 위로해줬으면 해

"…………."
추욱…… 하고 기분이 가라앉았다.
고대 인터넷에서 유명했던 외국인 2컷(스미레 쌤에게 들었다)에 버금갈 정도로 텐션이 급락했다.

"간만에 연락해서 한다는 게 딴 여자 이야기라니, 왓 더 F●CK?!"

맙소사, 란 의미의 영어 비속어를 외치고 말았다.
"하아…… 선배는 정말 변함이 없다니깐~. 수행은 어떻게 된 거냐고~. 전혀 변함이 없잖아요, 정말~."
한숨을 내쉬었다. 그랬더니 마음도 자연스럽게 릴렉스가 되었고, 머릿속이 냉정함을 되찾았다.
"마시로 선배한테 무슨 일 있는 걸까……."

© tomari

그렇다면 평범하게 걱정이 됐다. 선배가 내 사랑의 라이벌을 신경 써! 라며 눈을 부라리기보단, 순수하게 마시로 선배가 걱정됐다.

그것도 그럴 게, 친구니까 말이죠.

시계를 보니 아직 집을 나서기엔 이른 시간이다. 좋아~ 하고 말하며 마음을 다진 나는 체조 선수처럼 침대에서 벌떡 일어났다.

"어디 한 번 가볼까요! 돌격! 옆의 옆집인 마시로 선배 하우스로~!"

*

"마~시로 선배! 마시로 선배! 마시로~ 선배! 마시로 선배애애애애애애애애!!"

딩동딩동딩동딩동딩동딩동동동동동동동————!!

"시끄러워. 바보야? 짜증 덩어리야?"
"짜증 덩어리 쪽이에요!"

……이런 대화를 나눈 후, 나는 마시로 선배의 방으로 안내됐다.

처음 와본 마시로 선배의 집 거실은 한마디로 말해 혼잡

그 자체였다.

소파 하나, 커다란 텔레비전 모니터 하나. 여기까지는 일반적인 가정 풍경(우리 집에는 텔레비전이 없지만, 그 점은 제쳐두기로 하고)이라고 생각한다.

문제는 여기서부터다. 방 안 곳곳어 종이 상자가 쌓여 있었다. 텔레비전 옆과 소파 옆에도 억지로 밀어 넣은 것처럼 종이 상자가 놓여 있으며, 그런 상자가 겹겹이 쌓인 탓에 아래편의 상자는 무게를 견디지 못하고 구겨져 있었다.

"변변찮은 건 없지만……."

부엌에서 나온 마시로 선배는 캔 주스 두 개를 손에 쥐고 있었다.

그중 하나를 나에게 내밀었다.

"받아, 토마토 주스야."

"아, 네. 고마워요. ……저기, 물어봐도 되는 건지 모르겠지만……."

"아…… 저것 말이구나."

내 시선이 향한 곳만 보고도, 질문 내용을 눈치챈 것 같았다.

마시로 선배는 소파에 걸터앉더니, 토마토 주스의 뚜껑을 따면서 말했다.

"출판된 책의 견본과 굿즈의 견본이야. 어마어마하게 쏟아져 들어오니까, 저렇게 쌓아뒀어."

"오오! 정말인가요! 왠지 작가 같네요!"

"작가 맞아. ……기억이라도 잃었어?"

"아, 맞다. 그랬죠. 이해는 하고 있지만, 현실로 받아들이지 못해서요. 아하하…….."

마시로 선배의 정체는 인기 라이트노벨 작가인 마키가이 나마코 선생님이다.

이렇게 적어놓으면 헷갈릴 여지가 없는 단순한 인과관계지만, 작가다운 일면을 보니 그것과 마시로 선배를 바로 연결 지을 수가 없다니깐~.

"작가의 방은 상상했던 것과 전혀 다르네요."

"어떤 방을 상상했는데?"

"뭐랄까, 벽 한 면이 책장이고, 책이 잔뜩 있는……."

"책이 잔뜩 있긴 해. 전부 내가 쓴 책이지만 말이야."

"책장 이즈 어디……?"

"방에는 있어. ……사적인 공간이니까, 안 보여줄 거야."

"어. 그런 말 들으니 되게 신경 쓰이는데요! 마시로 선배, 혹시 방에다 야한 걸 숨겨놨어요?!"

"뭐…… 그, 그럴 리가 없잖아. 말도 안 되는 소리 마."

"에이~, 정말일까요~. 찔리는 구석이 없다면 보여줄 수 있지 않아요~?"

"짜, 짜증나. ……그것보다, 무슨 일이야? 그냥 놀리러 왔어?"

"아! 맞아요!"

나는 손뼉을 쳤다. 지극히 자연스럽게 별것 아닌 대화에 돌입해서 깜빡했다.

"마시로 선배가 낙심했을지도 모른다는 이야기를 들었어요. 완전히 맛 가서 멘탈 박살 우울 모드가 되려고 하는 마시로 선배를 이로하 님의 건강미 넘치는 치근덕으로 디톡스 해줄까 해서요!"

"……! ……그걸 어떻게 알았어?"

"이야~, 선배한테서 메시지가 왔거든요."

"……뭐? 이로하 양은 계속 연락이 됐던 거야?"

"히익~. 다른 의미에서 멘탈이 박살 나는 중?! 아아아, 아니에요! 오늘 아침에 느닷없이 그런 내용의 메시지를 받았을 뿐이라고요!"

"흐음……. 뭐, 됐어. 그런데 아키는 어떻게 마시로의 근황을 안 걸까. 마시로가 걱정된다면 직접 LIME으로 연락하면 될 텐데……."

여전히 의심의 눈초리를 거두지 않은 마시로 선배가 그렇게 중얼거리며 생각에 잠겼다.

그러고 보니, 나야말로 마시로 선배가 선배와 몰래 연락을 주고받는 건 아니냐고 의심해도 될 것 같은데 말이야. 뭐, 모든 가면을 벗어던지고 정정당당한 길을 나아가는 마시로 선배가 거짓말을 할 리 없을 거야.

"그 말은 낙심할 만한 일이 있었던 건 맞나 보네요."

"······낙심한 적 없어."

"어두운 표정으로 그렇게 말해봤자 설득력 없거든요?"

나는 딸깍 소리 나게 뚜껑을 따고 주스를 마셨다. ······아, 맛있네.

소파 위에 무릎을 끌어안고 앉아서 주스를 홀짝이는 내 옆— 사람 한 명 앉은 공간을 띄우고 마시로 선배가 앉았다.

"『백설공주의 복수교실』이 애니메이션화된다는 이야기는 했지? 지금은 각본 회의에서 어떤 애니메이션으로 만들지를 논의하고 있어."

"전에 이야기했었죠? 으음~, 수고 많으시네요."

이런 식의 반응에도 아직 익숙해지지 않았다.

주위에 애니메이션화가 결정된 레벨의 작가가 있다니, 느낌이 이상했다.

가족이 텐치도의 사장인 시점에서 이런 일로 뭘 놀라고 그러는 건가 싶지만 말이다.

하지만 친구라 여기며 대한 상대가 실은 프로 소설가였어요! 라는 일에는 익숙해지는 데 시간이 걸릴 것 같았다.

"······왠지, 마시로는 어린애다 싶어."

"그럴 거예요. 저희는 미성년자잖아요."

"그런 진지 댓글 됐거든? 어디까지나 비유야."

마시로 선배는 토라진 것처럼 볼을 부풀렸다.

그 모습은 마시로 선배답지만, 마키가이 나마코 선생님답

냐면 좀 미묘했다.

"마시로, 최선을 다했어. 어른들 사이에 섞여서, 소중한 걸 지키려 했어."

천천히, 토마토 주스를 입안으로 맛보고 있는 듯한 속도로…….

마시로는 각본회의에서 있었던 일을 이야기했다.

작품에는 소중히 여기는『뼈대』가 있으며…….

애니메이션 제작 측은 그 소중한『뼈대』를 빼고 싶어 한다.

적진에서 누구에게도 이해받지 못하는 상황에서도 자신의 희망을 관철하려 발버둥 쳤지만, 역시 뜻대로 되지 않았다.

그런 이야기를 느릿느릿 이어간 마시로 선배는 갑자기 웃음을 흘렸다.

"마시로는 참 재멋대로지?"

"그렇지는……. 원작자에게 그 정도는 당연한 거잖아요."

"아냐, 실은 마시로도 알아. ……감독과 프로듀서의 의견이 옳다는 걸 말이야. 알면서도, 괜히 맞섰어. 쓸데없이 다른 사람들의 시간을 빼앗은 거야. ……어리광을 부려서 부모에게 폐를 끼치는 어린애 같아."

마치 말로 자해를 하는 것 같았다. 자기 자신을 상처 입히고 싶어서 일부러 저런 자학적인 말을 하는 마시로 선배의 모습은, 듣고 있을 뿐인 내 마음까지도 젖어 들게 했다.

어른. 어린애. 폐. 단어 하나하나가 가느다란 가시가 되어서, 가슴 깊은 곳의 손이 닿지 않는 곳을 찔러댔다.

나와 마시로 선배는 이런 부분이 닮았다.

자기 자신을 더 드러내고 싶지만, 드러내야만 한다고 생각하지만, 그런 행동이 다른 사람에게 폐가 되거나 미움을 사거나 실망을 끼치는 걸 싫어한…… 아니…… 무서워한다.

그래서 나는 선배에게만 짜증스럽게 굴 수 있고, 마시로 선배 또한 선배에게만 매몰찬 태도를 취하는 것이다.

하지만 그것만으로는 안 된다. 이 앞의 세계를 보고 싶다면, 세계를 넓혀야만 한다.

문화제 때 들었던, 여자 마음을 모르는 선배의 어처구니없는 망언이 이제 와서 소중한 의미를 지니게 됐다.

짜증스럽지만 매력적인 나를, 다른 사람에게도 알려주고 싶다. 즉, 그것은 나라는 연기자를 세상에 알리기 위해서는 미움받을 각오를 하며 세상을 넓혀 나가는 편이 좋다는 의미이기도 했다.

"폐를 끼치면 돼요."

"뭐……?"

"안 그래요? 지금 마시로 선배는 민폐를 받고 있잖아요. 까놓고 말해, 상대방이 선배에게 짜증나게 굴고 있는 거죠."

"어…… 아니, 업무 상대에게, 그런 표현은……."

"짜증 무브를 받고 있는 게 맞거든요? 짜증 전문가인 제 말이니까 틀림없어요."

“되게 수상한 전문가네.”

“전문가 중에 수상하지 않은 사람은 없으니까 오케이!”

“완전 편견이네…….”

“제가 선배한테 짜증나게 굴면, 선배는 바로 반격하잖아요? 당하면, 갚아준다. 상관없는 사람이 보면 사이가 나빠 보일지도 모르지만, 그 덕분에 균형이 유지된다고 생각해요. 질량 보존의 법칙 같은 거죠.”

“선제공격을 한 이로하 양이 더 죄가 무겁다고 생각해…….”

“하지만 선배는 내추럴 본으로 짜증 포인트를 쌓아가는 타입이거든요. 억지스럽고요. 한 번 결정하면 무조건 밀어붙인다니까요. 상대를 휘둘러대기도 해요.”

“아…… 동의해.”

“그래서 밸런스가 유지되는 거예요. 하지만 마시로 선배는 지금 일방적으로 치근덕을 당하기만 하는 상황이잖아요?”

“업무상의 의견 대립을 치근덕에 비유한다면…… 그렇게 볼 수 있을 거야.”

“기분이 안 좋은 건 그 탓 아닐까요? 당하면, 갚아준다. 상대가 막 떠넘긴다면, 이쪽에서도 떠넘겨주면 돼요. 그러면 균형이 잡힐 거라고요☆”

내가 생각해도 말이 참 안 되는 논리다.

하지만 본심이란 것은 아무리 억눌러도 달라지지 않는다. 억지로 숨기면서 자신이 괴로워진다면, 결국 상대방에게도 그 본심이 새어 나가면서 분위기가 미묘해지는 것이다―.

몇 년 동안, 어머니를 상대로 그렇게 해온 나이기에, 잘 안다.

내 본심을 안 엄마는, 이러쿵저러쿵하면서도 내 성우 활동을 허락하며 환경까지 갖춰줬다.

물론 그것은 선배 덕분이다.

그저 숨기며 억누르기만 해선, 분명 이 미래에 도달하지 못했을 것이다.

"현장에 폐를 끼치고, 미움을 사면 어쩌지? ―완전히 고립되면서, 성가신 원작자라는 낙인이 찍히면 어쩌지?"

알고 있다. 본심을 드러냈다가 실패하기라도 하면…… 그런 걱정 탓에 좀처럼 걸음을 내딛지 못하는 마음 말이다.

나도 그랬다. 엄마가 알면 슬퍼할 것이다. 어쩌면 앞으로 쭉 내 앞에서 웃어주지 않을지도 모른다. 그 가능성이 머릿속을 스친 게 한두 번이 아니다.

그래도 《5층 동맹》의 성우로서, 선배와 함께 활동을 계속하기로 마음먹은 것은…….

이 억지 끝에 슬픈 일이 기다리고 있을지라도, 선배만은 나를 배신하지 않고 쭉 곁에 있어 주리라고 생각해서다.

안심할 수 있는, 언제든 의지할 수 있는, 절대 안전지대.

"괜찮아요."

그것을, 선배가 나에게 줬다.

그리고 이번에는, 내가 마시로 선배에게 주자.

"업계 사람들에게 어떻게 보이든, 저는 반드시 마시로 선배의 편이 되어줄게요. 물론 선배도, 다른 《5층 동맹》 동료들도 마찬가지예요. 겨우 어른 몇 명에게 미움을 받는다고 인생이 종치진 않는다고요. 마음 놓고 미움받으면 돼요."

"이로하 양……."

들릴락 말락 하는 목소리로 그렇게 말한 마시로 선배는 불안에 떠는 것처럼 몸을 움츠렸다.

나는 그런 연상 친구의 어깨를 꼭 안아줬다.

따뜻하다.

새하얗고, 가녀리며, 차가운 외모를 여자애가 몸을 밀착시키면 이렇게 따뜻할 줄이야.

역시 그녀의 내면에는 뜨거운 무언가가 존재하는 것이다.

냉정한 척을 해도, 어른이 되자며 허세를 부려도, 『뼈대』를 지키고 싶다는 정열의 불꽃은 사라지지 않은 채 활활 타오르고 있다. 몸의 표면까지 그 열기가 새어 나오고 있다.

그래서 나는, 마시로 선배가 안심하고 그 열기를 몸 밖으로 뿜어낼 수 있도록…….

선배가 나에게 해줬던 것처럼, 나도 마시로 선배가 안심할 수 있는 장소가 될 수 있도록…….

"괜찮아요, 마시로 선배. 마시로 선배한테는 제가 있잖아요."

있는 그대로의 그녀라는 존재를 긍정했다.

© tomari

처음에는 놀라면서 딱딱하게 굳었던 마시로 선배의 얼굴도, 몸의 심지에서 열기가 새어 나오면서 점점 부드러워지더니…….

"고마워, 이로하 양. ……정말 좋아해."

꼬옥.

머뭇거리면서도, 힘이 담긴 손길로…….

나를 마주 안아줬다.

적에게 도움을 준 격이지만, 나는 이 일을 후회하지 않을 것이다.

마시로 선배는, 사랑의 라이벌. 마시로 선배는, 친구.

양쪽 다 나에게는 진실이니까, 마시로 선배가 낙심하거나 고민에 빠져 있다면, 손을 내밀어주는 게 당연했다.

게다가 만약 처지가 뒤바뀐다면, 마시로 선배도 분명 저를 도와줄 거라고 생각하거든요?

선배를 차지하기 위해 경쟁하고 있는 라이벌인 만큼, 자기만 별로인 여자가 될 수는 없다고요.

타산적?

하지만, 상대방을 낭떠러지로 떨어뜨리지 않는 타산이라면 웰컴. 결과적으로 모두 다 해피해진다면 대성공.

그것이야말로, 나와 마시로 선배의 관계에 있어서의 『균형』이라고 생각한다.

결국 우리는 누가 먼저랄 것 없이 부끄러워져서 몸을 뗄 때까지, 쭉 서로의 체온을 느끼고 있었다.

☆**오오보시 아키테루 SIDE**☆

《오토이》— 진척 상황은 여기까지. 일단 25일 갱신 재개 준비는 순조로워〜.

《AKI》 고마워요.

《AKI》 덕분에 예정대로 『검은 염소』 팬에게 크리스마스 선물을 전달할 수 있겠어요.

《오토이》 다 같이 뒤풀이 크리스마스 파티를 할 것 같은데, AKI는 올 거야〜?

"…………."

LIME 메시지를 입력하는 손이 움직임을 멈췄다.

잠시 자기 생각을 정리한 후, 나는 다시 글자를 입력했다.

《AKI》 아뇨…… 일단 불참인 거로 해줘요. 다른 사람에게 잘 부탁한다고 전해줘요.

《오토이》 OK.

이유도 묻지 않고 알파벳 두 글자로 대답하고 끝이라니,

오토이 씨란 사람은 정말 센스있는 사람이다 싶었다.

괜한 말을 하지 않는 주의라기보다, 괜한 말을 꺼내는 것 자체가 귀찮을 뿐이겠지만 말이다.

나는 스마트폰에서 눈을 떼며 고개를 들었다. 화장실에 갔던 동행자가 기다렸지쨱? 하고 말하면서 종종걸음으로 다가왔다.

투명한 창문을 통해 해 질 녘의 붉은 빛이 스며들어왔다.

마천루 같은 빌딩의 1층 로비는 박물관이라고 해도 될 만큼 넓었으며, 계단통 구조로 된 이 공간에 목소리가 울려퍼졌다.

어느 디자이너가 고안한 건지 모르는 기발한 우주 생물 같은 소파에서 몸을 일으킨 나는 자신을 향해 뛰어오는 여자 상사, 키라보시 카나리아— 카나리아를 향해 걸음을 옮겼다.

"약속 시간까지 5분 남았어요. 슬슬 가볼까요?"

"YES! 기분은 자폭 특공대! 레츠 번지~!"

"무시무시한 소리 좀 하지 마세요."

"귀여운 목소리로는 어떤 말을 해도 괜찮아쨱."

진리였다.

하지만 이곳은 보안 의식이 엄청난 대기업의 본사 빌딩인 만큼, 입을 잘못 놀렸다가 그대로 잡혀갈 가능성도 충분히 있었다.

그렇다. 이곳은 주식회사 허니플레이스 워크스 본사.

도쿄의 역과 직접 연결된 우수한 입지 조건.

건물 전체가 자사 빌딩이라고 하는 호화로운 환경.

방대한 숫자의 사원이 활동하기 충분한 면적.

허니플레이스 워크스의 브랜드 파워를 과시하는 듯한 위용이었으며, 건물 안에 있는 것만으로 거대한 맹수의 위장에 삼켜진 듯한 착각에 사로잡혔다.

"긴장 non, non! 너는 옆에 있기만 하면 돼♪"

"네. 한 수 배우겠어요."

그렇다. 오늘은 카나리아의 날이다.

나는 어디까지나 옆에서 그녀의 싸움을 지켜보면서 기록할 뿐인, 홈즈에게 있어서의 왓슨 역할이다. 그러니 어깨에 들어간 힘을 빼자.

안내 데스크에서 약속 시간과 담당자의 이름을 전달하고 카드키를 건네받은 후, 엘리베이터를 타고 지정된 층까지 올라갔다.

주위에는 역대 허니플레 작품의 포스터와 굿즈가 전시되어 있었으며, 모니터에는 이번 분기의 허니플레 출자 애니메이션과 신작 게임의 광고가 나오고 있었다.

회사의 대기실이라기보다는 테마파크라고 말하는 편이 납득될 공간이었다.

최신 게임의 CG 기술에 압도당하면서 기다리고 있을 때,

자동문이 열리면서 한 남성 사원이 걸어왔다.

안경을 쓴 호리호리한 체구의 남성이다. 온화한 인상이었으며, 자세와 머리를 낮추며 다가왔다.

"이야~ 기다리게 해서 죄송합니다. 이 회의실로 오시죠."

그렇게 안내된 곳은 회의실이었다.

대형 엔터테인먼트 기업쯤 되면 회의실도 세련된 건지, 불투명 유리에는 유명한 RPG 몬스터가 그려져 있어서 꽤나 컬러풀하게 느껴졌다.

"자, 앉으시죠. 아, 저분은 처음 뵙는군요."

"아, 죄송합니다. 키라보시 카나리아의 어시스턴트인 오오보시 아키테루라고 합니다. 아르바이트라서 명함은 없습니다만……."

"아, 괜찮습니다. 저는 이런 사람입니다."

손님을 위한 미니 페트병에 든 물을 테이블 위에 둔 후, 안경을 쓴 남성은 굽신굽신 고개를 숙이면서 명함을 건넸다.

『주식회사 허니플레이스 워크스 프로듀서 네가메 타이지』

명함의 이름을 보고, 카나리아에게 시선을 보냈다.

그녀는 고개를 끄덕였다.

그렇다. 이 사람이 바로 『백설공주의 복수교실』의 애니메이션 프로듀서.

허니플레이스 워크스의 애니메이션 부서에서 히트작을 연이어 내놓고 있는 능력자.

그리거 이번에— **해치워야 할, 상대.**

"갑작스러운 회의 요청을 받고 놀랐습니다. 으음,『백설공주』의 각본 방침에 관해서였던가요?"

나와 카나리아의 정면에 후다닥 앉은 네기시 씨는 노트북 컴퓨터를 켜더니…….

안경을 위아래로 흔들면서 입을 뗐다.

역시 이 사람도 어른이다. 나는 그렇게 생각했다.

화제가 뭘지 예상하면서도 긴장한 기색이 전혀 없고, 위아래로 흔들리는 안경 너머의 눈은 시간이 갈수록 날카로워지고 있었다.

단적으로 말씀드리죠, 하고 카나리아는 말했다.

"주인공의 독백 및 복수 묘사는 원작 준거. 이 점을 준수해 주세요."

"그 이야기는 결론이 나지 않았던가요?"

반격이 빠르다. 그리고 예리하다.

"회의록도 남아 있죠."

"철회해 주세요. 제작 중의 방침 전환은 일상다반사일 텐데요?"

"……그렇지만, 감독이 그 방침으로 진행하겠다고 결정한 만큼, 바꿀 수 없어요. 애니메이션은 감독이 만드는 것이니까요."

"정말 그런가요?"

"……네?"

"정말, 감독이 원작에서의 변경을 바란 건가요?"

"당연하죠. 지난번 각본 회의에서도 그 점을 명확히 제시했을 텐데요?"

카나리아가 넌지시 떠봤지만, 네가메 씨는 전혀 동요하지 않으며 담담하게 주장했다.

강하다. 교섭에서는 상대방에게 약점을 보여선 안 된다고 한다. 그런 의미에서 보자면, 그의 언동은 그야말로 철벽같았다.

빈틈은 없다. 허점도 없다. 방법이 없다.

이것으로 녹아웃이리라. ―상대가, 평범한 사회인이라면 말이다.

"하지만, 유감스럽게도 그건 거짓말♪"

꺄피루리룽~ 하는 소리와 함께, 카나리아의 말투가 바뀌었다.

물론 실제로 그런 소리가 들려온 것은 아니며, 어디까지나 내 귀에만 들려온 환청이지만 그 점은 아무래도 상관없다.

중요한 것은…….

"……갑자기 뭐 하는 겁니까? 이런 자리에서 방송용 캐릭터의 말투를……."

"코와모테 감독의 허가, 받았어쨱♪"

"……네?"

여기서부터는 카나리아의 턴이다.

"그~러~니~까~, 코와모테 감독은 원작 준거에 오케이했다는 거야. 자아, 여기에 똑똑히 적혀있어쨱."

"그, 그럴 리가…… 지, 진짜잖아……."

그녀가 보여준 스마트폰에는 감독과 교환한 메일 이력이 표시되어 있었다.

그 메일 주소는 진짜다. 편집의 여지가 없는, 법원에 증거품으로 제출해도 될 만큼 아무런 문제도 없는 데이터다.

"하, 하지만! 저를 통하지 않고 제작회사와 콘택트를 취한 겁니까?!"

무례하군요, 하면서 네가메 씨는 발끈했다.

상대방이 화를 내는데도 카나리아는 여유만만한 태도로 손가락을 좌우로 까딱거리더니…….

"시리즈 구성을 맡은 미타라이 씨와도 이야기를 마쳤어~."

"거기와도?!"

"감독, 시리즈 구성, 원작자, 원작 발행처— 이렇게 많은 관계자가 오케이했는데 말이지~. 이 주장을 거절할 논거가 과연 있으려나~?"

"완전히 사면초가……. 뭐, 뭐야. 대체 어떻게 된 거지……."

"감짝 놀랐어? 그럴 거야~. 자기가 모르는 사이에 관계자

들끼리 멋대로 합의를 진행했는걸. 첫소리 마! 무효야! 무효! 하고 외치고 싶어지지~? 어딘가의 지하 노동 시설의 아저씨처럼 말이지~."

저격. 계략. 비즈니스 파트너가 상대인데도 인정사정이 없었다.

하지만 네가메 씨에게는 그 점을 비난할 자격이 없다. 그 또한, 찔리는 구석이 있기에 입 밖으로 터져 나오려는 반론의 말을 삼킬 수밖에 없었다.

왜냐하면, 이것은……

"자기 몰래 관계자들이 일을 처리하는 게 얼마나 성가신 일인지, 이제 이해가 됐으려나~?"

단순한 앙갚음. 네가메 씨에게 당한 짓을, 그대로 돌려주고 있을 뿐인 것이다.

옆에서 이 모든 일을 지켜본 나는 카나리아의 수완에 혀를 내두를 수밖에 없었다.

호텔에서 나온 후로 지금까지 카나리아가 취한 행동을 사자성어로 표현하자면 전광석화, 질풍신뢰였다.

코와모테 감독이 좋아하는 아이스 도넛을 들고 연락도 없이 스튜디오 AORI에 돌격하더니, 다과회를 빙자해 담소를 나눴다.

회의를 위해 회사에 나와 있던 각본가인 미타라이 씨도 끌어들여서, 이번 분기 애니메이션 이야기와 영화에 관한 잡담을 흥겹게 나눈 것이다.

술집 토크라고나 할까. 흥겨운 기분에 혀가 절묘하게 잘 돌아가도록, 기분 좋은 곳을 긁어주는 듯한 질문과 화제 투척 및 리액션이었다. 한 수 한 수에 낭비가 없어서, 장기 AI가 두는 수를 연상케 할 만큼 완벽하게 감독과 각본가의 마음을 움켜잡았다.

카나리아의 사랑스러움은 상대의 품속에 파고들기 위한 힘이었다. 그런 그녀에게서는 남자를 손바닥 위에 올려놓고 가지고 노는 스킬의 편린이 느껴졌다.

그렇게 카나리아는 감독들에게서 본심을 이끌어 냈다.

복수가 주제인 영화의 감상에서, 지극히 자연스럽게 『백설공주의 복수교실』의 이야기로 잇더니…….

왜 이 영화는 표현 방식은 괜찮고, 『백설공주의 복수교실』은 안 되는 건가.

그런 크리티컬한 질문을, 던진 것이다.

그리고, 명백해진 것이다.

"복수 묘사가 기분 나쁘게 느껴져서 컷하고 싶었던 사람은 네가메 씨— 당신이랬어. 감독은 애니메이션의 프로니까 프로듀서의 강한 의향에 따랐을 뿐이며, 본심을 말하자면 원작의 다크함을 남기고 싶었다던걸?"

"하, 하지만…… 실제로 원작의 묘사는 견딜 수 없을 수준이었어요. 그렇게 부정적인 주인공에게 공감할 수 있는 사람은 없다고요."

"당신 개인의 감상과, 손님의 감상을 뒤섞지 말아주세요. 적어도 당신 한 명보다는, 이 작품을 재미있게 읽은 원작 독자가 압도적으로 많으니까요. 어느 쪽이 더 객관적인 의견인지는 말할 필요도 없을 텐데요?"

"큭……."

"자신의 공적, 흔적을 남기기 위해서 크리에이티브에 훼방을 놓는 사람이 때때로 있어요. 대히트 애니메이션의 기사에서 자주 나오잖아요?『내가 이런 의견을 내놔서 이런 식으로 변경한 결과, 대다수의 유저에게 받아들여졌습니다』라는 거요. 물론 대부분의 사람은 진심으로 작품을 성공시키기 위해 진지하게 임하고 있어요. 하지만 때때~로 있다니까요. 자기 능력을 과대 포장하고 싶어 하는 사람 말이에요."

"……."

네가메 씨는 반박하지 못하며, 고개를 숙이고 있었다.

카나리아는, 빙긋 웃었다.

"네가메 씨는 그런 타입이 아니라고 생각해요. 이게 크리에이터 전원의 의견이니 이의는 없으신 것으로 알아도 되겠죠?"

승패가 갈렸다.

이제 네가메 씨는 고개를 끄덕이는 것 이외의 행동이 허락되지 않았다.

……하지만, 정말 괜찮을까?

자기 공적을 위해 크리에이티브에 훼방을 놓는 남자. 이번에는 저지했지만, 이제까지 같은 방식으로 무수한 실적을 쌓아왔다. 솔직히 말해 성격이 더러울 것이다. 그런 남자의 원망을 사게 됐으니, 뒷일이 걱정되는걸.

"아, 그리고 걱정하지 마세요. 평범하게 자기 일만 해준다면, 네가메 씨도 이득을 볼 테니까요."

"네?"

"귀사의 사장에게, 유능한 네가메 씨의 활약상을 왕창 들려주겠단 거예요♪"

카나리아는 내 어깨에 손을 턱 얹었다.

어, 나한테 왜 이러지?

"사실 그는 츠키노모리 사장님의 조카거든요. 친척이 당신의 활약상을 실컷 이야기해 준다면, 급료 인상과 진급은 따 놓은 당상! 사내에서의 지위도 천정부지로 치솟겠죠~!"

"어. ……어? ……어엇~?! 오오보시 씨, 사장님과 혈연관계인가요?!"

"아…… 뭐, 네. 맞아요."

"맙소사……. 아아, 맙소사. 어버버버버버."

네가메 씨는 황송해서 어쩔 줄 모르겠다는 반응을 보였다.

솔직히, 그다지 떠벌리고 다니기 싫은 사실이다. 그래도 이 정보를 알려줬으니, 네가메 씨는 의욕을 잃지 않고, 오히려 더 열심히 『백설공주의 복수교실』의 애니메이션화에 임할 것이다.

옆에 있는 카나리아를 쳐다보니, 푸푸폽~ 하는 소리가 들려올 듯한 표정으로 웃고 있었다. 젠장. 완전 이용당했어.

오늘은 그냥 옆에서 보고 배우기만 하라고 해서 그냥 꿔다 놓은 보릿자루처럼 따라다니기만 했는데 말이다.

마지막에 와서 나를 데려온 복선까지 회수되고 말았다. 평범한 돌멩이가 아니라, 신통력이 깃든 러키 스톤으로 쓰인 것이다.

뭐가 어린애의 싸움이란 거야. 완전 어른의 악랄한 계략이잖아.

*

네가메 씨의 설득을 마치고, 허니플레의 빌딩을 나선 후……

"설마 제 인맥을 써먹을 줄은 몰랐어요. 미리 말해줘도 됐잖아요."

"아하하, 미안해. 적을 속이려면 우선 같은 편부터잖아쨕."

"그건 그렇지만요."

"게다가, 미리 말해줬으면 그렇게 완벽하게 얼이 나간 표정 지을 수 있었겠어? 연기력에 자신 있는 거야쨱?"

"……연기력은 평균 정도예요."

"그러면 무리겠네. 일류 연기자가 아니면, 그 상황에서 자연스러운 반응은 못 보였을 거야. 만약 처음부터 네 인맥을 써서 의욕적으로 싸움에 임했다면, 상대방은 평생 가드를 풀지 않았을 거야~. 그것도 그럴 게, 너처럼 만만찮아 보이는 조카가 사장님에게 순순히 자기 칭찬을 해줄 리가 없잖아. 밉살스러운 카나리아 님과 마찬가지로, 자기를 함정에 빠뜨릴 남자다! 하고 생각하며 경계했다면, 이렇게 원만히 수습할 수 없었을 거야쨱."

"거기까지 생각해서…… 카나리아 씨는 정말 괴물이에요."

그녀가 원한 대로, 그 순간의 나는 순진무구한 어린애 같은 표정을 지었다.

아마 네가메 씨의 눈에는 인맥을 이용할 줄도 모르는, 순진해 빠진 남자애로 보였으리라.

마음에는 안 들지만, 이것으로 마키가이 나마코 선생님의 작품이 이상적인 형태로 애니메이션화된다면 잘된 것으로 여기기로 했다.

어라? 잠깐만 있어봐. 그러고 보니…….

"저를 이용하지 않아도 되지 않아요? 애초에 『백설공주의 복수교실』의 작가는 마키가이 나마코. 즉, 츠키노모리 마시로. 츠키노모리 사장님의 친딸이니까요."

"아, 그거 말이구나. 현장 사람 중에는 아무도 그 사실을 알지 못해쨱."

"그런가요?"

"츠키노모리 사장님의 의향이야. 사장님이 이 안건에 주목하고 있다는 건 알려졌지만, 친족이라는 사실은 숨기고 있대. 뭐, 상장기업은 주주들에게 태클 같은 것도 당하잖아. 그리고 가족을 편애한다~ 같은 소리를 듣는 것도 싫은 것 아닐까~?"

"아……."

거물도 뭐든 자기 마음대로 할 수 있는 게 아니구나.

하긴, 사장이라면 남들 눈에 자기가 어떻게 비치는지도 중요할 것이다.

사람들은 신용할 수 있는 리더만 따르니 말이다.

신용. 문뜩 떠오른 그 단어에서 다양한 것이 연상됐다.

카나리아의 과거와, 오늘 보여준 일처리 능력. 이제까지 경험한 어른들의 비즈니스 세계.

그 하나하나에는 어른이 될 때까지의 갈등이, 드라마가, 현재가 어려 있었다.

누구에게나 미숙했던 시기가 있고, 실패의 역사가 있다.

그리고 미숙함은 성장해도 사라지지 않으며, 그 사람의 내면에 계속 존재한다.

미숙했던 시대의 기억은 평소 단단한 껍질에 감싸여 있지만, 사소한 계기만 있어도 밖으로 흘러나왔다.

그런 편린을 공유할 수 있는 상대는 그리 많지 않다.

주위와의 관계를 중시해서 자신의 소중한 자아를 봉인해 두거나, 사회적 성공이라는 유혹을 거부하지 못하고 초심을 잊거나, 일부러 과거의 실패를 마음속 밑바닥에 밀어 넣어 두는 것이다.

그렇게 진짜 자기 자신을 숨기고, 완성된 겉부분인 『**어른스러운 면**』만을 보여주며 무장한다.

만약, 어른이 그런 생물이라면…….

가장 뛰어난 어른은 오늘 카나리아가 한 것처럼, 보안이 엄중한 수많은 어른의 마음속에 잠입하는 힘— 신뢰를 얻어내거나 혹은 흐름을 만들어내서, 자신이 원하는 방향으로 이야기를 진행하는 힘을 지닌 인간이 아닐까.

생각해 보면 아마치 오토하도 그러했다.

그 힘을 가정에서도 쓴 바람에, 가족 관계가 비틀리고 말았지만 말이다. 리더로서는 극상의 재능이자 능력이다.

츠키노모리 사장도 그랬다. 츠키노모리 미즈키도, 키라보시 카나리아도 마찬가지다.

나는 어떨까. 억지스러운 면은 그들과 비슷할지도 모른다. 상대방의 마음에 파고들려고도 한다.

아니, 그렇지 않다. 나는 사장들과 다르다.

내가 하는 건 《5층 동맹》 동료들에 대한…… 즉, **같은 세**

대 인간에게의 개입 뿐이다.

진짜로 강해지려면, 아마치 오토하의 신뢰를 얻어서 이로하의 프로듀스를 다시 맡으려면……

어른의―.

아마치 오토하의, 품속으로 뛰어들어야만 한다.

"카나리아 씨."

"왜 그래? ……혹시, 뭔가 깨달은 거야?"

"네, 덕분에요."

나는 깊이 고개를 숙이며 말했다.

"오늘부로 UZA문고의 아르바이트를 관두겠어요."

"그렇구나~."

카나리아는 예상했다는 듯이 웃음을 흘렸다.

편집부가 일손 부족인 것은 알고 있으며, 이런 말을 하면 그녀가 곤란해지리라는 것도 안다. 그래도 용기를 내서 전한 나에게, 이유도 묻지 않고 웃으면서 받아들여 주는 카나리아는 정말 그릇이 큰 사람이라는 생각이 들었다.

"후임이 찾을 때까지는 최대한 도울게요. 방송 어시스턴트와 잡무 정도라면……. 하지만 편집부에 출퇴근하는 건 오늘로 끝내고 싶어요."

"너는 철새구나. 다음에는 어디로 갈 거야?"

자기가 생각해도 참 겁 없는 바브라고 생각하면서, 나는 말했다.

“아마치 사장의 곁으로요.”

“텐치도에서 일하려는 거야? 고등학생 아르바이트를 고용해주려나…….”

“아뇨. 그래선 의미가 없거든요.”

아르바이트는 사장의 곁에 있을 수 없다.

아니, 일반적인 구인 광고에 응모해서는 아마치 오토하의 품속에 들어가는 게 절대로 무리다.

하지만 나에게는 생각이 있다.

반칙 루트. 나에게만 열려 있는 가능성이 있는 길을 통해, 최단 거리로 다가가려는 것이다.

기다려, 이로하.《5층 동맹》의 멤버들.

반드시, 해내고 말겠어.

＊

『어른의 라인업에 나는 포함되어 있지 않은 건에 관해서.』

『무라사키 시키부 선생님은 저 사람들에 비하면 아직 젊잖아요. 아직 꽃 같은 20대니까, 기뻐해요.』

『꽃은 꽃이라도 슬슬 시들려고 하는 꽃이지만 말이야! 무섭다고 여겼던 선생님이, 실은 완전 평범한 오타쿠 여자였다는 의미에서!』

『평범하다는 표현이 적당하긴 해요?』

『너무해! 남녀노소를 떠나서 고귀한 것은 고귀할 뿐인데~!』

『고귀하다고 하니 생각난 건데, 아까 이로하와 츠키노모리 양이 꽤 좋은 분위기였어요.』

『어.』

『여자애끼리의…… 요즘, 유행하던데요.』

『안 돼, 오즈마 군! 왜 그런 말을 함부로 하는 거야! 무서운 아이!』

『하지만 같은 남자를 좋아하는 여자애끼리니까, 어찌 보면 가장 공감할 수 있는 관계일 거여요.』

『하, 하지만 남자가 존재하는 시점에서 그걸 사도(邪道)라고 여기는 파벌도 있어! 위험하단 말이야!』

『그러고 보니 다른 사람도 그런 태클을 날리는 것 같았어요.』

『그만큼 민감한 화제인 거야. 사회 상식이야, 사회 상식. ……아앗, 하지만 듣고 보니 그 관계성도 고귀함 성분이 느껴지기는 해……. 하지만, 하지만, 이로×마시 노선이 본격적인 백합 관계라면 남자란 존재는 노이즈가 될 테고, 애초에 아키와 이로하 및 아키와 마시로 커플링을 전제로 망상해 왔는데 거기에 새로운 해석을 끼워 넣는 건……. 끄오오오오오오, 뇌가 망가질 것 같아아아아.』

『으~음. 무지 갈등하네요. 무라사키 시키부 선생님의 생태는 참 흥미로워요.』

『저기, 오즈마 군. 커플충인 나는 이 전개를 어떻게 받아들이면 될까?』

『모에하면 된다고 생각해요.』

"크리스마스에 애 딸린 유부녀에게 데이트를 신청하는 건 좀 그렇다고 생각해요~."

"데이트가 아니고, 분위기 없는 고깃집에서 무슨 소리를 하는 거예요."

고기 굽는 소리와 기름 냄새. 가게 안에 흐르는 BGM은 징글벨이 아니라 아시아 민요다.

룸에서도 벽 너머에 있는 단체 손님의 목소리가 들려오기에, 둘만의 밀월을 즐길 만한 곳이 아니었다.

겨우겨우 성스러운 밤의 느낌이 감도는 것은 고기의 빨간색과 쇠고기 기름의 흰색이다. 와아, 크리스마스 컬러다~.

이로하나 마시로에게 농담 삼아 이런 소리를 했다간, 마구 두들겨 맞겠지…….

여자 마음도 모르는 쓰레기, 죽어, 같은 소리를 들으면서 말이다.

아무튼, 이것은 데이트가 아니다.

좁은 룸에는 나와 그녀— 아마치 오토하, 단둘뿐이다.

확실히 그녀는 친구 어머니치고는 젊어 보이며, 농익은 색기와 위험한 향기를 풍기는 여성이지만…….

유감스럽게도 현재 한창 대립 중인 최종 보스를 상대로 성적 욕구를 느낄 만큼 나는 타락하지 않았다.

철망 위에 놓인 고기에서 피어오르는 흰색 연기 너머에서, 아마치 사장은 눈을 가늘게 떴다.

"증발, 했었다면서요?"

"어라, 알고 있었어요?"

"딸이 슬퍼했어요. 가족끼리의 단란한 식탁에서도 당신 이야기를 하더군요. 주책맞게 질투했다니까요~."

갈라놓은 장본인이 뻔뻔한 소리를 늘어놓고 있다.

그런 본심을 꾹 삼킨 나는 표정을 유지하며 말을 이었다.

"최근에는 출판사인 UZA문고에서 일했어요. 다른 사람과 만나지 않으면서요."

"……어머."

"게임과는 다르지만, 예산 규모가 큰 미디어믹스에 참가했죠. 현장 일의 리얼한 체험을 하고 왔어요."

"괜찮은 인맥을 지녔나 보군요."

"덕분에요. 물론 이 짧은 기간에 속속들이 알게 됐다고는 생각하지 않아요. 작가님이나 엔터테인먼트 기업의 창구 담당자와 일을 하고, 인기 스트리머의 매니저 같은 것도 했어요."

"스트리머? 출판사 일과 스트리밍이 어떤 연관이 있는 거죠?"

"키라보시 카나리아, 아세요?"

"아…… 그래요. 그런 인연으로…… 납득했어요~."

역시 알고 있었던 것 같다.

아마치 사장은 자기 손에 손을 대더니, 딱히 관심이 없다는 듯이 가늘게 숨을 내쉬었다.

익기 시작한 고기를 철망에서 떼어낸 후, 그녀의 접시 위에 뒀다. 이런 일은 젊은 사람이 해야 하는 법이다.

"그리고 오늘은 그 경험에 근거해, 긴히 드릴 부탁이 있어요."

"크리스마스에 유부녀를 불러내서 『부탁』을 하는 건가요. 어머나, 가슴이 콩닥거리네요~."

"아, 그런 농담은 됐거든요?"

출판사에서의 업무 경험에 근거해 유부녀를 불러내다니, 그건 또 무슨 의미야.

만화 시공으로 틀어지려고 하는 흐름을 진지한 방향으로 되돌린 후, 나는…….

어디까지나 우직하게, 진지하게…….

결의를 입에 담았다.

"저도, 돕고 싶습니다."

치직…… 치직……. 육즙이 튀는 소리와 칼로리의 향기.

하지만 그 향기를 즐길 여유는, 지금의 나에게 있을 리 없었다.

관자놀이에 땀방울이 맺힌 가운데, 나는 고기를 입에 넣은 아마치 사장이 그것을 씹어 삼킬 때까지 조용히 기다렸다.

고기를 삼키고 우롱차로 목을 축인 후, 그녀는 평소 눈동자가 좀처럼 드러나지 않는 실눈을 희미하게 뜨며 말했다.

"유감이에요, 오오보시 군. 남녀 혹은 이웃 간의 교류에 관한 이야기라면 좋았을 텐데 말이죠. 당신이 발돋움하며 업무의 세계에 고개를 들이밀어봤자 방해만 될 뿐, 귀여운 구석이라고는 전혀 없어요."

"실무 경험은 쌓았어요. 비서든 잡일이든 노예든, 그 어떤 취급이라도 상관없어요."

"필요 없어요. 텐치도의 기업 가치를 모르나요? 돈을 지불하고라도 일하고 싶어 하는 인간도 있는 회사죠. 미숙한 비즈니스 초보자를 고용할 이유가 없어요."

"요즘은 일손이 부족한 세상이라고 들었어요."

"우수한 인재가 부족하다, 라는 의미죠~. 그 이전에 텐치도는 이상적인 직장 환경을 제공하고 있기에, 이직률이 낮을 뿐만 아니라 입사 희망자도 셀 수도 없을 만큼 많답니다. 누구도 나가지 않고, 누구도 들어오고 싶어 하지 않아요. ― 오오보시 군이 끼어들 틈은 없어요."

"정말 그런가요?"

내 질문에, 아마치 사장은 고개를 갸웃거렸다.

"그 의문의 의미를 모르겠군요. 텐치도라는 회사에 관한 설명이 필요하다고는 생각하지 않는데 말이죠.”

“이로하의 프로듀스는 순조롭나요?”

“물론이에요. 효율적인 레슨으로 실력을 기르는 동시에, 새로운 과제를 수행하게 했죠. 이미 개니메이션 오디션의 일정도 잡혀 있어요.”

“그래도 사장은 매우 바쁜 자리일 텐데요. 그러니, 이로하의 레슨과 레코딩에 매번 동행하고 있는 건 아니지 않나요?”

“…………”

내가 이야기의 흐름을 의도적으로 비틀고 있다는 것을 눈치챈 것인지, 아마치 사장은 눈썹을 찌푸렸다.

그 표정을 보고, 확신했다.

내 생각 대로다. 어렴풋이 그럴 거란 느낌이 들었다. ―여기에 바로, 파고들 틈이 있다.

“이로하의 현장을 맡길 매니저, 필요하지 않나요?”

철망 위의 고기가 시꺼멓게 됐다.

명백하게 타들어 가고 있지만, 나와 아마치 사장은 고기를 치우지 않았다.

서로를 응시하며, 속내를 캐고 있었다.

“이유는 모르겠지만, 아마치 사장님은 연예계와 엔터테인먼트 업계에 불신감을 가지고 있죠? 이번 건 또한 악귀가 날뛰는 세계로부터 이로하를 지키고 싶은 마음에, 자기가 직접 프로듀스하겠다고 나선 걸 테고요."

그렇다면…….

"이로하를— 소중한 딸을 마음 놓고 맡길 수 있는 스태프가, 어디에도 없지 않으려나요?"

"……!"

간단한 이야기다. 기업이 하나의 프로젝트를 추진하려 하면 일손이 필요하다. 하지만 사원은 이미 다른 업무를 맡고 있으며, 대뜸 내일부터 신규 사업을 맡으라는 이야기를 들어봤자 곤란해질 뿐이다.

물론 사장이 명령을 내려서 억지로 이동시키는 것도 가능하리라.

하지만, 그것은 무리다. 정상적인 사장이라면, 그런 수를 쓰지 않는다.

갑작스러운 배치전환은 일반 신규 사업일지라도 사원에게 불만을 안겨줄 수 있는 사안인데, 사장 딸의 개인적인 활동을 보좌하는 업무라면 이미지적으로 최악이라 해도 과언이 아니다.

츠키노모리 사장이 마키가이 나마코 선생님의 정체를 숨기면서 『백설공주의 복수교실』의 애니메이션화를 추진하고 있는 것도 그래서다.

그러니 아마치 사장은 사내의 인간에게 이로하의 관리를

맡길 수 없다.

그러면, 어떻게 해야 할까?

업무 내용을 정의해서 구인 광고를 내고, 신규 사업을 맡은 인재를 모집해야만 할 것이다.

하지만—.

"성우 매니저의 중도 채용 모집에 응모하는 건 과연 어떤 사람들일까요?"

"……실무 경험이 있다면, 연예인 매니저 경험자겠죠."

"미경험자라면, 어디서 굴러먹던 말 뼈다귀인지도 모르는 것들 사이에서 랜덤 박스를 돌리는 격이죠. 소중한 딸을, 만에 하나라도 여자 따먹을 생각밖에 없는 쓰레기에게 맡기게 되면 큰일 아닐까요?"

"오오보시 군이라면, 괜찮다는 건가요?"

"실제 경험자만큼의 실무 처리는 무리겠지만 최소한의 잡일 정도는 할 수 있을 테고, 일은 앞으로 배워나가겠어요. 이로하와는 3년 가까이 같이 활동해 왔고요. 그 동안 아무런 실수도 저지르지 않았다는 실적도 있죠."

남자로서는 그것도 문제 있지 않나요! 라는 머릿속 이로하의 짜증 딴죽이 들려왔지만, 일부러 무시했다.

얼간이라고 비웃고 싶으면 비웃어라. 국가 보장 레벨의 안전 안심 보증. 지금만은 이 면접에 있어 최고의 무기가 된다.

"당신은 프로듀서를 관두기로 저와 약속했을 텐데요."

"물론 프로듀스 방침에 관해서는 입도 뻥끗하지 않겠어요. 프로듀서는 어디까지나 아마치 사장님. 저는 어디까지나 잡일 담당 현장 매니저. 괜한 짓 안 하면서, 지시받은 일만 기계처럼 우직하게 하겠어요. —어떤가요?"

"……숨겨진 의도는 뭐죠? 이로하와 더욱 가까운 사이가 되는 건가요?"

"아뇨."

나는 고개를 저었다. 대충 얼버무려봤자 소용없다. 나는 진지 모드를 무너뜨리지 않으며 말했다.

"당신을— 아마치 오토하라는 인간을, 더 알고 싶어요."
"딸이 아니라 저를 알고 싶단 건가요?"

그 야릇한 울림을 접하고도, 겨우겨우 이성을 유지했다. 일부러 저런 말을 해서 내가 결점을 드러내게 만들려고 하는 짓 좀 자제해줬으면 한다.

하지만 견뎌냈다. 진지하게, 신사적인 태도를 유지했다.

그녀의 신용을 얻기 위해서는, 이 자리에서 표정이 흔들려선 안 된다.

효율적이고 합리적인, 아마치 사장의 리더관에 빈틈없이 딱 맞아떨어지는 퍼즐 조각이라는 것을 어필하는 것이다.

"언젠가 당신에게 인정받는 인간이 되어서, 당당히 이로하를 맞이하러 가고 싶어요. 그래서, 당신에게 가장 가까운 곳에서 배우고 싶은 거죠. ―어떤 생각을 하고, 어떤 길을 걸어온 끝에, 현재에 도달했는지를 말이에요."

"…………. 휴우……."

입술 사이로 한숨이 흘러나왔다.

그와 동시에, 팽팽하던 긴장이 풀렸다.

"고기, 타버렸네요~. ……으음, 써요……."

"아! 죄, 죄송해요! 이야기에 집중하느라……!"

나는 허둥지둥 탄 고기를 빈 접시로 옮겼다. 이야기에 몰입한 사이에 철망이 다 타버리고 말았다. 점원을 불러서 교환해야겠다.

"좋아요."

허둥지둥 고기를 치우고 점원 호출 버튼을 눌렀을 때, 아마치 사장이 미소 지었다.

"오오보시 군을 고용하겠어요. ―하지만 저는 일에 있어선 타협하지 않아요."

어디 할 테면 해봐라, 라고 말하는 것 같은 자신만만한 미소를 머금으면서…….

"제 요구에 따르지 못한다면 즉시 해고하겠어요. 그걸 명심하며 일해 주세요."

"……감사합니다!"

감사의 말을 건네며, 과장스럽게 고개를 숙였다.

충성하겠다는 의지를 최대한 드러내면서, 나는 마음속으로 투지를 불태웠다.

스파르타 웰컴이다.

그 어떤 요구에도 응해주겠다.

가시밭길을 나아갈 지라도, 진흙탕을 기는 게 되는 한이 있더라도, 끝까지 쫓아가겠다.

두고 봐, 아마치 사장.

당신의 마음속 가장 깊숙한 곳까지 파고들어서, 나 없이는 살 수 없을 정도로 완전히 신뢰하도록 만들어주겠어.

"겨우 두 달 만에 돌아온 건데, 이렇게 반갑게 느껴지는구나."

오랫동안 살았던 맨션을 올려다보며, 감상에 빠져들었다.

오늘은 크리스마스. 12월 25일.

아마치 사장과의 성스러운 밤의 고깃집 취직 면접 후, 내가 바로 향한 곳이 바로 여기다.

지상에서 올려다본 5층 맨션은 예전보다 작아 보였다. 카나리아의 집인 타워 맨션에서 지난 탓에 감각이 망가진 것 같았다.

아니면, 이것도 성장했다는 증거일까.

5층에 있는 오오보시 가의 창문을 올려다보니, 불이 켜져 있었다.

대리 리더인 오토이 씨의 말에 따르면— 지금, 저 장소에서는 『검은 염소』 스마트폰판 재개 뒤풀이 겸 크리스마스 파티가 열리고 있을 것이다.

창문의 방음이 잘 되기에, 파티 소리는 들리지 않지만 말이다.

그러고 보니, 아까부터 눈이 내리고 있다.

지상에 서 있는 내 머리에, 서서히 눈이 쌓였다.

솔직히 말해, 춥다. 코트를 걸쳤는데도 언 발에 오줌 누기다.

……아무리 오줌이 따뜻해도, 발에 누는 건 사양하고 싶네.

화이트 크리스마스란 단어는 로맨틱하지만, 현실에서는 그저 춥기만 할 뿐이다.

그러면 왜 집에 들어가지 않고, 밖에서 이렇게 떨고 있냐고?

그건―.

드르륵, 하고 창문이 열리면서 베란다로 누군가가 나왔다.

눈이 내리는 밤하늘에서도 잘 보이는 황금색.

멀리서 봐도 짜증 날 만큼 존재감을 주장하고 있는, 태양 같은 인상의 후배 여자애.

그녀는 난간에 두 손을 얹더니, 지상에 있는 나를 내려다 봤다. 그 손에는 스마트폰이 쥐어져 있었다.

내 스마트폰이, 울렸다.

"여보세요."

『안녕~, 선배..』

"아……. 저기, 뭐랄까, 오래간만이야."

『그것 말고도, 저한테 해야만 할 말이 있지 않나요? 아무 설명도 못 들은 채 남겨지고 만 저한테, 해야 할 말이 있을 텐데요?』

"아~, 응. 뭐부터 이야기해야 할까. 아니, 그 전에 말이야.

우선—."

나는 부들부들 떨면서 말했다.

"부탁이에요. 문 좀 열어주세요."
『싫어요. 거기서 죽어라~ 반성하세요☆』

그렇다. 내가 왜 여기서 이렇게 서 있는 거냐면, 집에 들어갈 수 없어서다!

문을 열어준 이로하에게 「안녕, 으래간만이야」 하고 말하며 한 손을 들어 올린 순간, 그녀는 바로 문을 잠그더니 체인까지 걸었다.

이상하잖아! 왜 내 집에 내가 출입을 금지당한 거냐고!

내 마음속에서 원망이 샘솟았지만, 이로하는 자업자득이라고 했다.

하긴 그럴 거야. 느닷없이 증발해 버렸던 남자가 느닷없이 돌아왔으니, 이렇게 화내는 게 당연해.

그리고 이로하에게서 LIME으로 밖에서 한동안 반성하고 나면 입실을 허락하겠어요, 라는 메시지가 왔기에 이렇게 길거리에 방치된 애완견처럼 얌전히 주인님의 자비를 기다리는 것이다. ⋯⋯으으, 진짜 추워⋯⋯.

『그런데, 왜 증발남이 갑자기 집에 돌아올 마음이 든 거죠?』

"시리어스한 이야기는 집 안에서 느긋하게 나누고 싶은걸."

『안 돼요. 이대로 전화로 이야기해 주세요.』

"불합리하잖아……."

지상과 5층. 서로의 얼굴을 직접 보면서, 스마트폰으로 이야기를 나누니 기분이 묘했다.

마치 라푼젤이나 로미오와 줄리엣을 생각나게 하는 구도인걸.

그래도 연인과의 밀회 같은 달콤한 장면이 아니라, 집에서 쫓겨난 불쌍한 남자의 애원 장면이지만 말이다.

"수행 하나를 마치고, 다음 스테이지로 진출했어. 그래서, 집에 돌아가기로 한 거야."

『다음 스테이지는 뭔데요?』

"이로하의 매니저를 하기로 했어."

『……네?』

"오토하 씨— 아마치 사장님에게 정식으로 고용되어서, 내일부터 일할 거야. 스케줄 관리와 레코딩 입회, 오디션과 이벤트 동행. 그리고 과제로 Vtuber 활동도 한다며? 방송 관리자도 할 줄 알아."

이미 경험했거든.

『…………』

전화 너머에서 우물우물하고 있었다. 이건 대체 무슨 반응이지.

내 평균적인 시력으로는 5층에 있는 이로하의 표정이 정확하게 보이지 않는다. 얼굴이 약간 붉어진 것처럼 보이지만, 기분 탓일지도 모른다.

어쩌면 추위 탓일지도 모른다.

『정말…… 정말, 선배란 사람은…….』

"으음, 이로하?"

『갑자기 프로듀서를 관두고 사라지더니, 이번에는 매니저가 된다고요?! 이 속공 돌싱 무브는 뭔데요?! 꿈을 이야기하며 메이저 리그에 도전하더니, 금방 돌아온 야구 선수냔 말이에요!』

"기, 기다려. 그건 꼭 나쁜 일은 아니잖아. 선수의 인생을 결정하는 건 선수 본인이야."

『선수는 괜찮지만, 선배는 안 돼요!』

"미안해!"

『정말, 의지력이 흐물흐물 그 자체네요~. 진짜, 못 말리는 선배예요.』

이로하는 마구 화를 내면서 그렇지 말했다.

목소리만으로는 어떤 표정을 짓고 있는지 알 수 없지만, 아마 불같이 화난 표정 아니면 질린 듯한 표정을 짓고 있지 않으려나…….

"프로듀스는 여전히 오토하 씨가 맡기로 했으니까, 활동 방침에는 관여 못 해. 그래도 잡일은 뭐든 할 거야. 얼마든지 부려 먹어도 돼. 으음, 저기. 그러니까—"

─잘 부탁해.

그렇게 말하자, 이로하는 갑자기 뭔가를 던졌다.

『어쩔 수 없네요~. 선배가 정 그렇게까지 말한다면, 이 이로하 님이 마구 부려 먹어 주겠어요!』

포물선을 그리면서 떨어지는 그것을 한 손으로 잡았다.

손난로였다.

손바닥에서, 열기가 느껴졌다. 눈 내리는 길거리에 못 박힌 듯 서 있는 나에게 있어서는 하늘의 은총이다.

이건…… 용서해준다, 는 의미려나?

"때, 땡큐."

『크리스마스 솔로인 쓸쓸한 선배에게 주는, 제 크리스마스 선물이에요☆』

"어, 이게 말이야?"

그건 좀 쇼크인데 말이다.

『어라. 어라어라어라. 불만 있나요~? 이상하네~. 선배는 이로하 님에게 절대복종하는 매니저 씨인데~.』

"잡일을 한다고는 했지만, 절대복종한다고는 말 안 했거든?!"

『흐~음. 그렇구나~. 하지만 제 심기를 건드리면 바로 모가지 아니려나요~?』

"그, 그건 그래……. 하, 하지만, 이로하. 너와 나 사이잖아. 그건 단순한 농담이고, 실은 적당한 선에서 봐줄 거지……?"

『선배가 증발하지 않았다면 순수 백 퍼센트 대천사 이로하 님~이었을 거예요☆』

"뭐…… 라고……."

이 자식, 내가 일시적으로 프로듀스를 관둔 걸 가지고 삐친 거냐!

하지만 그 일에 있어서는 내가 전면적으로 잘못하기는 했다.

나, 혹시 치명적 플레이 미스를 저지른 건가?

『뉴후후후♪ 이야, 말단 매니저인 선배를 마구 휘둘러대는 연기자 생활이 정말 기대돼요!』

"으…… 우오오오오! 좋아, 하면 될 거 아냐! 뭐든 다 시켜 보라고!!"

나는 자포자기하며 그렇게 외쳤다.

이로하의 치근덕을 견디면서 아마치 사장에게 인정받을 수 있도록 일한다— 그런 말도 안 되는 시련을 자청한 것 같은 느낌이 들지만…… 이미 결심을 다졌다.

그 어떤 요구에도, 다 부응해 주겠다고.

『그럼, 어디 첫 명령을 내려볼까요~.』

"그, 그래!"

『빨리 돌아오세요, 말단 선배☆』

"…………. ……뭐?"

『아니, 반응이 왜 이리 느려요. 멍멍이면 멍멍이답게 빨리 움직이라고요! 문도 열어둘게요.』

“그래도 돼?”

『같은 말 몇 번이나 하게 만들지 마세요. 다른 사람도 기다리고 있거든요? 저도, 크리스마스 선물…… 준비해 뒀다고요.』

그 말을 끝으로 전화는 끊겼다. 그리고 이로하는 뒤돌아서더니, 방 안으로 들어갔다.

이제는 들리지 않으리라는 것을 알면서도, 나는 곱씹는 듯한 어조로 말했다.

“고마워, 이로하.”

자신을 다시 받아준 그녀에게 감사한 후, 따뜻한 손난로를 꼭 움켜쥔 나는 맨션 입구를 향해 서둘러 뛰어갔다.

　안녕하십니까, 작가인 미카와 고스트입니다. 『친구 여동생이 나한테만 짜증나게 군다』 시리즈 최신 11권을 구매해주셔서 감사합니다. 그리고 이번 권의 발매에 시간이 걸린 점, 진심으로 사죄드립니다. 애니메이션화 속보가 나올 때까지도 상당한 시간이 걸린 만큼, 독자 여러분도 안달복달하셨으리라고 생각합니다. 작가도 컨트롤할 수 없는 사정이 있었다고는 해도, 아무런 설명도 못 하는(하고 싶어도 할 수 없는) 기간 동안 정말 힘들었습니다……. 그저 하루라도 빨리 이 11권을 독자 여러분에게 전달해 드리고 싶다는 마음뿐이었습니다. ……그러면 사죄는 이쯤에서 마치고, 즐거운 이야기를 할까 합니다. 『친구 여동생이 나한테만 짜증나게 군다』 줄여서 『동생 짜증』은 즐거운 작품이니 후기도 여러분을 즐겁게 해드려야 한다고 생각합니다.

　그럼, 여기서부터는 즐거움 존! 아키테루가 《5층 동맹》 멤버들 앞에서 실종?! 앞으로 어떻게 될 것인가?! 라는 전개입니다만, 여러분은 어떠셨는지요? 이번 권은 카나리아가 중점적으로 다뤄졌습니다. 카나리아가 등장했을 때부터 쭉 머

릿속에 존재했던 에피소드인데, 이번에 드디어 작품에 담을
수 있었죠.

　동생 짜증은 여자애가 귀여운 러브코미디 작품입니다만,
한편으로 아키테루가 주인공으로 성장해 나가는 왕도적 성
장물이기도 합니다. 프로듀서로서 아직 어른에게 미치지 못
하는, 일류 레벨에 이르지 못한 아키테루가 대선배인 카나
리아의 곁에서 프로의 일처리를 보고, 그녀의 햇병아리 시
절을 알게 되면서 더 높은 경지로 한 걸음 내딛습니다. 정말
대단해 보이는 사람에게도 풋내기였던 시절은 존재하는 거
죠. 카나리아 씨처럼 인생이 전부 줄 풀리기만 하는 것 같
은 영원한 열일곱 살 소녀에게도 말입니다. ……쩩.

　다음 타깃은 아마치 오토하! 아키테루는 과연 오토하의
마음속에 파고들어서 함락시킬 수 있을 것인가? 기대해 주
시길! (오해 부를 표현)

　감사 인사를 드릴까 합니다.

　일러스트를 담당해주시는 토마리 선생님. 이번에도 최고
의 일러스트를 그려주셔서 감사합니다! 푹신푹신한 머플러
를 걸친 표지의 이로하는 정말 귀여웠습니다. 겨울에는 따
뜻한 치근덕이 몸에 스며든다니까요……. 올해는 드디어 애
니메이션이 방송됩니다. 앞으로도 잘 부탁드립니다.

　코미컬라이즈를 담당하고 계신 만화가, 히라오카 히라 선

생님. 소설판의 진행이 멈춘 사이, 연재를 계속해 주셔서 정말 큰 위로가 됐습니다! 사사라가 참 기운 넘치더군요! 매편 항상 즐겁게 읽고 있습니다!

담당 편집자이신 누루 씨, GA문고 편집부 및 관계자 여러분, 애니메이션 관계자 여러분, 뭉뚱그려 인사드려 송구합니다만, 항상 신세 많이 지고 있습니다. 앞으로도 잘 부탁드립니다.

그리고 독자 여러분께 진심으로 감사드립니다. 그럼, 미카와 고스트였습니다.

안녕하십니까. 근로청년 번역가 이승원입니다.

『친구 여동생이 나한테만 짜증나게 군다』 11권을 구매해 주셔서 진심으로 감사드립니다.

지옥 같았던 여름이 지나가고 선선한 가을에 이 후기를 쓰고 있습니다.

……란 말을 할 수 있다면 얼마나 좋을까요.

역시 9월 초라 그런지 더위가 가실 기미가 보이지 않습니다.

아니, 아주 약간 가시기는 했는데 미세하달까요? 밤에 에어컨 약하게 틀어놓고 자면 춥고, 그렇다고 끄면 땀이 나는 그런 절묘한(ㅠㅜ) 더위입니다.

이불도 바꿔보고, 에어컨 대신 선풍기를 켜봤는데도 최적의 취침 컨디션! 을 찾을 수가 없네요. 그래서…… 그냥 에어컨 켜고 자기로 했습니다. 더운 것보다는 살짝 추운 게 잠이 더 잘 오는지라.^^ 안 그래도 수면 시간이 짧은데, 조금이라도 기분 좋게 자고 싶어요.ㅠㅜ

독자 여러분께서 여름의 끝자락을 무사히 보내셨길 빕니다!

　　그럼 『친구 여동생이 나한테만 짜증나게 군다』 11권에 관해 이야기해 볼까 합니다.

　　스포일러가 포함되어 있을 수 있으니, 본편을 안 읽으신 분은 유의해 주시길!

　　드디어 과거 회상이 끝나고, 9권 마지막의 최종 보스 전의 재개!

　　……인가 했더니, 용사는 제대로 맞서보지도 못하고 패배해 버렸습니다.

　　역시 최종 보스…… 업계 최정상에서 군림하는 패왕은 아직 풋내기에 지나지 않는 주인공에게는 버거운 상대였습니다.

　　그렇게 주인공이 허무하게 패퇴한 후에 시작되는 건 역시 수행편!

　　……이렇게 줄거리를 적어놓고 보니 마치 소년 배틀 만화 같네요. 『동생 짜증』은 어디까지나 러브 코미디인데 말이죠.

　　그래도 걱정하지 마시길. 주인공이 가르침을 청하며 찾아간 인물은 이로하 못지않게, 아니, 그녀보다 훨씬 캐릭터가 강렬한 카나리아였으니까요.^^

　　출판업계의 아이돌 편집자의 기둥서방……이 아니라 전속 아르바이트로 취직해서 동거까지 시작한 아키는 거기서 어른의 세계가 어떤 건지 배워나갑니다. 그렇게 성장해 나가는 아키, 카나리아가 호시노 카나라는 이름을 버리게 된 이유, 그리고 아키가 없는 《5층 동맹》 멤버들의 모습을 독자 여러분께서도 마음껏 즐겨주시길!

그럼, 이만 줄이겠습니다.

항상 재미있는 작품을 맡겨주시는 L노벨 편집부 여러분께 진심으로 감사드립니다. 앞으로도 잘 부탁드립니다!

모 로봇 SRPG 마니아 지인이여. 왜 너는 발매 다음 날에 엔딩을 보고 2회차 바로 들어가는 거냐. 나는 아직 5화도 못 갔는데ㅠㅜ 옛날에는 같이 밤새가며 게임 했는데, 어느새 이렇게 격차가 난 걸까ㅠㅜ

마지막으로 언제나 제게 버팀목이 되어주시는 어머니와 『친구 여동생이 나한테만 짜증나게 군다』를 읽어주신 모든 분께 진심으로 감사드립니다.

본격적으로 미모의 옆집 아줌마 공략(?!)에 임하는 12권 역자 후기 코너에서 다시 뵙겠습니다!

2025년 9월 초
역자 이승원 올림

친구 여동생이 나에게만 짜증나게 군다 11

초판 1쇄 발행 2025년 11월 10일

지은이_ mikawaghost
일러스트_ tomari
옮긴이_ 이승원

발행인_ 최원영
본부장_ 장혜경
편집장_ 김승신
편집진행_ 권세라 · 최혁수 · 김경민 · 최정민
편집디자인_ 양우연
국제업무_ 박진해 · 조은지 · 박지현 · 남궁명일
관리 · 영업_ 김민원 · 조은걸

펴낸곳_ (주)디앤씨미디어
등록_ 2002년 4월 25일 제20-260호
주소_ 서울특별시 구로구 디지털로32길 30 코오롱디지털타워빌란트 1301-1308호
전화_ 02-333-2513(대표)
팩시밀리_ 02-333-2514
이메일_ lnovellove@naver.com
ㄴ노벨 공식 카페_ http://cafe.naver.com/lnovel11

TOMODACHI NO IMOUTO GA ORENIDAKE UZAI vol. 11
Copyright © 2025 mikawaghost
Illustrations copyright © 2025 tomari
All rights reserved.
Original Japanese edition published in 2025 by SB Creative Corp.
This Korean edition is published by arrangement with SB Creative Corp., Tokyo
in care of Tuttle-Mori Agency, Inc., Tokyo.

ISBN 979-11-278-8502-1 04830
ISBN 979-11-278-5641-0 (세트)

값 8,500원

©Kotobuki Yasukiyo 2021
Illustration : JohnDee
KADOKAWA CORPORATION

아라포 현자의 이세계 생활 일기 1~15권

코토부키 야스키요 지음 | JohnDee 일러스트 | 김장준 옮김

정리해고 당한 후, 매일 밭을 돌보며 『제로스 멀린』으로서
게임에 빠져 살던 백수 아저씨, 오사코 사토시(40세).
오리지널 마법을 만들어 명실상부 톱 플레이어가 된 그는
최종 보스를 무난하게 공략하지만
로그인 중 발생한 어떤 사고로 생을 마감한다.
그는 홀로 죽었다고 생각했지만,
정신을 차리고 보니 거대한 산림 지대의 한가운데에 서 있었다.
이세계 여신의 말에 따르면 그는 게임 속 능력을 이어받아 전생했다고 한다.
대산림 지대에서 서바이벌을 거치고 전(前) 공작 노인과 만난 제로스는
현자로서 능력을 인정받아 마법을 쓰지 못하는 소녀의
가정교사 일을 의뢰받는데―?!
"나는 평온한 일상이 인생의 모토인데……."

마흔 살 현자의 이세계 생활 일기 개시!